W0359496

Kanae Minato, geboren 1973 in Japan, begann ihre Karriere als Schriftstellerin mit dem Bestseller »Geständnisse«, der erfolgreich verfilmt wurde. Ihre Romane und Kurzgeschichten wurden vielfach ausgezeichnet.

Geständnisse in der Presse:

»Ein böses Buch. Eins über uns aus Japan. Was der Krimigott doch alles hinbekommt!« Elmar Krekeler in

Die Welt

»›Geständnisse‹ ist das ›Gone Girl‹ aus Japan … Eine schwindelerregende Geschichte von Moral und Gerechtigkeit, mit überraschenden Wendungen, die einen sprachlos machen.«

Los Angeles Times

»Minato beschreibt in ›Geständnisse‹ mit entomologischer Präzision den Prozess einer gnadenlosen Rache.«

Süddeutsche Zeitung

»Ein cooler und effektvoller Psychothriller ... unerbittlich, unnachgiebig und atemberaubend.«

Wall Street Journal

»Eine bizarre Geschichte über die Albträume eines ganzen Landes. Selbst aus einer Entfernung von knapp 10.000 Kilometern Luftlinie läuft es einem kalt den Rücken herunter.«

Der Tagesspiegel

Besuchen Sie uns auf www.penguin-verlag.de
und Facebook.

Kanae Minato

GESTÄNDNISSE

Roman

Aus dem Englischen von Sabine Lohmann

PENGUIN VERLAG

Die japanische Originalausgabe erschien 2008 unter dem Titel *Kokuhaku* im Verlag Futabasha, Tokio. Die deutsche Übersetzung folgt der englischsprachigen Fassung, die unter dem Titel *Confessions* in der Übersetzung von Stephen Snyder bei Mulholland Books, New York, erschien.

Sollte diese Publikation Links auf Webseiten Dritter enthalten, so übernehmen wir für deren Inhalte keine Haftung, da wir uns diese nicht zu eigen machen, sondern lediglich auf deren Stand zum Zeitpunkt der Erstveröffentlichung verweisen.

MIX
Papier aus verantwortungsvollen Quellen
FSC® C014496

Verlagsgruppe Random House FSC® N001967

PENGUIN VERLAG

PENGUIN und das Penguin Logo sind Markenzeichen von Penguin Books Limited und werden hier unter Lizenz benutzt.

1. Auflage 2018
Original title: Kokuhaku
Copyright © 2008 by Kanae Minato
Original Japanese edition published by Futabasha Publishers Ltd.
German language edition published by arrangement with Futabasha Publishers Ltd. through The English Agency (Japan) Ltd.
Copyright © der deutschsprachigen Ausgabe 2017 by C. Bertelsmann in der Verlagsgruppe Random House GmbH, Neumarkter Straße 28, 81673 München
Umschlag: www.buerosued.de, München
Umschlagmotiv: Getty images/Biwa Studio
Satz: Uhl + Massopust, Aalen
Druck und Bindung: GGP Media GmbH, Pößneck
Printed in Germany
ISBN 978-3-328-10291-5
www.penguin-verlag.de

Dieses Buch ist auch als E-Book erhältlich.

1

Der Heilige

Wenn ihr eure Milch ausgetrunken habt, gebt den Karton bitte zurück in den Kasten. Achtet darauf, dass ihr ihn in das mit eurer Nummer gekennzeichnete Fach stellt, und geht dann wieder an euren Platz. Wie es aussieht, seid ihr schon fast alle fertig. Und da heute der letzte Schultag ist, sind wir jetzt am Ende der »Milchzeit« angelangt. Ich danke euch allen für eure Teilnahme. Wie ich höre, fragen sich manche von euch, ob das Programm nächstes Jahr fortgesetzt wird, aber meines Wissens ist das nicht vorgesehen. Wir sind dieses Jahr als repräsentative Mittelschule für die Kampagne des Gesundheitsministeriums zur Förderung von Milchprodukten ausgewählt worden. Wir wurden angewiesen, jeden von euch täglich eine bestimmte Menge Milch trinken zu lassen, und nun sind wir alle gespannt auf die Schuluntersuchung im April, bei der sich herausstellen wird, ob euer Wachstum und eure Knochendichte über dem landesweiten Durchschnitt liegen.

Ja, vermutlich könnte man sagen, dass wir euch als Versuchskaninchen benutzt haben, und sicher war dieses Jahr nicht sehr angenehm für diejenigen unter euch, die keine Laktose vertragen oder einfach keine Milch mögen. Aber die Schule wurde nach dem Zufallsprinzip für das Programm ausgewählt, und jede Klasse wurde täglich mit den Milchkartons beliefert, in einem Kasten mit nummerierten Fächern, um jeden Schüler anhand seiner Platznummer zu identifizieren. So konnten wir genau verfolgen, wer die Milch getrunken hat und wer nicht. Aber warum macht ihr jetzt alle so ein finsteres Gesicht, wo ihr eben noch ganz zufrieden eure Milch getrunken habt? Was kann verkehrt daran sein, wenn man gebeten wird, jeden Tag ein bisschen Milch zu trinken? Ihr steht an der Schwelle zur Pubertät. Eure Körper werden wachsen und sich verändern, und ihr wisst, dass Milchtrinken gut für den Knochenaufbau ist. Aber wie viele von euch trinken zu Hause Milch? Und das Kalzium stärkt nicht nur die Knochen, ihr braucht es auch für die Entwicklung eures Nervensystems. Kalziummangel kann euch nervös und zappelig machen.

Es sind nicht nur eure Körper, die sich entwickeln. Ich weiß, was ihr so anstellt. Mir wird vieles zugetragen. Sie zum Beispiel, Herr Watanabe, Sie kommen aus einer Familie, die ein Elektronikgeschäft besitzt, und ich weiß, dass Sie ausgetüftelt haben, wie man einen Großteil der Verpixelung in Filmen für Erwachsene auflösen kann. Sie haben die Filme an andere Jungen weitergeleitet. Tja, ihr werdet allmählich erwachsen. Eure Interessen wandeln sich zugleich mit euren Körpern. Ich weiß, das war jetzt nicht gerade das beste Beispiel, aber ich meine damit, ihr kommt langsam in die »rebellische Phase«, wie wir das nennen. In dieser Phase sind Jungen und Mädchen oft sehr empfindlich, fühlen sich wegen jeder Kleinigkeit gekränkt und sind leicht durch andere beeinflussbar. Ihr werdet anfangen, allem und jedem nachzueifern, während ihr herauszufinden sucht, wer ihr seid. Und ehrlicherweise müsst ihr wohl zugeben, dass viele von euch diese Veränderungen schon an sich selbst bemerken. Gerade habt ihr ein gutes Beispiel dafür gesehen: Bis vor Kurzem haben die meisten von euch die Gratismilch als willkommene Dreingabe angesehen. Aber seit ich euch gesagt habe, dass es ein Experiment war, denkt ihr plötzlich anders darüber, nicht wahr?

Allerdings ist das nicht weiter verwunderlich – es entspricht der menschlichen Natur, seine Meinung zu ändern, und nicht nur in der Pubertät. Tatsächlich bestätigen mir die anderen Lehrer übereinstimmend, dass eure Klasse jetzt ruhiger und umgänglicher ist als die restlichen aus eurer Altersgruppe. Vielleicht haben wir das ja der Milch zu verdanken.

Aber ich habe euch heute noch etwas Wichtigeres mitzuteilen. Ich wollte euch ankündigen, dass ich die Schule zum Monatsende verlassen werde. Nicht, um an eine andere Schule zu wechseln, nein, ich ziehe mich aus dem Lehrerberuf zurück. Ihr seid also die letzten Schüler, die ich je unterrichten werde, und ich werde mich für den Rest meines Lebens an euch erinnern.

Jetzt beruhigt euch mal wieder. Ich weiß eure Reaktion zu schätzen – manche von euch klingen wahrhaftig so, als täte es ihnen leid, dass ich gehe. Wie bitte? Ob mein Rückzug etwas mit dem zu tun hat, was hier kürzlich passiert ist? Ja, ich denke schon, und ich würde mir heute gern ein wenig Zeit nehmen, um mit euch darüber zu sprechen.

Nun, da ich gehen werde, habe ich noch mal darüber nachgedacht, was es für mich bedeutet, Lehrerin zu sein.

Ich habe den Beruf aus keinem der üblichen Gründe ergriffen – weil ich selbst eine fabelhafte Lehrerin gehabt hätte, die mein Leben verändert hat, oder so etwas in der Art. Ich glaube, ich bin nur Lehrerin geworden, weil ich aus einer sehr armen Familie stamme. Von klein auf habe ich von meinen Eltern zu hören bekommen, sie könnten es sich nicht leisten, mich studieren zu lassen – zumal es bei einem Mädchen ohnehin verschwendetes Geld wäre –, aber genau das hat mich angespornt, unbedingt studieren zu wollen. Ich bin gern zur Schule gegangen und war eine gute Schülerin. Schließlich erhielt ich ein Stipendium – vielleicht nur, weil ich so arm war – und schrieb mich an der staatlichen Universität in meiner Heimatstadt ein. Ich studierte Naturwissenschaften und begann sogar noch vor dem Examen, in einer Paukschule zu unterrichten. Ja, ich weiß, wie ihr euch alle über die Paukschule beklagt, dass ihr euch nach der regulären Schule immer so mit dem Mittagessen beeilen müsst, nur um dann zu den Nachhilfestunden zu hetzen, die bis zum Abend dauern. Aber ich fand immer, ihr habt unglaubliches Glück, dass eure Eltern sich genügend kümmern, um euch diese Chance auf den besten Start ins Leben zu geben.

Jedenfalls verzichtete ich nach dem Examen auf ein Graduiertenstudium, das meine erste Wahl hätte sein können, und beschloss, Lehrerin zu werden. Die Aussicht auf einen sicheren Arbeitsplatz mit geregeltem Einkommen gefiel mir, vor allem aber hätte ich das Stipendium zurückzahlen müssen, wenn ich nicht Lehrerin geworden wäre. Also unterzog ich mich kurz entschlossen dem Test, um die Zulassung zu erhalten. Einige von euch werden sich nun wohl fragen, ob das wirklich die richtigen Motive für den Lehrerberuf waren, aber ich kann euch versichern, ich habe immer versucht, bei der Arbeit mein Bestes zu geben. Viele Leute vergeuden ihr Leben mit Klagen, dass sie nie ihre wahre Berufung gefunden haben. Wahrscheinlich aber haben die meisten von uns gar keine. Warum also nicht einfach das wählen, was sich einem anbietet, und sich dann von ganzem Herzen dafür einsetzen? Das habe ich getan, und ich bereue es nicht.

Nun, manche von euch wundern sich vielleicht, dass ich mich für die Mittelschule entschieden habe und nicht für die Oberschule. Ich nehme an, man könnte sagen, ich wollte mich an vorderster Front bewähren. Ich wollte Schüler unterrichten, die noch der Schulpflicht unterliegen. Von der Oberschule kann man abgehen, da ist die Aufmerksamkeit der Schüler oft schon von anderem in Anspruch genommen. Ich wollte mit Schülern arbeiten, die sich noch ganz und gar dem Lernen widmen, die keine andere Wahl haben – das kam meiner Vorstellung von Berufung schon sehr nah. Vielleicht ist es schwer zu glauben, doch es gab eine Zeit, da habe ich meinen Beruf mit Leidenschaft ausgeübt.

Herr Tanaka und Herr Ogawa – ich wüsste nicht, was daran so besonders komisch sein sollte.

1998 wurde ich Lehrerin, und meine erste Stelle – noch in der praktischen Ausbildung – war an der Mittelschule von M. Dort war ich drei Jahre, dann setzte ich ein Jahr aus, worauf ich hierher kam, an die Mittelschule von S. Ich fand es angenehm, so weit entfernt von den großen Städten der Präfektur zu sein, es war eine ruhige, entspannte Arbeitsatmosphäre. Ich bin jetzt vier Jahre hier, also war ich insgesamt nur sieben Jahre als Lehrerin tätig.

Ich weiß, dass die Mittelschule von M. eure Neugier weckt. Es ist die Schule von Masayoshi Sakuranomi, und ihr habt ihn bestimmt kürzlich noch im Fernsehen gesehen … Jetzt beruhigt euch, bitte. Ist er denn *so* berühmt? Ob ich ihn kenne? Nun, wir waren drei Jahre lang Kollegen, also sollte ich ihn wohl kennen, aber damals war er noch keine solche Berühmtheit. Man hat ihn ja förmlich zum Superstar hochgejubelt, und er ist in den Medien so allgegenwärtig, dass ihr sicher viel mehr über ihn wisst als ich.

Was? Sie haben die Geschichte nicht mitbekommen, Herr Maekawa? Sehen Sie denn nicht fern? Na gut, ich werde sie Ihnen erzählen. Sakuranomi war als Schüler der Anführer einer Gang, und als er in seinem zweiten Jahr in der Oberschule war, ist er auf einen Lehrer losgegangen. Er wurde der Schule verwiesen und verließ das Land, und die nächsten Jahre trieb er sich offenbar in der Welt herum und setzte sich allen möglichen Gefahren aus, geriet immer wieder in Schwierigkeiten. Er wurde Zeuge von Kriegen und blutigen Konflikten, und er lebte unter Menschen, die in bitterster Armut ausharren mussten. Aus all diesen Erfahrungen lernte er zu begreifen, wie falsch er sich bis dahin verhalten hatte, und bereute seine gewalttätige Vergangenheit. Er kehrte nach Japan zurück, holte seinen Schulabschluss nach und schrieb sich an einer renommierten Universität ein. Nach dem Examen wurde er Englischlehrer an einer Mittelschule. Wie erzählt wird, wollte er den Schülern helfen, die Art von Fehlern zu vermeiden, die er in ihrem Alter gemacht hatte. Vor einigen Jahren fing er an, abends die Videospielhallen aufzusuchen, in denen die Jugendlichen nach der Schule herumhängen und Unsinn treiben. Mit jedem von ihnen suchte er das Gespräch, sprach mit ihnen über Selbstachtung und bot ihnen eine Chance auf einen Neubeginn an. Seine Hartnäckigkeit trug ihm den Spitznamen »Mr. Zweite Chance« ein, und sie drehten auch einen Dokumentarfilm fürs Fernsehen über ihn. Er veröffentlichte Bücher, um noch mehr Jugendliche mit seiner Botschaft zu erreichen – wie bitte? Ihr habt das alles letzte Woche schon im Fernsehen gehört? Gut, dann entschuldige ich mich bei denen von euch, die die Geschichte schon kennen … Wie bitte? Ihr habt recht, ich habe einen wichtigen Punkt ausgelassen. Ende letzten Jahres, als Sakuranomi gerade erst dreiunddreißig war, verkündete ihm sein Arzt, dass er nur noch wenige Monate zu leben habe. Doch anstatt in Selbstmitleid zu versinken, beschloss er, die ihm verbleibende Zeit seinen Schülern zu widmen. So haben sie ihm denn einen neuen Namen gegeben: der Heilige. Sie scheinen alles darüber zu wissen, Herr Abe. Wie bitte? Ob ich Sakuranomi *bewundere*? Ob ich so sein möchte wie er? Das sind heikle Fragen. Ich glaube, man könnte sagen, ich möchte eine

Lehre aus seinem Leben ziehen – jedenfalls aus der zweiten Hälfte.

Aber ich kann sehen, was für einen Eindruck er auf viele von euch gemacht hat, und daraus schlussfolgere ich, dass ich als Lehrerin in mancher Hinsicht unzulänglich war, vor allem verglichen mit jemandem, der sich seinem Beruf mit solcher Hingabe widmet. Wie ich schon sagte, als ich Lehrerin wurde, wollte ich meine Sache so gut machen, wie ich nur konnte. Wenn einer meiner Schüler ein Problem hatte, setzte ich mich über meinen Unterrichtsplan hinweg und hielt die Klasse an, eine gemeinsame Lösung zu finden. Wenn ein Schüler aus dem Klassenzimmer lief, ging ich ihm nach, sogar mitten in der Stunde. Aber irgendwann wurde mir klar, dass niemand vollkommen ist – ich am wenigsten von allen. Wenn man einem Jugendlichen etwas mit der vollen Autorität eines Lehrers sagt, riskiert man sogar, das Problem noch zu verschlimmern. Ich hatte allmählich den Eindruck, dass es nichts Selbstgefälligeres und Alberneres gab, als den Schülern meine Ansichten aufzuzwingen. Am Ende machte ich mir Sorgen, ich würde genau die Menschen, denen ich Respekt und Unterstützung schuldete, einfach nur bevormunden. Als ich hier an der Schule anfing, habe ich ein paar neue Grundregeln für mich festgelegt: Erstens, dass ich meine Schüler immer siezen und mit Herr und Fräulein anreden würde, und zweitens, dass ich sie als Gleichberechtigte behandeln würde. Das scheinen rein formale Details zu sein, aber ihr würdet euch wundern, wie viele Schüler es sofort bemerken.

Was bemerken, fragt ihr? Ich nehme an, sie merken,

wie es sich anfühlt, mit Respekt behandelt zu werden. Man hört so viel von Gewalt und Missbrauch, dass man glauben könnte, alle Kinder würden zu Hause schlecht behandelt. Aber die Wahrheit ist, dass viel mehr Kinder heutzutage verhätschelt und verwöhnt werden. Ihre Eltern katzbuckeln vor ihnen und flehen sie an zu lernen, zu essen und was nicht noch alles. Was vielleicht der Grund dafür ist, dass die Kinder so wenig Respekt zeigen und mit Erwachsenen reden wie mit ihresgleichen. Und viele Lehrer bestärken sie noch darin – halten es gar für eine besondere Auszeichnung, Spitznamen verpasst zu kriegen und in saloppe Weise von ihren Schülern angeredet zu werden.

Das ist es ja schließlich, was sie im Fernsehen gezeigt bekommen, in all diesen Filmen über beliebte Lehrer, die kumpelhaft mit ihren Schülern umgehen. Ihr wisst schon, die Art von Story, wo ein beliebter Lehrer Schwierigkeiten mit einer bestimmten Klasse hat und sich dann aus dem Konflikt ein tiefes Vertrauen zwischen ihnen entwickelt. Und beim Abspann kommen die anderen Schüler dieses Lehrers schon gar nicht mehr vor, als ob er überhaupt nur für diese eine Problemklasse dagewesen sei. Selbst im Unterricht redet der Fernsehlehrer über sein Privatleben und taucht tief in die Gefühlsverwirrungen seiner Problemschüler ein. Wollt ihr den Rest eigentlich auch noch hören? O ja, na gut. Dann fasst also ein ernsthafter Schüler Mut und fragt ihn nach dem Sinn des Lebens … und so weiter und so fort. In der letzten Szene entschuldigt sich der ernsthafte Schüler bei dem notorischen Unruhestifter dafür, dass er so unsensibel war …

Was im Fernsehen vielleicht gut ankommt – aber im wirklichen Leben? Hatte einer von euch jemals ein so dringliches persönliches Problem, dass er im Unterricht darüber reden wollte? Es wird zu viel Wesens um die verirrten Schafe gemacht. Mir persönlich imponiert der ernsthafte Schüler, der sich gar nicht erst zu irgendwelchem Unsinn hat hinreißen lassen. Aber solche Jugendlichen kriegen nie die Hauptrolle, weder im Film noch im wirklichen Leben. Das führt am Ende nur dazu, dass der ernsthafte Schüler daran zweifelt, ob sein Fleiß sich überhaupt auszahlt.

Es ist immer viel die Rede von dem Vertrauensverhältnis, das sich zwischen Lehrer und Schülern entwickelt. Als meine Schüler ihre ersten Handys bekamen, erhielt ich so manche Nachrichten, in denen es hieß: »Ich will sterben« oder »Das Leben hat keinen Sinn«. Hilferufe, nicht wahr? Sie kamen oft mitten in der Nacht – so gegen zwei, drei Uhr morgens –, und ich muss zugeben, am liebsten hätte ich sie ignoriert. Aber das ging natürlich nicht. Das hätte ja unser »Vertrauensverhältnis« beschädigt.

Natürlich erhielten die Lehrer teilweise auch richtig bösartige Botschaften, wie jener junge Lehrer, den per SMS ein Hilferuf ereilte. Die Absenderin schrieb, ihre Freundin sei in Schwierigkeiten, und bat ihn, zum Eingang eines zwielichtigen Hotels im Stadtzentrum zu kommen. Nun denkt ihr vielleicht, er hätte ein bisschen vorsichtiger sein sollen, aber er war jung und ernsthaft bemüht, Hilfe zu leisten – nur um dann mit dem Mädchen in kompromittierender Umgebung fotografiert zu werden. Am nächsten Tag tauchten ihre Eltern in der Schule auf, die Polizei wurde eingeschaltet, und das Ganze artete in einen ziemlichen Skandal aus. Die anderen Lehrer wussten natürlich, dass der arme Kerl nur reingelegt worden war. Er hatte uns nämlich anvertraut, dass er ein Transsexueller war – als Mann zur Welt gekommen, aber eigentlich eine Frau. Aber auch unter diesen Umständen sahen wir keinen Grund, die Wahrheit publik zu machen. Der junge Mann dagegen wollte unbedingt seine Ehre als Lehrer verteidigen, und so offenbarte er sein Geheimnis sowohl den Schülern als auch den Eltern. Dabei hatte die ganze Tragödie – und ihr katastrophaler Ausgang für den Lehrer – mit einer banalen Kleinigkeit angefangen. Eine Schülerin fühlte sich gekränkt, weil man sie wegen Schwätzens im Unterricht ermahnt hatte.

Was? Ob die Schülerin bestraft worden ist? Natürlich nicht. Im Gegenteil, dem Lehrer und der Schule wurden Vorwürfe gemacht. Wie man Jugendliche in leicht beeinflussbarem Alter einem sexuell Abartigen aussetzen könne… oder Schwulen… oder unverheirateten Müttern wie mir? Die Eltern ignorierten komplett, was ihre eigene Tochter getan hatte, und klagten die Schule an, und schließlich haben sie gewonnen – obwohl ich mir nicht sicher bin, ob man in so einer Situation überhaupt von Gewinnern und Verlierern sprechen kann. Der Lehrer? Er wurde letztes Jahr versetzt und unterrichtet jetzt an einer anderen Schule, als Frau.

Ich weiß, es ist ein extremes Beispiel, aber diese Art von Beschuldigungen sind an Schulen gang und gäbe, und für die Lehrer sind sie sehr schwer zu widerlegen.

Seit jenem Vorfall haben wir es uns zur Regel gemacht, eine Lehrerin zu schicken, wann immer ein Lehrer eine Schülerin treffen soll. Darum haben wir auch zwei Lehrer und zwei Lehrerinnen für jede Jahrgangsstufe. Falls einer von euch Jungen mich bitten sollte, ihn irgendwo zu treffen, würde ich mich sofort an Tokura-sensei von der Klasse A wenden, damit er an meiner Stelle geht; und wenn irgendwas mit einem Mädchen aus der Klasse A sein sollte, würde Tokura-sensei mich anrufen. Hattet ihr das noch nicht bemerkt? Es wurde zwar nie bekannt gegeben, aber wir dachten, ihr hättet es von selbst rausgefunden.

Also fragt ihr Jungen euch jetzt wohl, ob es überhaupt sinnvoll ist, mich im Fall eines Falles zu kontaktieren, wenn dann doch nur Tokura-sensei auftaucht? Wie bitte, Herr Hasegawa? Ja, ich erinnere mich noch an das Problem, das Sie im Sportunterricht hatten. Sie fanden es schlimm, doch alles in allem war es nicht sonderlich schwerwiegend. Ich glaube, eigentlich kommt es nur wenige Male im Jahr vor, dass einer von euch mich wirklich braucht. Wenn ihr mir per Mail mitteilt, dass ihr sterben wollt, denkt ihr in dem Moment wohl tatsächlich, »das Leben ist total sinnlos«, wie ihr alle so oft und gern sagt. Und sicher kommt es euch in eurer ichbezogenen Sichtweise so vor, als wärt ihr ganz allein auf der großen weiten Welt – als wären eure Probleme absolut überwältigend. Ich für meinen Teil fühle mich weniger für eure jugendlichen Seelenzustände verantwortlich und mehr dafür, dass ihr euch eines Tages zu Menschen entwickelt, die Rücksicht auf die Gefühle anderer nehmen – zum Beispiel auf die Gefühle der Person, die mitten in der Nacht so eine gedankenlose Nachricht erhält. Ehrlich gesagt glaube ich kaum, dass jemand, der wirklich so verzweifelt ist, dass er eine so drastische Tat in Betracht zieht, seine Lehrerin per Mail davon in Kenntnis setzen würde.

Ihr habt mittlerweile wohl gemerkt, dass ich nie die Art von Lehrerin war, die vierundzwanzig Stunden am Tag nur an ihre Schüler denkt. Es hat immer jemanden gegeben, der mir wichtiger war – meine Tochter Manami. Wir ihr wisst, war ich eine alleinerziehende Mutter. Kurz bevor Manamis Vater und ich unsere Hochzeit planen wollten, erfuhr ich, dass ich schwanger war. Wir waren zwar ein bisschen enttäuscht, dass es nun eine »Blitzhochzeit« werden sollte, wie man sagt, vor allem aber waren wir beglückt von der Aussicht, ein Baby zu bekommen. Ich ging regelmäßig zu den Vorsorgeuntersuchungen, und wir beschlossen, dass es sinnvoll wäre, wenn mein Verlobter sich auch einmal durchchecken lassen würde. Völlig unvermutet stellte sich heraus, dass er an einer schrecklichen Krankheit litt, und von einer Hochzeit war von da an keine Rede mehr. Wegen seiner Krankheit? Natürlich war das der Grund. Ob es ihm schwerfiel, das zu akzeptieren? Sicherlich, Fräulein Isaka. Und sicher lassen sich manche Paare trotzdem trauen, selbst wenn einer von beiden krank ist. Sie entscheiden sich dafür, das Problem gemeinsam anzugehen. Was würdet ihr in so einer Lage machen? Was würdet ihr machen, wenn euer Freund oder eure Freundin mit HIV infiziert wäre? HIV – das menschliche Immunschwäche-Virus, besser bekannt als Aids. Aber die meisten von euch wissen ja schon alles darüber aus dem Roman, den ihr für die Projektwoche im Sommer gelesen habt. So viele von euch haben in ihrem Aufsatz über das Buch geschrieben, sie hätten am Ende geweint, dass ich beschloss, es selbst zu lesen. Für die, die ein anderes Buch gewählt haben, sei kurz zusammengefasst, dass es darin um ein Mädchen geht, das sich bei der Arbeit als Prostituierte mit HIV angesteckt hat und schließlich Aids bekommt und stirbt.

Was? Ihr findet, so simpel gestrickt ist die Geschichte nicht? Ihr habt die Heldin des Romans sympathischer gefunden, als ich sie jetzt klingen lasse? Das kann ich verstehen, aber wenn ihr Mitgefühl mit dem Mädchen in dem Buch hattet, warum sind dann so viele von euch mit den Stühlen abgerückt, als ich erzählt habe, was meinem Verlobten passiert ist? Wenn ihr Mitgefühl mit Aidskranken aufbringen könnt, warum seid ihr dann zurückgewichen, als ihr erfahren habt, dass die Lehrerin, die vor euch steht, Sex mit einem HIV-Infizierten hatte?

Sie schauen besonders unbehaglich drein, hier in der ersten Reihe, Fräulein Hamazaki, aber Sie müssen nicht die Luft anhalten. HIV wird nicht durch die Luft übertragen. Tatsächlich kann man sich durch die meisten Arten von Körperkontakt nicht mit Aids anstecken – weder durch Händeschütteln noch durch Husten oder Niesen, auch nicht im Schwimmbad oder durch gemeinsame Geschirrbenutzung oder durch Mückenstiche oder Haustiere. In der Regel noch nicht mal durch Küssen. Auch wenn man in engem Kontakt mit einer infizierten Person lebt, kann man sich dadurch nicht anstecken, und keiner hat sich *jemals* das Virus eingefangen, nur weil er in derselben Klasse wie eine infizierte Person saß – auch wenn das Buch all das nicht erwähnt. Und ich entschuldige mich, euch im Unklaren gelassen zu haben – ich selbst bin auch nicht infiziert. Jetzt schaut nicht so geschockt. Zwar kann das Virus durch Geschlechtsverkehr übertragen werden, aber nicht jeder Geschlechtsakt hat zwangsläufig eine Infektion zur Folge.

Ich habe den Test in der Schwangerschaft gemacht, und er ist negativ ausgefallen. Weil das so unwahrscheinlich war, habe ich ihn noch mehrmals wiederholt. Erst als ich von der tatsächlichen Infektionsrate durch Geschlechtsverkehr erfahren habe, ist mir begreiflich geworden, wieso ich verschont geblieben bin. Die genaue Zahl werde ich euch aber nicht nennen, denn ich weiß, wie leicht ihr durch Statistik zu beeinflussen seid. Wenn ihr es wissen wollt, könnt ihr es ja selbst nachschauen.

Mein Verlobter hatte sich im Ausland angesteckt, in einer abenteuerlichen Phase seines Lebens, als er sich nicht besonders drum scherte, was ihm alles zustoßen konnte. Ich gestehe, es fiel mir schwer, diesen Teil seines Vorlebens zu akzeptieren. Es war ein entsetzlicher Schock für mich, dass der Mann, den ich heiraten wollte, HIV-positiv war, und trotz der Tests wurde ich die Sorge nicht los, dass ich auch infiziert sein könnte. Selbst als ich sicher war, dass ich nichts mehr zu befürchten hatte, lag ich nachts wach und machte mir Sorgen um das Baby in meinem Bauch. Auch wenn ich nie die Achtung vor meinem Geliebten verlor, muss ich doch sagen, dass ich ihn manchmal gehasst habe für das, was er getan hat. Und irgendwie hat er das wohl gespürt. Er hat mich wiederholt um Verzeihung gebeten und mir immer zugeredet, das Baby zu bekommen, obwohl es mir sowieso nie eingefallen wäre, die Schwangerschaft zu beenden. Ob ungesetzlich oder nicht, es wäre mir wie Mord vorgekommen.

Ich sollte euch auch noch sagen, dass mein Verlobter nicht in Selbstmitleid zerflossen ist, als er erfuhr, dass er Aids hat. Im Gegenteil, er schien das Gefühl zu haben, dass er nun einfach die Konsequenzen seines Tuns zu tragen hatte, und er hat immer sehr klar zwischen seiner Situation und der von Blutern und anderen unterschieden, die sich das Virus ohne eigenes Verschulden zugezogen haben. Und dennoch entzieht es sich meiner Vorstellung, wie unendlich verzweifelt er gewesen sein muss.

Schließlich habe ich eingesehen, dass ich im Unrecht war – vor allem, weil ich mir so sehr wünschte, dass mein Baby einen Vater hätte –, und so schlug ich ihm vor, doch lieber zu heiraten. Wenn wir die Situation im Blick behielten, würden wir schon irgendwie mit dem Problem fertigwerden. Aber er lehnte kategorisch ab. Er hatte einen starken Willen, und das Glück des Kindes ging ihm über alles. Die Vorurteile gegen Menschen mit HIV sind in Japan furchtbar ausgeprägt – denkt nur mal dran, wie ihr alle eben noch die Luft angehalten habt, als ihr dachtet, dass ich infiziert sein könnte. Selbst wenn das Kind sich als HIV-negativ erweisen sollte, wie würde man mit ihm umgehen, wenn herauskam, dass sein Vater Aids hatte? Würden die Eltern seiner Freunde ihnen verbieten, mit ihm zu spielen? Wenn das Kind alt genug war, um zur Schule zu gehen, würden die anderen Kinder – und sogar die Lehrer – es schikanieren und es aus der Cafeteria oder dem Sport oder sonstigen Veranstaltungen ausschließen, aus Angst, das etwas passieren könnte? Natürlich stößt ein Kind ohne Vater ebenfalls auf Vorurteile, aber doch nicht ganz so schwerwiegende, und es hat viel bessere Chancen, schließlich doch in seinem Umfeld akzeptiert zu werden. Schließlich beschlossen wir, die Hochzeit sein zu lassen, und mir blieb nur noch, unsere Tochter allein aufzuziehen.

Nach ihrer Geburt wurde Manami getestet, sie war ebenfalls HIV-negativ. Ihr könnt euch gar nicht vorstellen, wie erleichtert ich war. Ich nahm mir fest vor, mich so gut um sie zu kümmern, wie eine Mutter es nur irgend kann, sie um jeden Preis zu behüten, und ich gab ihr all meine Liebe. Hättet ihr mich gefragt, was mir wichtiger war, meine Schüler oder meine Tochter, so hätte ich ohne Zögern geantwortet, dass meine Tochter mir weit wichtiger sei. Das ist ja auch ganz natürlich.

Manami hat mich nur einmal nach ihrem Vater gefragt. Ich sagte ihr, dass er sehr schwer arbeite, so schwer, dass er sie nicht besuchen kommen könne. Was tatsächlich stimmte. Nachdem er das Recht aufgegeben hatte, sich Manamis Vater zu nennen, hatte er sich in die Arbeit gestürzt, als ob der Rest seines Lebens davon abhinge. Aber am Ende ist sein Opfer doch sinnlos gewesen.

Manami ist nicht mehr unter uns.

Als Manami ein Jahr alt war, brachte ich sie in einer Tagesstätte unter und begann wieder zu unterrichten. In der Stadt betreuen Tagesstätten die Kinder bis spät in den Abend, aber hier auf dem Land geht die Betreuung höchstens bis sechs Uhr. So konsultierte ich eine Arbeitsvermittlung für Senioren und fand Frau Takenaka. Sie wohnt direkt hinter dem Schulschwimmbad. Ja, genau, das Haus mit dem großen schwarzen Hund namens Muku. Bestimmt haben manche von euch Muku schon mal durch den Zaun mit Resten von ihrem Schulproviant gefüttert.

Um vier Uhr, wenn die Tagesstätte schloss, holte Frau Takenaka Manami ab und hütete sie, bis ich von der Arbeit kam. Die beiden waren bald unzertrennlich. Manami liebte Frau Takenaka und nannte sie Omi, und Muku liebte sie auch. Sie war sehr stolz darauf, dass sie oft mit der Aufgabe betraut wurde, ihn zu füttern. Dieses Arrangement dauerte drei Jahre an, aber zu Beginn dieses Jahres wurde Frau Takenaka krank und musste in die Klinik.

Wegen unserer freundschaftlichen Verbundenheit war es mir unangenehm, nach einer Vertretung zu suchen, nur weil sie ein paar Wochen ausfiel, also beschloss ich, Manami selbst von der Tagesstätte abzuholen, bis Frau Takenaka wieder gesund war. Normalerweise klappte das ganz gut, da sie bereit waren, Manami bis sechs Uhr dazubehalten, und bis dahin schaffte ich es meistens, meine Arbeit an der Schule abzuschließen. Nur mittwochs zog unsere Lehrerkonferenz sich oft länger hin, deshalb holte ich sie da schon um vier Uhr ab und ließ sie derweil in der Krankenstation. Fräulein Naitō und Fräulein Matsukawa, Sie haben oft mit ihr gespielt, wenn sie dort wartete, nicht wahr? Dafür bin ich Ihnen dankbar. Sie hat diese Nachmittage so sehr genossen. Sie erzählte mir, ihr

Mädchen hättet ihr gesagt, sie sehe aus wie das Kuschelhäschen, ihre liebste Zeichentrickfigur. Nichts hätte ihr größere Freude bereiten können.

Bitte nicht weinen. Das sind schöne Erinnerungen.

Manami liebte Hasen, sie liebte alles, was weich und flauschig war. Also war sie natürlich ganz vernarrt in das Kuschelhäschen, nicht anders als die meisten Mädchen in Japan, selbst die in der Oberschule. Praktisch alle ihre Sachen – ihr Rucksack, ihre Taschentücher, ihre Schuhe, selbst ihre Söckchen – waren mit dem putzigen Hasengesicht verziert. Jeden Morgen kletterte sie mir mit ihren kleinen Kuschelhasen-Zopfbändern auf den Schoß und bat mich, sie wie das Häschen zu frisieren. Und wenn wir am Wochenende zusammen einkaufen gingen, entdeckte sie immer irgendein neues Kuschelhasen-Produkt, das ihre Augen aufleuchten ließ.

Etwa eine Woche, bevor Manami starb, waren wir in einem Shoppingcenter. Da gab es ein riesiges Sortiment von Süßigkeiten zum Valentinstag, auch eine Auswahl von hübsch eingewickelten Päckchen, die sich wahrscheinlich eher die Mädchen gegenseitig schenken, anstatt den Jungs. Manami war magisch davon angezogen und erspähte augenblicklich einen weißen Schokohasen in einem flauschigen Kuschelhasen-Täschchen. Natürlich wollte sie ihn unbedingt haben, aber wir hatten ausgemacht, dass sie bei jedem unserer Einkaufsbummel nur eine Sache bekam, und ich hatte ihr an dem Tag schon ein Kuschelhäschen-Sweatshirt gekauft – das rosafarbene, das sie an dem Tag trug, als sie starb. Ich vertröstete sie auf das nächste Mal und begann, sie von den Süßigkeiten wegzulotsen.

Normalerweise wäre sie mir auch brav gefolgt, aber aus irgendeinem Grund war an dem Tag alles anders. Sie setzte sich mitten im Laden auf den Boden und fing an zu heulen, sie wolle das Sweatshirt gar nicht haben, ich solle ihr den Schokohasen kaufen. Aber abgemacht ist abgemacht, und ich hatte nicht vor, ihr so ein Betragen durchgehen zu lassen. Das Häschen konnte ich ihr ja ein andermal kaufen, wenn ich allein unterwegs war, und es ihr zum Valentinstag schenken. Ich erinnerte sie an unsere Abmachung und sagte ihr, sie solle sich nicht so aufführen. Als Mutter hatte ich gelernt, dass es eine klare Trennlinie gibt zwischen der Liebe zu seinem Kind und der Versuchung, es zu verhätscheln. Aber genau in dem Moment tauchte plötzlich Herr Shitamura von irgendwoher auf. Sie hatten das Ganze wohl beobachtet, da Sie auf mich zukamen und sich ungefragt dazu äußerten. Sie waren offenbar der Ansicht, dass es unangemessen von mir sei, Manami etwas zu verweigern, das nur 700 Yen kostete. Zum Glück genierte sich Manami, bei ihrem Wutanfall ertappt worden zu sein, beruhigte sich sofort und stand vom Boden auf. »Also gut«, sagte sie und blies ihre kleinen Bäckchen auf, »aber nächstes Mal kriege ich ihn bestimmt.« Dann hat sie Sie angelächelt und Ihnen zum Abschied zugewinkt.

Nun, da Manami von uns ging, noch ehe der Valentinstag gekommen war, bereue ich es natürlich jeden Tag, dass ich ihr den Schokohasen nicht gekauft habe.

An jenem Tag endete die Lehrerkonferenz kurz vor sechs. Die Schulkrankenschwestern nahmen auch daran teil, sodass die Krankenstation leer war. Doch einige von euch Mädchen waren so freundlich, sich um Manami zu kümmern, bis die Schule um sechs Uhr aus war, darum hat sie sich nie gelangweilt oder einsam gefühlt, und sie hat immer geduldig auf mich gewartet, bis ich aus der Konferenz kam. An jenem Tag aber war sie nicht im Schwesternzimmer. Ich sah im Waschraum nach, aber da war sie auch nicht. Mir fiel ein, dass sie vielleicht losgezogen sein könnte, um euch Mädchen in euren Clubräumen aufzusuchen, und so lief ich durch die Schule und hielt überall nach ihr Ausschau, vorerst noch nicht besonders besorgt. Ich traf auf Fräulein Naitō und Fräulein Matsukawa, und Sie sagten mir, dass Sie gegen fünf zur Krankenstation gegangen seien, um mit Manami zu spielen, sie sei aber nicht da gewesen. Sie hätten gedacht, Manami sei an dem Tag nicht in die Schule gekommen. Dann halfen Sie mir, nach ihr zu suchen.

Inzwischen war es dunkel geworden, aber es waren noch Leute in der Schule, und sie haben sich alle an der Suche beteiligt. Herr Hoshino, Sie waren es, der sie gefunden hat – nachdem Sie mit dem Baseballtraining fertig waren. Sie sagten, Sie hätten sie an dem Tag nicht gesehen, aber dann erinnerten Sie sich, dass Sie sie einmal aus der Richtung des Schwimmbads kommen sahen, und dort gingen Sie sie mit mir suchen. Das Tor war den Winter über abgesperrt, also mussten wir drüberklettern, aber die Kette war so locker, dass jemand so Kleines wie Manami leicht hindurchschlüpfen konnte. Das Schwimmbecken war noch gefüllt, obwohl dort keine Schwimmkurse mehr stattfanden. Das Wasser war trübe und dunkel – es war nicht abgelassen worden, für den Fall, dass in der Schule ein Feuer ausbrach.

Wir fanden Manami an der Oberfläche treibend. Wir zogen sie so schnell heraus, wie wir konnten, aber ihr Körper war eisig, und ihr Herz schlug nicht mehr. Dennoch rief ich immer wieder ihren Namen und versuchte es mit Mund-zu-Mund-Beatmung. Trotz des Schocks ging Herr Hoshino sofort die anderen Lehrer holen. Manami wurde ins Krankenhaus gebracht, wo sie für tot erklärt wurde. Als Todesursache wurde Ertrinken festgestellt. Da keine Verletzungen zu sehen waren und keine Anzeichen von Gewalteinwirkung, kam die Polizei zu dem Ergebnis, dass sie versehentlich hineingefallen war.

Es war schon dunkel, als wir Manami fanden, und ich war völlig aufgelöst, darum gibt es eigentlich keinen Grund, weshalb ich es bemerkt haben sollte, doch ich erinnerte mich, dass ich Mukus Schnauze durch den Zaun ragen sah, der Frau Takenakas Garten von dem Schwimmbadgelände trennt. Die Polizei fand dort Brotkrümel am Boden, von der gleichen Brotsorte, die in Manamis Tagesstätte ausgeteilt wurde. Mehrere Schüler konnten bezeugen, dass sie Manami in der Nähe des Schwimmbads gesehen hatten, und es zeigte sich, dass sie es gewohnt gewesen war, da jede Woche hinzugehen. Die Nachbarn kümmerten sich um Muku, während Frau Takenaka in der Klinik war, aber das konnte Manami nicht wissen, und sie dachte vielleicht, der Hund würde verhungern, wenn sie ihm kein Brot brachte. Sie hatte wohl Angst, ausgeschimpft zu werden, falls ich es herausfand, darum ging sie immer allein und versuchte, unbemerkt zu bleiben. Den Schülern zufolge, denen diese kleinen Ausflüge aufgefallen waren, ist sie nie länger als zehn Minuten weg gewesen.

Ich hatte natürlich keine Ahnung von alldem. Wenn ich sie fragte, was sie denn so machte, während sie auf mich wartete, warf sie mir einen verschmitzten Blick zu und sagte, sie habe mit ein paar von euch Mädchen gespielt. Ich hätte merken müssen, dass sie mir etwas verheimlichte, ich hätte genauer nachfragen müssen. Vielleicht wäre sie dann nie zu dem Schwimmbad gegangen.

Manami ist gestorben, weil ich auf sie hätte aufpassen sollen und nicht achtsam genug war. Ich bedauere es auch aufrichtig, dass es so ein Schock für euch alle hier war. Es ist jetzt mehr als einen Monat her, und noch immer strecke ich jeden Morgen den Arm auf dem Futon aus und erwarte, Manami eingekuschelt neben mir vorzufinden. Wenn wir uns abends schlafen legten, schmiegte sie sich immer an mich, und wenn ich ein bisschen abrückte, um sie zu necken, ließ sie nicht locker, bis ich nachgab und ihre Hand nahm; dann entspannte sie sich und schlief ein. Jetzt muss ich jeden Morgen weinen, wenn ich die Hand nach ihr ausstrecke und begreife, dass ich nie wieder ihre flaumigen Bäckchen oder ihr weiches Haar streicheln werde.

Als ich dem Direktor meine Kündigung mitteilte, wollte er wissen, ob es wegen dem sei, was mit Manami passiert ist – wie Sie sich das vorhin auch schon gefragt haben, Fräulein Kitahara. Und es stimmt, dass mein Ausscheiden aus dem Lehrberuf mit Manamis Tod zu tun hat. Aber es stimmt auch, dass ich unter anderen Umständen wahrscheinlich weiter unterrichtet hätte, um meine Schuld abzubüßen und mich von meiner Trauer abzulenken. Warum also habe ich beschlossen zu kündigen?

Weil Manamis Tod kein Unfall war. Sie wurde ermordet, und zwar von Schülern aus dieser Klasse.

Ich frage mich, wie viel ihr von den Altersgrenzen wisst, mit denen die Gesellschaft manche Dinge einschränkt, und wie ihr darüber denkt. Zum Beispiel: Wie alt müsst ihr sein, um Alkohol und Tabak zu kaufen? Herr Nishio? Richtig, zwanzig Jahre alt. Ich bin froh, dass Sie diese Regeln kennen. Ab zwanzig gilt man vor dem Gesetz als erwachsen, und jedes Jahr zeigen die Fernsehnachrichten, wie die frischgebackenen mündigen Bürger in der Neujahrsnacht ihre Volljährigkeit feiern, indem sie sich betrinken und über die Stränge schlagen.

Nun mag es seltsam erscheinen, dass diese jungen Leute alle wie auf Knopfdruck in diesem einen Moment ihres Lebens in Maßlosigkeit verfallen, und die Fernsehkameras, die sie dabei filmen, stacheln sie natürlich noch an. Aber es würde wahrscheinlich gar nicht erst zu solchen Exzessen kommen, wenn es den Leuten nicht verboten wäre zu trinken, bis sie zwanzig werden. Dass die Gesellschaft den Konsum von Alkohol ab zwanzig erlaubt, heißt nicht, dass sie ihre Mitglieder ausdrücklich ermuntert zu trinken – oder gar, sich zu betrinken. Doch die gesetzliche Altersgrenze für das Trinken spielt sicher eine wichtige Rolle dabei, dass man gemeinhin glaubt, man verpasse etwas, wenn man *nicht* trinkt, sobald man alt genug dafür ist – selbst wenn man keine besondere Lust dazu hat. In gewisser Hinsicht erfüllt die Altersgrenze wohl ihren Zweck – ohne sie würden einige von euch womöglich betrunken zum Unterricht kommen. Ich nehme an, manchen von euch ist die gesetzliche Altersgrenze sowieso egal, und ihr habt schon angefangen zu trinken, vielleicht durch einen Onkel oder einen älteren Freund dazu verleitet. Vermutlich ist es zu idealistisch, zu glauben, dass man es den Leuten selbst überlassen kann, ihre eigenen ethischen Grundsätze zu entwickeln.

Aber vielleicht ist das alles auch zu vage. Vielleicht begreift ihr nicht, worauf ich hinauswill.

Oder vielmehr, ihr seid so damit beschäftigt, euch zu fragen, wer wohl der Mörder sein könnte, dass ihr an gar nichts anderes mehr denken könnt. Ihr fürchtet euch wohl auch ein bisschen, im selben Raum mit jemandem zu sitzen, der zu so einem Verbrechen fähig war, aber vor allem ist es die Neugier, die euch jetzt zu schaffen macht. Außerdem kann ich euch ansehen, dass manche von euch erraten haben, wer die Mörder sind, und dass manche es sogar schon wissen. Doch was mich wirklich schockiert, ist, dass die Mörder so gelassen dasitzen, während ich euch dies alles erzähle.

Nein, vielleicht ist »schockiert« nicht ganz das richtige Wort. Denn ich weiß auch, dass einer der beiden Mörder tatsächlich möchte, dass sein Name bekannt wird. Während der andere – der, der eben blass geworden ist, als ich sagte, ich wüsste, was sie getan haben – kurz davor ist, ohnmächtig zu werden. Aber keine Sorge, ich werde eure Namen nicht jetzt vor der Klasse offenbaren.

Ihr habt doch alle schon mal vom Jugendstrafrecht gehört, nicht wahr?

Es beruht auf der Annahme, dass junge Leute noch unreif und unfertig sind in ihrer Entwicklung. Wenn nötig, muss daher der Staat, anstelle der Eltern, die beste Methode finden, die straffällig gewordenen Jugendlichen wieder auf den rechten Weg zu bringen. Als ich jung war, kam jedes Kind unter sechzehn, das ein Verbrechen begangen hatte – selbst wenn es Mord war –, vors Familiengericht und landete meist nicht mal im Erziehungsheim. Aber diese Auffassung von Kindern als rein und unschuldig scheint jetzt überholt. In den Neunzigerjahren war das Jugendstrafrecht zunehmend überfordert, als Vierzehn- und Fünfzehnjährige plötzlich die fürchterlichsten Verbrechen begingen. Ihr wart damals noch klein, aber sicher haben viele von euch von dem Vorfall in Kobe gehört, wo ein Junge mehrere Kinder umbrachte und eins davon köpfte. Bestimmt wüsstet ihr alle, worauf ich anspiele, wenn ich den Namen erwähnen würde, den der Mörder in seinen Drohbriefen verwendet hat. Dieser Fall wie auch andere haben eine Debatte darüber ausgelöst, dass man das Jugendstrafrecht grundlegend revidieren müsste, und im April 2001 wurde ein neues Gesetz erlassen, wonach das Alter, in dem man für Straftaten zur Verantwortung gezogen wird, von sechzehn auf vierzehn herabgesetzt wurde.

Aber die meisten von euch sind dreizehn. Was bedeutet Alter denn eigentlich?

Ich nehme an, ihr erinnert euch an einen Vorfall, der noch nicht so lange zurückliegt – den Fall, wo eine ganze

Familie vergiftet wurde. Das junge Mädchen, das es getan hat, war in eurem Alter, dreizehn, und in ihrem ersten Jahr in der Mittelschule. In den Sommerferien fing sie an, ihrer Familie irgendein Gift ins Abendessen zu mischen, und berichtete in ihrem Blog dann über die Veränderungen, die sie an ihren Opfern beobachtete. Aber die Wirkung des Gifts muss wohl enttäuschend gewesen sein, sodass sie eines Abends Zyankali ins Curry rührte und ihre Eltern, ihre Großmutter und ihren kleinen Bruder umbrachte. Ihr erinnert euch vielleicht an die letzte Zeile in ihrem Blog: »Das Zyankali hat's gebracht!« Die Geschichte ging wochenlang durch die Medien. Richtig, Fräulein Sonezaki, sie nannte sich Lunacy – sicherlich könnt ihr euch alle noch an diesen Nickname erinnern. In der römischen Mythologie verkörpert die Mondgöttin Luna das Irrationale, bis hin zur psychischen Abnormität. Die Medien haben das Wort aufgegriffen, und es war dann viel die Rede von ihrer gespaltenen Persönlichkeit – wie sonst hätte sich ein braves Schulmädchen in die geistig umnachtete Mondgöttin verwandeln können?

Das Ganze entwickelte sich zu einem riesigen Medienspektakel. Und ich nehme an, manche von euch wissen sogar, was aus ihr geworden ist, was für eine Strafe sie erhielt. Trotz der Berühmtheit, die sie mit ihrem hübschen Namen erlangte, wurde ihre Identität nie aufgedeckt; da sie minderjährig war, tauchten keine Fotos von ihr in der Presse auf. Alles, was wir zu hören bekamen, waren übertriebene Berichte von ihrem Verbrechen und vage Mutmaßungen über ihren umnachteten Geist, und schließlich wuchs Gras über die Sache, ohne dass die Wahrheit je ans Licht kam.

Erscheint euch diese Art von Berichterstattung etwa als angemessen? Sie hat doch zu nichts anderem geführt, als das Wissen um die Existenz solch unmenschlicher Verbrecher in die Köpfe unserer Jugend einzupflanzen – und die kleine, beklagenswerte Minderheit, die solche verrückten Verbrecher bewundert oder gar verehrt, darin auch noch zu bestärken. Ich finde, wenn wir die Namen jugendlicher Verbrecher verschweigen, dann sollten wir auch die Veröffentlichung klangvoller Decknamen vermeiden, unter denen sie sich mit ihren Taten brüsten. In ihrem Blog nannte sie sich Lunacy, aber da sie in der Presse nur »Fräulein A.« genannt werden durfte, hätte man vielleicht auch einen weniger netten Namen für ihren Blog finden können, zum Beispiel »Idiotin« oder »Loserin«. Genauso hätten wir diesen Jungen in Kobe, der anderen den Kopf abschneidet, einfach auslachen sollen wegen seiner anmaßenden Selbstdarstellung.

Ich frage mich, was für ein Bild die Leute sich wohl von dieser Lunacy machen. Überlegt mal, würde eine schöne junge Frau sich freiwillig als unzurechnungsfähig bezeichnen? Wenn man von Gesetzes wegen keine Bilder von jugendlichen Mördern veröffentlichen darf, warum dann die Leute dazu verleiten, sich jemand Hübsches vorzustellen? Besser, man würde stattdessen ein fingiertes Bild von der Person unter die Leute bringen, ein Foto von einer bösartig grinsenden Verrückten. Warum denn nicht zeigen, was für eine Sorte Mensch so jemand ist? Wenn wir sie stattdessen in Watte packen und jede Menge Aufhebens um sie veranstalten, bestärken wir sie dann nicht noch in ihrem Narzissmus? Und werden sich dann nicht noch mehr törichte Kinder dazu angeregt fühlen, sie zu verehren? Und vor allem, wenn ein Kind ein derartiges Verbrechen begeht, obliegt es dann nicht den Erwachsenen, so diskret wie möglich damit umzugehen und dem Verbrecher die Schwere seines Vergehens unmissverständlich klar zu machen? Diese Lunacy wird ein paar Jahre in irgendeiner Erziehungsanstalt verbringen, vielleicht irgendeine Art von Abbitte verfassen, und dann zurück in die Gesellschaft entlassen werden, sehr wohl wissend, dass sie als Mörderin straffrei davongekommen ist.

Ihr wisst das vielleicht nicht, aber die harscheste Kritik betraf nach dem Giftmord nicht etwa das Mädchen selbst, sondern ihren Chemielehrer an der Mittelschule. Aus Diskretionsgründen werde ich ihn T. nennen, doch es war allgemein bekannt, dass T. ein ungewöhnlich gewissenhafter Lehrer war, dem es vor allem darum ging, die schulischen Leistungen seiner Schüler zu fördern. Mehrfach hatte er sich darüber beklagt, dass der Lehrplan wegen der völlig übertriebenen Sicherheitsbestimmungen nur noch läppische, harmlose Experimente im Klassenzimmer zuließ.

Ob ich ihn kannte? Ja, ich hatte die Gelegenheit, mich während des landesweiten Wettbewerbs der Mittelschulen mit ihm zu unterhalten, kurz bevor der schlimme Vorfall bekannt wurde. Das Mädchen hatte T. gegenüber behauptet, sie habe ihr Heft im Klassenzimmer liegen lassen, und um Erlaubnis gebeten, es holen zu gehen. Er war gerade mitten in der Elternsprechstunde, und da das Mädchen eine gute Schülerin war, hatte er ihr bedenkenlos seinen Schlüsselbund ausgehändigt. Später kam heraus, dass sie die meisten der Chemikalien für ihren Giftcocktail in der Apotheke besorgt hatte, teilweise auch online, aber das Zyankali, das hatte sie aus der Schule – und T. wurde allgemein dafür gerügt, dass er viel zu leichtsinnig beim Verwahren einer so gefährlichen Substanz gewesen sei.

Und das war noch nicht alles. Es gab Gerüchte – die jeder Grundlage entbehrten –, dass er das Mädchen sogar in irgendeiner Form dazu angestiftet habe, und folglich wurde er aus seiner Arbeitsstelle gedrängt. Er leidet immer noch an den Folgen, obwohl das Medieninteresse an ihm inzwischen abgeklungen ist. Seine Frau, die mit der üblen Nachrede nicht zurande kam, ist wegen nervöser Erschöpfung in der Klinik gelandet, und sein kleiner Sohn hat den Namen der Mutter angenommen und ist zu seiner Tante in eine andere Präfektur gezogen. Schließlich erging eine Anweisung der Schulbehörde an alle Chemielehrer, eine Inventur sämtlicher Betäubungsmittel und anderer potenziell gefährlicher Substanzen zu erstellen.

Streng genommen braucht man kein Zyankali in schulischen Chemielaboren, und obwohl T. vermutlich seine Gründe hatte, einen Vorrat davon anzulegen, kann ich verstehen, dass man ihm seinen laxen Umgang mit den Laborschlüsseln zum Vorwurf gemacht hat. Wir haben hier kein Zyankali an der Schule, aber eine Menge anderer Dinge, mit denen man jemanden umbringen könnte. Den Schlüssel zum Chemielabor bewahren wir in einem Schrank auf, zu dem die Schüler keinen Zugang haben, aber falls jemand die Tür gewaltsam öffnen würde, wer weiß, was dann nicht alles passieren könnte? Selbst wenn man alle problematischen Chemikalien aus der Schule verbannt, gibt es immer noch die Messer in der Küche der Cafeteria und die Springseile in der Turnhalle, mit denen man jemanden erdrosseln könnte. Auch sind wir Lehrer nicht befugt, eure Sachen zu konfiszieren, selbst wenn wir sicher sind, dass ihr ein Messer in der Tasche habt. Vielleicht habt ihr es in der Absicht mitgebracht, einen Klassenkameraden zu verletzen, aber wenn ihr sagt, ihr wollt euch damit nur vor Angriffen auf dem Schulweg schützen, können wir nichts dagegen tun. Und wenn wir unsere Sorgen an höherer Stelle vorbringen, speist man uns mit dem Ratschlag ab, mehr Wachsamkeit walten zu lassen. Nur wenn euer Messer einen Zwischenfall auslöst oder benutzt wird, um jemanden zu verletzen, haben wir endlich das Recht, es euch wegzunehmen – aber dann ist es zu spät, und natürlich wird man uns vorwerfen, dass wir nicht früher eingegriffen haben, wenn wir doch von dem Messer wussten. Wer ist hier letztendlich zu tadeln? Ist es wirklich die Schuld fahrlässiger Lehrer?

War Manamis Tod wirklich meine Schuld? Was hätte ich denn tun sollen?

Manamis Beerdigung fand in aller Stille statt. Ich weiß, manche von euch hätten gern daran teilgenommen, und es tut mir leid, dass wir euch nicht einladen konnten. Einerseits hätte ich es gern gehabt, dass eine Menge Leute da gewesen wären, um von ihr Abschied zu nehmen, aber noch wichtiger war es mir, ihren Vater dabeizuhaben. Sie hatten sich nur einmal getroffen, Ende letzten Jahres. Ich hatte gar nichts davon mitbekommen, bis Manami eines Abends plötzlich auf den laufenden Fernseher deutete.

»Den Mann hab ich gestern getroffen«, sagte sie. Ich dachte, mir bleibt das Herz stehen. Als ich sie fragte, was sie damit meinte, sagte sie, der Mann habe draußen am Zaun vor ihrer Tagesstätte gestanden und ihr beim Schaukeln zugesehen. Dann habe er sie zu sich gewunken, und sie sei hingegangen. Sie sei überrascht gewesen, dass er ihren Namen kannte, als er sie fragte, ob sie glücklich sei. Als sie Ja sagte, habe er gelächelt. »Das freut mich«, habe er gesagt, dann sei er weggegangen.

Ich bin mir sicher, dass dieser Mann Manamis Vater war. Die Sicherheitsvorkehrungen bei Kindertagesstätten sind in letzter Zeit verschärft worden, und sogar Anwohner aus der Nachbarschaft werden überprüft, wenn sie sich zu lange am Zaun aufhalten. Doch Manamis Vater hätte wohl kaum Verdacht erregt. Selbst wenn jemand ihn aufgehalten hätte, wäre ihm eine plausible Ausrede eingefallen – und wenn er erkannt worden wäre, hätte man ihn gleich als den berühmten Lehrer hereingebeten.

Als ich Manamis Geschichte hörte, begann ich mich zu fragen, wie es ihrem Vater wohl ging, und zum ersten Mal seit unserer Trennung – zum ersten Mal seit fünf Jahren – rief ich ihn an. So erfuhr ich, dass die Symptome seiner Erkrankung mittlerweile ausgebrochen seien. Die Protagonistin in eurer Schullektüre ist gleich nach der Ansteckung krank geworden, aber in Wirklichkeit hat das Virus oft eine Inkubationsphase von fünf bis zehn Jahren.

Im Fall von Manamis Vater waren es fast vierzehn Jahre, was anscheinend außergewöhnlich lang ist. Jedenfalls wusste ich nicht recht, was ich sagen sollte, als er es mir offenbarte, aber noch ehe ich antworten konnte, setzte er mit tonloser Stimme hinzu, er werde nie mehr versuchen, Manami wiederzusehen. In seinem Tonfall war keine Spur mehr von der Energie, die ihr von seinen Fernsehauftritten her kennt. Ich fragte ihn, ob er in den Winterferien mit Manami und mir wegfahren wolle – nicht aus Mitleid mit einem Sterbenden, sondern einfach, um noch ein bisschen Zeit als Familie zusammen zu verbringen. Aber er lehnte ab, in dem gleichen erloschenen Tonfall.

Als er Manami das erste Mal in den Armen hielt, da war sie schon tot. Er kam, um mit mir die Totenwache zu halten, und er umarmte sie und weinte und verfluchte seine sündige Vergangenheit, ohne die das alles nicht passiert wäre. Es heißt, man kann nur weinen, bis man keine Tränen mehr hat, aber wir warteten vergeblich auf das Ende der Tränen und bereuten es bitterlich, uns gegen eine gemeinsame Zeit zu dritt entschieden zu haben.

Wie es aussieht, habe ich euch heute Nachmittag sehr viel von meiner Reue erzählt.

Nach Manamis Beerdigung kamen eine Menge Leute, um ihr die letzte Ehre zu erweisen. Ihre Betreuerinnen aus der Tagesstätte, ihre Spielgefährten und noch viele andere. Wir hatten gebeten, von den üblichen Kondolenzgeldspenden Abstand zu nehmen, aber sie brachten Kuschelhasen und Süßigkeiten und legten sie vor Manamis Foto ab. Sicherlich ruht sie sanfter, von ihren Lieblingen umgeben, sage ich mir.

Frau Takenaka hat mich letzte Woche besucht, kaum dass sie aus dem Krankenhaus entlassen war, genau einen Monat nach Manamis Tod. Sie kniete sich vor unseren Hausaltar und bat Manamis Seele weinend um Vergebung. Sie hatte in der Zeitung gelesen, dass sich Manami in der Nähe des Schwimmbads aufgehalten hatte, um einen Hund zu füttern, und sie war völlig verstört von dem Gedanken, irgendwie für ihren Tod verantwortlich zu sein. Weil es auf dem Schulgelände passiert war und weil ich so erschöpft war, hatte ich es dem Direktor überlassen, den Artikel vor der Veröffentlichung zu überprüfen, anstatt es selbst zu tun, aber nachdem ich Frau Takenaka gesehen hatte, bereute ich es. Reue, nichts als Reue.

Frau Takenaka hatte alle Sachen eingesammelt, die Manami in ihrem Haus zurückgelassen hatte, und sie mir in einer Papiertüte gebracht. Kleider zum Wechseln, Unterwäsche, Löffel und Stäbchen, Plüschtiere und Spielzeug. Aber unter diesen vertrauten Dingen, die nun schmerzhafte Erinnerungen heraufbeschworen, gab es eins, das mir nicht so vertraut war: ein Täschchen in Kuschelhäschenform aus weichem Fleece. Es war das, um das mich Manami in dem Laden angebettelt und was ich ihr nicht gekauft hatte – aber wie kam es in Frau Takenakas Tüte? Manami hatte es mir immer erzählt, wenn Frau Takenaka oder sonst jemand ihr etwas geschenkt hatte, selbst wenn es nur ein Bonbon war. Das Täschchen, sagte Frau Takenaka, sei in Mukus Hundehütte gefunden worden, was vielleicht erklärt, weshalb es so ausgefranst aussah. Aber Frau Takenaka hatte befürchtet, Manami würde es vermissen, wenn sie es ihr nicht auf den Altar legte.

Ich dankte ihr für all die Freundlichkeit, die sie Manami erwiesen hatte, und für die Mühe des Besuchs, die sie auf sich genommen hatte, noch ehe sie ganz genesen war. Dann fuhr ich sie nach Hause. Muku spielte in dem verwilderten Garten mit einem Baseball. Frau Takenaka meinte zwar, der Ball stamme aus der Schule, aber selbst der beste Schlagmann im Team hätte ihn wohl kaum über die Umzäunung und das Schwimmbad bis in ihren Garten jagen können. Sie erklärte, sie habe manchmal Schüler, die das Schwimmbad zu putzen hatten, neben dem Becken Fangübungen machen sehen, also gehörte der Ball wahrscheinlich ihnen. Putzdienst am Schwimmbad oder in der Turnhalle wird hier an der Schule als Strafe für kleinere Regelverstöße verhängt, und ich hatte vergessen, dass einige aus ebendieser Klasse in den letzten Monaten solche Strafen bekommen hatten.

War Manami an jenem Tag allein am Schwimmbad gewesen? Plötzlich befielen mich Zweifel. Zu Hause sah ich mir das Hasentäschchen noch mal genauer an. Hatte es wirklich Manami gehört? Und wenn ja, wer hatte es ihr gekauft? Während ich es so in der Hand wog, fiel mir auf, dass es merkwürdig schwer war. Ich öffnete den Reißverschluss und entdeckte eine Art Metallschlinge unter dem dünnen Innenfutter. Zunächst drängte ich den schrecklichen Verdacht noch zurück, doch am nächsten Tag in der Schule ließ ich zwei Schüler einzeln zur Befragung antreten…

Dem Lärm im Flur nach zu schließen, ist die Schule für heute aus. Wenn irgendwelche von euch zum Sporttraining oder zur Nachhilfe müssen oder einfach nur nach Hause wollen, dann geht nur. Ich weiß, das hier war alles nicht sehr angenehm, und ich rede auch schon recht lange. Was ich von jetzt an zu sagen habe, wird allerdings noch unangenehmer; es steht euch frei zu gehen, wenn ihr es nicht hören wollt. Keiner steht auf? Nun gut, dann nehme ich an, dass ihr alle freiwillig hierbleibt.

Von jetzt an werde ich die beiden Mörder A und B nennen.

In den ersten Monaten, die er hier an der Schule war, gab es nichts, wodurch A meine Aufmerksamkeit in besonderer Weise auf sich gezogen hätte. Anscheinend war es ihm gelungen, manche der anderen Jungen in dieser Klasse zu beeindrucken, aber das war mir nicht bewusst; aufgefallen ist er mir erst nach den Zwischenprüfungen im ersten Trimester. Er hat perfekte hundert Prozent erzielt, und da er der Einzige in der ganzen Klasse war, dem das gelungen ist, sprach sich das ziemlich schnell auch in den anderen Klassen herum. Ich weiß, dass die meisten von euch stolz auf ihn waren, aber in den anderen Klassen gab es einiges Murren. Ein Kommentar von einem anderen Schüler – nennen wir ihn C – ist mir zu Ohren gekommen. C war anscheinend mit A in die Grundschule gegangen, und er sagte, A habe sich unfaire Vorteile verschafft, da er »Lebendversuche« durchgeführt habe. Das klang beunruhigend, und ich rief C zu mir, um Genaueres zu erfahren. Bevor er sich bereit erklärte, mir zu sagen, was er wusste, bestand er darauf, dass ich es niemandem weitersagte. Dann beschrieb er mir, was A im letzten Grundschuljahr so alles getrieben hatte. Er hatte streunende Katzen und Hunde aus der Nachbarschaft eingefangen und sie mit einem selbst erfundenen Gerät, das er die Exekutionsmaschine nannte, gequält und umgebracht. Zunächst sprach C leise, den Blick auf den Tisch gesenkt, doch im Lauf seiner Schilderung wurde er immer lebhafter. »Er hat Fotos von den toten Tieren gemacht *und sie auf seiner Website gepostet*!«, rief er, als ob er sich mit eigenen Schandtaten brüstete, und ich weiß noch, wie es mich schauderte angesichts seiner Bewunderung für A.

Ich ließ mir noch die Website-Adresse von A geben, ehe ich ihn wegschickte, und setzte mich dann gleich an den Computer im Lehrerzimmer. Dort fand ich aber nichts als eine Nachricht in zackiger Schrift, der zufolge eine neue Maschine sich zurzeit noch im Entwicklungsstadium befinde. In den Unterlagen, die wir von der Grundschule zugeschickt bekamen, als A hier anfing, hatte von alldem kein Wort gestanden, aber zur Sicherheit rief ich auch noch seinen damaligen Klassenlehrer an. Nein, sagte er ganz ungerührt, von so etwas habe er noch nie gehört. Der Junge sei ein guter Schüler mit ausgezeichneten Noten gewesen. Nun, in den folgenden Wochen behielt ich A im Auge, doch er war genauso, wie man ihn mir beschrieben hatte, ein fleißiger Junge, der eine positive Einstellung zur Schule und zum Leben im Allgemeinen an den Tag legte – alles in allem ein richtiger Musterschüler. Und so ließ meine Aufmerksamkeit mit der Zeit wieder nach. Ihr könnt mich naiv nennen, aber ich hatte wohl auch anderweitig zu tun.

Letzten Juni war ich eines Tages allein im Chemieraum und bereitete gerade ein Experiment für die neunte Klasse vor, als A hereinkam. Er sah sich die Laborausrüstung mit sichtlichem Interesse an, und dann fragte er, was ich an der Universität studiert hätte. Als ich ihm sagte, mein Hauptfach sei Chemie gewesen, wollte er wissen, ob ich mich mit elektrischen Apparaten auskennen würde. Ich hatte im Studium auch Kurse in Physik absolviert, doch angesichts der Tatsache, dass A's Vater ein Elektronikgeschäft betrieb, äußerte ich Zweifel, dass ich mich so gut in der Materie auskannte wie er.

Darauf zückte er eine kleine schwarze Geldbörse aus Kunstleder mit Reißverschluss. Sie sah ganz harmlos aus, ein schlichtes Ding, wie man es überall kaufen kann. Ich fragte mich, was er damit vorhatte, denn er grinste so erwartungsvoll. »Machen Sie mal auf«, sagte er. »Da ist eine Überraschung drin.« Es war mir klar, dass irgendein Trick dahinterstecken musste, und ich nahm ihm die Börse ganz vorsichtig ab. Sie kam mir relativ schwer vor, sicher enthielt sie tatsächlich etwas. Ich nahm mir vor, nicht zu erschrecken, falls es ein Frosch oder eine Spinne war, aber kaum hatte ich den Reißverschluss angefasst, bekam ich einen Stromschlag in die Finger. Erst dachte ich, das Metall habe sich irgendwie statisch aufgeladen, aber das war doch zu unwahrscheinlich an einem regnerischen Junitag. Während ich noch verdutzt auf die Börse und meine Finger hinabschaute, hörte ich A plötzlich kichern.

»Nicht schlecht, was? Ich hab mehr als drei Monate gebraucht, um das hinzukriegen.« Er klang mächtig stolz auf sich. »Aber der Schlag war weniger stark, als ich dachte.«

Ich traute meinen Ohren nicht.

»Soll das heißen, Sie haben mich als Versuchskaninchen benutzt?«

»Na und?«, sagte er, immer noch mit einem selbstzufriedenen Grinsen im Gesicht. »Werden Leute für wissenschaftliche Versuche nicht andauernd mit Drogen oder Elektroschocks traktiert? Ist doch nichts dabei, solange man es unter Kontrolle hat.«

Ich erinnerte mich an das, was C mir erzählt hatte, und an die Behauptung auf A's Website, dass seine neue Maschine noch im Entwicklungsstadium sei.

»Wie kommen Sie bloß darauf, so etwas Gefährliches zu erfinden?«, fragte ich ihn. »Was haben Sie damit vor? Kleine Tiere töten?« Meine Finger kribbelten noch von dem Stromschlag.

A machte große Augen, wie ein Komödiant, der Erstaunen mimt. »Was sind Sie denn so zimperlich?«, sagte er. »Nicht zu fassen, dass Sie nicht begreifen, wie großartig das hier ist. Dann zeige ich es eben jemand anderem, der es mehr zu schätzen weiß.« Er riss mir die Börse aus der Hand, drehte sich um und ging hinaus.

In der Lehrerkonferenz berichtete ich, dass A eine Börse mit elektrisch geladenem Reißverschluss hergestellt habe, und erklärte, wie gefährlich so etwas sein konnte. Auch von A's Aktivitäten in der Grundschule, wie C sie mir geschildert hatte, setzte ich die Kollegen in Kenntnis. Aber sie schienen es alle für eine Lappalie zu halten und meinten, man solle es bei einer strengen Verwarnung bewenden lassen und ansonsten wachsam bleiben. Ferner rief ich bei A zu Hause an, um mit seinen Eltern zu sprechen, nicht in der Absicht, ihn zu beschuldigen, nur um sie wissen zu lassen, dass er sich gefährlichen Experimenten widmete und Wachsamkeit angeraten sei. Seine Mutter reagierte alles andere als entgegenkommend auf den Anruf.

»Ich bin beeindruckt, dass Sie sich die Zeit nehmen, extra deswegen hier anzurufen«, sagte sie spöttisch. »Zumal Sie ja selbst noch ein Kind haben, um das Sie sich kümmern müssen.«

Von da an sah ich mir täglich A's Website an, denn ich war überzeugt, mit »jemand anderem« habe er seine Leserschaft im Netz gemeint. Aber dort stand immer nur, dass die Maschine noch im Entwicklungsstadium sei.

In der nächsten Woche tauchte A wieder mit der Börse auf, und dazu hatte er eine Aktenmappe mitgebracht und ein Papier, das ich unterschreiben sollte. Es war ein Antragsformular für den Wettbewerb der Mittelschulen – der, für den auf dem Plakat hier geworben wird. Abgabeschluss für die eingereichten Projekte war Ende Juni. Da dies noch vor den Sommerferien war, hatte ich den Wettbewerb in der Klasse nur flüchtig erwähnt. Ich hätte nie gedacht, dass A seine Börse dort einreichen wollte.

Als Bezeichnung des Projekts hatte er auf dem Formular angegeben: »Diebstahlsichere *Schock*börse«, und als Zweck der Erfindung: »Um mein kostbares Taschengeld vor Dieben zu schützen.« Das ganze Formular war schon fertig ausgefüllt, bis auf Namen und Unterschrift des Projektberaters. Den Konstruktionsplänen in der Aktenmappe konnte ich entnehmen, dass er dem Reißverschluss noch einen Sicherheitsriegel beigefügt hatte, der dem Eigentümer der Börse erlaubte, sie gefahrlos zu handhaben, während jeder Unbefugte, der den Reißverschluss zu öffnen versuchte, einen Stromschlag bekam. Die ganze Mechanik war penibel aufgezeichnet und mit detaillierten Illustrationen erläutert.

Am Ende hatte er noch auf die verbleibenden Probleme hingewiesen, allen voran die Tatsache, dass die Börse nur einen einzigen Stromschlag austeilen konnte. Er betonte seinen Vorsatz, die Mechanik zu verbessern, indem er nach und nach seinen Wissensstand »auf Hochschulniveau« bringen wolle. Abschließend hatte er dann wohl absichtlich eine kindliche Note anklingen lassen: »Ich versuche, meine Erfindung immer weiter zu verbessern, bis sogar meine Großmutter die Börse unbesorgt benutzen kann!« Der Antrag war handschriftlich ausgefüllt, obwohl A ja bekanntlich einen Computer zu Hause hatte, und ich konnte sehen, dass er es bewusst darauf anlegte, den Eindruck eines emsigen, strebsamen Mittelschülers zu erwecken.

»Ich weiß, dass Sie mir nicht wirklich geholfen haben«, sagte A, nachdem ich den Antrag überflogen hatte. »Aber ich brauche jemanden, der das hier unterschreibt, und Sie sind meine Klassenlehrerin und unterrichten Naturwissenschaften. Bitte?« Da ich zögerte, ohne von dem Formular aufzublicken, insistierte er. »Ich habe das aus gutem Grund erfunden. Ich will nur die Wertsachen von uns Kindern schützen. Aber Sie sagen immer nur, es ist gefährlich. Warum lassen wir nicht die Experten entscheiden, wer recht hat?« Es klang wie eine Herausforderung, fast schon wie eine Kriegserklärung. Am Ende hat er gewonnen und ich verloren. Die diebstahlsichere Schockbörse wurde mit dem Preis der Präfektur ausgezeichnet und zum landesweiten Wettbewerb zugelassen. Dort wurde sie überschwänglich gelobt und erhielt die Ehrenurkunde in der Mittelschul-Kategorie, was gleichbedeutend war mit dem dritten Preis auf landesweiter Ebene.

Ich zitierte A ins Chemielabor, um die Wahrheit über Manamis Tod herauszufinden. Zu jener Zeit glaubte ich noch, etwas damit erreichen zu können. Wahrscheinlich versuchte ich, mit meinen eigenen Schuldgefühlen fertigzuwerden.

Er kam in der Mittagspause, mit einem unschuldigen Grinsen im Gesicht. Ich hielt ihm das Hasentäschchen hin.

»Machen Sie mal auf. Da ist eine Überraschung drin«, sagte ich, mit den gleichen Worten, die er damals an mich gerichtet hatte, aber natürlich weigerte er sich, das Täschchen anzufassen. Wirklich schade. Ich hatte meine eigenen Verbesserungen angebracht und die Stromstärke auf die Voltzahl eines Elektroschockers erhöht. Das war nicht weiter schwierig. Mit ein wenig Recherche könnte jeder so etwas hinbekommen – die Frage ist nur, wozu überhaupt.

Als er begriff, warum ich ihn zu mir gerufen hatte, packte er ganz von selbst aus, fast in triumphierendem Ton, als hätte er schon lange auf diesen Moment gewartet. Die Börse, die er beim Wissenschaftswettbewerb der Mittelschulen eingereicht hatte, war tatsächlich der Prototyp seiner Exekutionsmaschine.

Als er das erste Modell entwickelt hatte, testete er es gleich an seinen Videospiel-Kumpels. Sie waren beeindruckt, aber nicht verblüfft genug, um ihn zufriedenzustellen. Seiner Meinung nach wussten sie seine Leistung nicht angemessen zu würdigen, und so beschloss er, es jemandem zu zeigen, der es zu schätzen wissen würde. Darum brachte er es mir. Meine Reaktion gefiel ihm, aber das war ein Missverständnis. Es war nicht die Börse, die mich erschreckt hatte, sondern A selbst, seine ganze Lebenseinstellung. Er aber war überzeugt, dass es die Börse war, die mir Angst gemacht hatte, und bevor er ging, provozierte er mich absichtlich, im Glauben, ich würde die Nachricht von seiner gefährlichen Erfindung in der ganzen Schule verbreiten. Aber da irrte er sich wieder. Ich hatte zwar in der Konferenz davon berichtet, doch keiner schien im Mindesten daran interessiert. Natürlich war es A auch eingefallen, seine Erfindung auf seiner Website zu präsentieren, aber er fürchtete, niemand würde es verstehen, deshalb wollte er das Gerät lieber Leuten vorführen, die wirklich etwas von der Materie verstanden.

Und so wurde es dann zum Wettbewerb angemeldet. Die Jury bestand zum Großteil aus Professoren mit klingenden Titeln von Technischen Hochschulen, und A erwartete durchaus, dass diese Experten von seiner mörderischen Maschine entsetzt sein würden und sie – ebenso wie ihn – als Bedrohung für die Menschheit bezeichnen würden. Auf die Weise hätte er die Beachtung erhalten, nach der er so sehr gierte. Um aber zu verhindern, dass sein Projekt schon in der Vorrunde scheiterte, hatte er die Anmeldung so geschickt formuliert, dass es aussehen musste, als sei diese Stromschlagfalle auf einen kindlichen – also altersgerechten – Sinn für Gerechtigkeit gegründet. Doch anscheinend hatte er seine Sache zu gut gemacht, sodass er und seine Erfindung bis hin zur landesweiten Endausscheidung als rundweg gut und nutzbringend angesehen wurden.

Einer der Preisrichter, ein bekannter Professor, der auch in Fernseh-Quizshows aufgetreten ist, hatte A sogar noch mal ausdrücklich zu seiner Erfindung beglückwünscht. »Ich selbst hätte so was Raffiniertes nicht hinbekommen«, soll er gesagt haben. Die diebstahlsichere Schockbörse war einfach etwas Besonderes in einem Meer aus Robotergeräten mit irgendwelchen Allerweltsfunktionen.

Doch A hatte auch das missverstanden. Er dachte, man rühme ihn für seine technischen Fertigkeiten, eine verständliche Fehleinschätzung aus Sicht eines Kindes. Er wurde zwar noch immer nicht als der gefährliche Schurke anerkannt, der er sein wollte, aber es war ihm eine gewisse Genugtuung, dass er von der örtlichen Presse interviewt wurde.

Als ich sein Bild in der Zeitung sah und von seinem Erfolg las, war ich selbst ein wenig erleichtert. Ich hatte den Eindruck, dass er nur etwas Anerkennung brauchte, und sich nun, da er sie bekommen hatte, in eine positivere Richtung entwickeln könnte. Vielleicht hatte ich mir unnötig Sorgen gemacht, sagte ich mir; jetzt war ja alles gut ausgegangen.

Eines Tages im letzten Spätsommer brachte die Lokalzeitung einen langen Artikel über A's Projekt und den

Wissenschaftswettbewerb. Doch am selben Tag kam der Mordfall Lunacy ans Licht, und die Geschichte beherrschte die Schlagzeilen. Über die nächsten Wochen kannten die Medien fast kein anderes Thema. A's preiswürdige Leistung wurde bei der Eröffnungsfeier für das zweite Trimester vor der ganzen Schule gewürdigt, aber die Tatsache, dass er von dem berühmten Professor gelobt worden war und die Zeitung einen Artikel über ihn gebracht hatte, fand kaum Erwähnung. Diese Lunacy war das Einzige, was die Leute interessierte. Was hatte A nun davon, dass er so gepriesen worden war? Es hatte ja keiner Notiz davon genommen. Und was war denn so toll an diesem Lunacy-Ding? Das Zyankali? Das hatte sie doch noch nicht mal selbst entdeckt – Gift als Mordwaffe, das konnte ja wohl jeder. A hatte seine eigene Mordwaffe erfunden. Verdiente das nicht wesentlich mehr Beachtung? Je mehr die Medien sich über Luna ereiferten, desto neidischer wurde A, und desto mehr stürzte er sich in die Entwicklung seiner Exekutionsmaschine.

B war vom ersten Schultag an ein freundlicher, umgänglicher Junge. Er war ruhig und höflich, genau wie man es von jemandem erwarten würde, der behütet von seinen Eltern und zwei älteren Schwestern erzogen worden war. Nachdem ich meine Befragung von A beendet hatte, rief ich B an, um ihm ein Treffen am Schwimmbecken vorzuschlagen. Natürlich musste die Wahl des Treffpunkts ihn gleich darauf gebracht haben, was ich bezweckte, und er bat mich, stattdessen zu ihm nach Hause zu kommen. Als ich dort ankam, sagte B, er wolle seine Mutter bei dem

Gespräch dabeihaben. Sie schien von meinem plötzlichen Auftauchen überrascht, woraus ich schloss, dass sie keine Ahnung hatte von dem, was ihr Sohn getan hatte. Ich akzeptierte ihre Anwesenheit bei unserem Gespräch, und wir begannen, uns ganz allgemein über B's Erfahrungen in der Mittelschule zu unterhalten.

Im ersten Quartal war er dem Tennisclub beigetreten. Er hatte sich sportlich betätigen wollen, und Tennis erschien ihm »cool«. Doch sobald er damit angefangen hatte, stellte er fest, dass im Club ein System von unfairen Abstufungen herrschte. Die Kinder, die schon in der Grundschule Tennis gespielt hatten, durften gleich auf die Plätze, die anderen dagegen mussten erst einmal zum Fitnesstraining, und auch nach mehreren Wochen hatten sie noch keinen Schläger in der Hand gehabt. B gehörte der letzteren Gruppe an, aber da er dieses Schicksal mit der Mehrzahl der Kinder teilte, störte es ihn nicht übermäßig. Nach zwei Monaten Training durfte er auch endlich spielen, und er fühlte sich toll, wenn er mit dem Tennisschläger zur Schule ging.

Am Anfang der Sommerferien teilte ihr Trainer, Herr Tokura, sie wieder je nach ihrem Können in Gruppen ein und stellte ihnen spezielle Trainingsaufgaben, »Offensivtaktiken« versus »Defensivtaktiken«, und so weiter, doch B fand sich abermals in der Gruppe wieder, die für »Fitnesspraxis« eingeteilt war. Schlimmer noch, in jeder der anderen Gruppen gab es sechs Mitglieder, in B's aber nur zwei außer ihm: D, der sowieso gleich wieder ausschied, und E, ein kleiner, schmächtiger Junge, der den wenig schmeichelhaften Spitznamen »Kathy« trug.

Tag für Tag mussten B und Kathy ihre Runden um die Schule traben. Überzeugt davon, es in Sachen Fitness locker mit den anderen Kindern aufnehmen zu können, wurde B zunehmend frustrierter. Einmal fragte ein Mädchen ihn, wieso er eigentlich die ganze Zeit nur laufe, wo er doch im Tennisclub sei. Zutiefst geknickt ging B zum Trainer und bat darum, in eine andere Gruppe wechseln zu dürfen. Der Trainer wollte wissen, ob es das Laufen selbst sei, das ihm missfalle, oder ob er nur etwas dagegen habe, beim Laufen mit Kathy gesehen zu werden. Natürlich war es Letzteres, aber B konnte dem Trainer nicht begreiflich machen, was in ihm vorging. »Wenn du dich immer darum sorgst, was andere von dir denken, wirst du nie ein richtiger Kerl. Halte durch«, wies der Trainer ihn an. »Die Gruppenpraxis ist sowieso in einer Woche zu Ende.«

Aber am nächsten Tag rief B's Mutter in der Schule an und meldete ihn beim Tennisclub ab. Stattdessen fuhr er jetzt immer den weiten Weg in die Innenstadt zu einer äußerst strengen Paukschule.

B's Noten waren bisher nie besser als mittelmäßig gewesen, doch zu Beginn des zweiten Trimesters steigerten sich seine Leistungen zusehends. Bei den Zwischenprüfungen erzielte er fast fünfzehn Punkte mehr als im ersten Trimester, und auch in der Paukschule war er in zwei Monaten von der untersten Kategorie, Klasse 5, zur zweitbesten, Klasse 2, aufgestiegen. F, dessen Noten etwa denen von B entsprachen, ging ab November ebenfalls in die gleiche Paukschule und wurde in Klasse 4 eingestuft.

Die Pubertät ist eine Zeit, wo sich die Fähigkeiten eines

Kindes – ob im akademischen, sportlichen oder künstlerischen Bereich – auf einmal beschleunigt entwickeln. Durch den Erfolg ermutigt, wird das Kind dann in diesem Bereich ein gewisses Selbstvertrauen entwickeln, das wiederum zu vermehrter Anstrengung führt – und zu vermehrtem Erfolg. Natürlich passiert es oft auch, dass ein Kind seine Fähigkeiten überschätzt – oder es steigert sich erst dramatisch, nur um dann ein Level zu erreichen, auf dem es dann mehr oder weniger verharrt.

Aber was danach passiert, darauf kommt es an. Manche Kinder glauben, an ihre Grenzen gestoßen zu sein, und versuchen es gar nicht erst weiter, geben sich mit dem stetig absteigenden Weg in die Mittelmäßigkeit zufrieden. Andere strengen sich tapfer weiter an, unabhängig vom Erfolg, und schaffen es, sich auf gleichbleibendem Niveau zu halten. Aber es gibt auch die, die sich dann erst recht ins Zeug legen, das Hindernis überwinden und schließlich zum nächsthöheren Niveau aufsteigen. Die Klassenlehrer unter uns, die Schüler auf die Zulassung zur Oberschule vorbereiten, bekommen immer wieder von den Eltern zu hören, ihr Kind würde es schaffen, wenn es sich »bloß Mühe geben« würde. Aber meistens hat das Kind schon den Punkt erreicht, von dem an es wieder abwärts geht. Nicht, dass es sich keine Mühe gegeben hätte – aber für ihn ist das Spiel einfach gelaufen.

Auch B gelangte an diesen Punkt in seiner Entwicklung.

Bis zu den Winterferien hatten seine Noten sich auf einem gleichbleibenden Stand eingependelt und sogar wieder etwas verschlechtert. Zu Beginn des dritten Trimesters aber musste sich B von seinem Nachhilfelehrer vor der ganzen Klasse eine Standpauke anhören – es war wie in der Fernsehwerbung. »Sie sind viiiel zu schnell mit sich zufrieden! Ein paar Einsen, und schon lassen Sie nach, und es gibt wieder Dreien und Vieren!« B fühlte sich gedemütigt. Welches Recht hatte der Mann, ihn vor allen anderen so abzukanzeln, nur weil seine Noten ein bisschen abgerutscht waren? Aber das war noch nicht das Schlimmste. Als der Lehrer die neue Klasseneinteilung bekannt gab, fand sich B immer noch in der zweiten wieder, während F in die oberste Gruppe aufgestiegen war. B kochte vor Wut, und nach dem Unterricht ging er sofort in die Videospielhalle, um sich abzureagieren und das Geld zu verjuxen, das er zu Neujahr geschenkt bekommen hatte.

Er war vollkommen in ein Spiel vertieft, als er plötzlich merkte, dass er von einer Gruppe Oberschüler umringt war. Sie versuchten, ihm die Geldbörse abzunehmen, er wehrte sich, und als ein Polizist vorbeikam und das Gerangel sah, wurde er sicherheitshalber mitgenommen. Wenn ich mich recht erinnere, erhielt ich an dem Abend nach elf einen Anruf von der Polizei, worauf ich sofort Herrn Tokura anrief, den Tennistrainer. Bestimmt war B erschrocken, ihn dort auf der Wache auftauchen zu sehen, wo er doch mich erwartete, seine Klassen- und Beratungslehrerin. Er fragte Tokura, warum ich nicht gekommen sei, worauf dieser ihm offenbar antwortete, weil ich »eine Frau« sei. B verstand das so, dass meine häusliche Situation es mir nicht erlaubte, für ihn da zu sein – er nahm an, ich wäre ihn nicht abholen gekommen, weil mir als alleinerziehender Mutter mein eigenes Kind wichtiger wäre als meine Schüler.

Unterwegs im Auto fuhr Herr Tokura offenbar mit seiner Kritik an B fort, die er schon beim Tennistraining begonnen hatte. »Der Nachhilfelehrer hat dich also vor der Klasse bloßgestellt, und daraufhin bist du zum Videospielen gegangen. Du kümmerst dich zu sehr darum, was andere von dir denken. Wenn du die Schule hinter dir hast, wirst du mit noch viel Schlimmerem als so einem bisschen Gerügtwerden klarkommen müssen.« B's Behauptung, dass der Trainer ihn zur Schnecke gemacht habe, war einfach kindisch. Ich jedenfalls war beeindruckt von der Art, wie souverän Herr Tokura die Sache gehandhabt hatte.

Während er seine Geschichte dort im Wohnzimmer erzählte, hatte B's Mutter immer wieder mitleidig geseufzt und etwas von den Härten und Widrigkeiten gemurmelt, denen ihr »armer Junge« ausgesetzt sei. Ich gebe es zu, ich war angewidert von ihrer Dummheit, aber auch entsetzlich neidisch, dass sie noch ein Kind hatte, das sie mit all dieser fehlgeleiteten Zuneigung überschütten konnte. Jedenfalls war B in gewisser Weise zwar das Opfer widriger Umstände, andererseits aber im Unrecht, da das Aufsuchen von Spielhallen unseren Schülern strengstens untersagt ist. Als Strafe für den Regelverstoß wurde es B auferlegt, eine Woche lang jeweils nach der Schule den Schwimmbeckenbereich und den Umkleideraum zu putzen.

Anfang Februar gelang es A, die elektrische Spannung im Reißverschluss zu verdreifachen, und er war ganz versessen darauf, die neue Version auszuprobieren. Außerdem war ihm aufgefallen, dass B, der im Klassenraum neben ihm saß, »Stirb! Stirb! Stirb!« in sein Heft kritzelte. Eines Tages hielt er B nach der Schule auf und fragte ihn, ob er ein Sexvideo sehen wolle, das er sich beschafft habe. B hatte schon von A's Videos gehört und willigte ein. Bald darauf wollte A von B wissen, ob es jemanden gebe, den er »bestrafen« wolle. B war natürlich erstaunt über die Frage, aber A erzählte ihm von seiner Schockbörse, die er jetzt sogar noch verbessert habe. »Ich hab das Ding erfunden, um fiese Typen zu bestrafen, also müssen wir jetzt einen fiesen Typen finden, um sie an ihm auszuprobieren.«

B wusste natürlich von der Börse und war von A's Erfolg beim Wissenschaftswettbewerb genauso beeindruckt wie alle anderen in der Klasse. Aber jetzt, wo er die Chance bekam zu sehen, wie es funktionierte, nannte er den ersten Namen, der ihm in den Sinn kam: Herrn Tokura. A verwarf die Idee augenblicklich und zeigte damit, was für ein Feigling er ist. Er würde nie zur Tat schreiten, ohne sich hinter seinen Erfindungen zu verstecken, und mit jemandem wie Herrn Tokura wollte er sich nicht anlegen. Als Nächstes schlug B *mich* vor – anscheinend aus schwelendem Zorn darüber, dass ich seinen Tennistrainer zur Polizeiwache geschickt hatte, statt selbst hinzukommen. A lehnte auch diesen Vorschlag ab – sicher war ihm klar, dass ich nicht zweimal auf sein kleines Spielzeug hereinfallen würde. Außerdem wusste er, dass ich die Sache auf keinen Fall an die große Glocke hängen würde – was natürlich genau das war, was er wollte.

Dann fiel B ein, dass er Manami am Schwimmbecken gesehen hatte, als er seinen Putzdienst absolvierte. »Wie wär's denn mit Moriguchis Tochter?«, schlug er vor, und schließlich stimmte A zu. Er wusste, dass ich Manami immer mittwochs in die Schule mitbrachte; B steuerte weitere Details bei: dass Manami stets allein zum Schwimmbad kam, um den Hund zu füttern, und dass sie mich im Shoppingcenter um ein Täschchen angebettelt hatte, das ich ihr aber nicht hatte kaufen wollen. Die Erwähnung des Täschchens ließ A aufhorchen.

Am nächsten Mittwoch versteckten A und B sich, sobald die Schule aus war, im Umkleideraum des Schwimmbads und warteten auf Manami. Sie sahen sie über die Terrasse kommen, ein Stück Brot unter ihrer Jacke hervorholen und Muku durch die Zaunlatten hindurch füttern. Die Jungen näherten sich von hinten, und B sprach sie an.

»Hallo«, sagte er. »Du bist Manami, nicht wahr? Wir gehen in die Klasse deiner Mutter, und wir sind uns neulich schon mal im Shoppingcenter begegnet.« Manami reagierte sehr zurückhaltend. A begriff sofort, dass sie fürchtete, die Jungen könnten mir verraten, dass sie am Schwimmbad gewesen war, und er redete beruhigend auf sie ein.

»Magst du Hunde? Wir auch. Deswegen kommen wir manchmal her, um das Hundchen zu füttern.« Als Manami hörte, dass diese großen Jungen auch ein Herz für Muku hatten, vergaß sie ihre Wachsamkeit, und im gleichen Moment holte A das Kuschelhasentäschchen hinter seinem Rücken vor. »Deine Mama hat dir das nicht kaufen wollen, stimmt's? Oder hat sie es dir später doch noch gekauft?« Manami schüttelte den Kopf. »Genau, sie hat uns nämlich beauftragt, es für dich zu besorgen. Hier, für dich von deiner Mami, schon im Voraus zum Valentinstag.« Er streckte den Arm aus und legte ihr die Kordel um den Hals, und Manami strahlte. »Na los, mach mal auf«, setzte A hinzu. »Da ist Schokolade drin.« Kaum hatte sie den Reißverschluss berührt, brach Manami zusammen und blieb regungslos liegen. A lächelte zufrieden. B war völlig entsetzt. »Bingo!«, hörte er A murmeln.

»Was ist passiert?«, schrie B mit überkippender Stimme und packte A bei der Schulter. »Was hast du getan? Sie rührt sich nicht mehr!«

»Dann geh doch und sag es – sag es allen!« A schüttelte B's Hand ab und schlenderte mit zufriedener Miene davon.

Allein zurückgeblieben, kam B zu der Überzeugung, dass Manami tot sei. Er zitterte vor Angst und konnte sich nicht dazu überwinden, ihren leblosen Körper anzusehen. Stattdessen starrte er in die Augen des Kuschelhasen. Wenn sie herausfanden, dass dieses Ding sie getötet hatte, dann würde auch herauskommen, wer der Komplize des Mörders war. Mit abgewandtem Blick zog er das Täschchen von Manamis Hals und schleuderte es über den Zaun, so weit er nur konnte. Dann überlegte er sich einen Plan. Er konnte es ja so aussehen lassen, als ob sie ins Schwimmbecken gefallen wäre. Er hob Manami hoch und warf sie in das kalte, dunkle Wasser. Dann lief er weg, so schnell seine Beine ihn trugen.

Am Ende fügte B noch an, dass er sich kaum noch an die ganze Sache erinnern könne, weil er dabei unter Schock gestanden habe, doch er meinte, er sei ehrlich zu mir gewesen – er habe die Wahrheit gesagt.

Auf diese Weise also war Manami gestorben.

A und B kamen weiter in die Schule, obwohl ich nun die Wahrheit wusste. Nichts verwies darauf, dass die Polizei demnächst hier im Klassenzimmer auftauchen würde. A wunderte sich darüber; tatsächlich erkundigte er sich auch danach, als er sein Geständnis abgelegt hatte, mit diesem fast entrückten Ausdruck im Gesicht. Warum ich mit meinem Verdacht nicht zur Polizei gegangen sei? Aber ich sagte ihm, dass sich nichts geändert habe, dass es immer noch als Unfall angesehen würde, und ich keinesfalls die Absicht hätte, es zu der sensationellen Mordsache aufzubauschen, die er sich erhoffte. Dann war da noch B's Mutter, die das Geständnis ihres Sohnes mit fassungsloser Miene angehört hatte. Als Mutter, sagte ich zu ihr, wolle ich A und B am liebsten umbringen. Allerdings sei ich ja auch noch Lehrerin. Obwohl ich mir meiner Pflicht bewusst sei, diese Verbrechen anzuzeigen und dafür zu sorgen, dass sie angemessen bestraft würden, obliege es mir als Lehrerin, meine Schüler zu beschützen. Da die Polizei Manamis Tod als Unfall ansehe, hätte ich nicht vor, den Fall wieder neu aufzurollen und für Probleme zu sorgen. Ihr könnt euch vorstellen, dass es eine recht edelmütige kleine Ansprache war.

Ich fuhr nach Hause, wo mich bald darauf ein Anruf von B's Vater erreichte, der die ganze Geschichte gehört hatte, als er von der Arbeit kam. Er wollte mir irgendeine Form von finanzieller Abfindung vorschlagen, eine Art Schmerzensgeld, doch ich wollte nichts davon hören. Wenn ich Geld von seiner Familie annahm, würde B das Gefühl haben, dass die Sache damit ausgestanden wäre. Aber ich will, dass er darüber nachdenkt, was er getan hat, und von jetzt an ein besseres Leben führt, ohne sein Verbrechen jemals zu vergessen. Und falls sein Vater es für nötig hält, ein bisschen mehr für seinen Sohn da zu sein, wenn dessen Vergangenheit schwer auf ihm lastet – umso besser.

Ja, das ist eine vernünftige Frage. Wie kann ich es rechtfertigen, die beiden straffrei davonkommen zu lassen, wenn es doch möglich ist, dass A wieder mordet?

Ihr habt gut aufgepasst – wahrscheinlich ist das eine Fertigkeit, die ihr von euren Computerspielen lernt. Obwohl ich zugeben muss, dass ich nicht recht verstehen kann, wieso ihr euch so aufgeregt habt, als ich von HIV sprach, die Schilderung eines Mordes aber in aller Ruhe anhören könnt. Aber ihr habt da etwas missverstanden, wenn ihr euch Sorgen macht, dass A wieder morden könnte … Denn er hat Manami ja gar nicht getötet. Das war B. An dem Abend, als Frau Takenaka gegangen war, kehrte ich noch mal in die Schule zurück und maß die Voltzahl in dem Beutel. Ohne jetzt unnötig ins Detail zu gehen, ich fand heraus, dass die Spannung auf dem Reißverschluss des Täschchens nicht mal einen altersschwachen Menschen hätte töten können und auch kein vierjähriges Kind. Ich habe ihn selbst ausprobiert, und ich kann euch versichern, dass der Stromschlag weniger schmerzhaft war als der, den ich mir mal an dem schadhaften Kabel meiner Waschmaschine zugezogen habe. Ich bin überzeugt, dass Manami nur ohnmächtig war. Wie ich schon sagte, als Todesursache wurde Ertrinken festgestellt. Am nächsten Tag, als bekannt wurde, dass sie im Schwimmbecken gefunden worden war, ging A zu B und fragte ihn, wozu er sich eingemischt und so etwas Unnötiges getan habe. Das hätte ich B auch gern gefragt, wenn auch aus anderen Gründen. Wenn er sich schon nicht dazu überwinden konnte, Hilfe zu holen, wieso war er dann nicht einfach nur weggelaufen?

Dann wäre Manami noch am Leben!

Ich möchte keine Heilige sein.

Nicht aus Edelmut halte ich die Identität von A und B geheim. Ich habe der Polizei nichts gesagt, weil ich der Justiz nicht zutraue, sie angemessen zu bestrafen. A hatte Manami töten wollen, war dann aber nicht der Verursacher ihres Todes, während B sie nicht hatte töten wollen und doch ihren Tod bewirkt hat. Würde ich sie der Polizei ausliefern, dann würden sie vermutlich nicht mal in eine Erziehungsanstalt kommen; ihre Strafe würde auf Bewährung ausgesetzt werden, und die ganze Sache wäre vergessen. Ich wünschte, ich könnte A unter Strom setzen und B ertränken, wie er meine Tochter ertränkt hat. Aber weder würden diese Strafen Manami wieder lebendig machen, noch würden die Täter ihre Verbrechen bereuen können, wenn sie tot wären. Ich wollte, dass sie den

Wert, das volle Gewicht des menschlichen Lebens begreifen und die Konsequenz dessen, was sie getan haben – und dann mit dieser Einsicht leben müssen. Aber wie sollte ich das anstellen?

Ich kenne jemanden, der mit dieser Art von Last auf den Schultern lebt. Und er hat mich gewissermaßen inspiriert.

Erinnert euch, das ganze Thema fing an mit dem Schlagwort Kalziummangel, aber Kalzium ist nicht das Einzige, was uns fehlt. Früher hatten die Japaner einen sehr feinen Geschmackssinn, aber heutzutage können die Kinder, wie es heißt, nicht mal mehr zwischen mildem und scharfem Curry unterscheiden, was anscheinend an einem Zinkdefizit liegt. Also frage ich mich: Wie sensibel sind eure Zungen? Und natürlich die Zungen von A und B. Offenbar habt ihr ja alle eure Milch ausgetrunken, aber habt ihr auch einen sonderbaren Beigeschmack bemerkt? Vielleicht einen Hauch von Eisen? Es ist nämlich so, dass ich den Kartons, die heute Morgen an A und B gingen, ein wenig Blut beigemischt habe. Nicht mein Blut. Das Blut des edelsten Menschen, den ich kenne – Manamis Vater, der heilige Sakuranomi.

An euren Reaktionen kann ich sehen, dass die meisten schon verstanden haben.

Ich weiß nicht genau, wie schnell mein kleines Experiment Wirkung zeigen wird, aber ich würde A und B raten, in einigen Monaten einen Bluttest machen zu lassen. Die Inkubationszeit für das HI-Virus beträgt meist fünf bis zehn Jahre, Zeit genug für euch, über den Wert des Lebens nachzudenken. Ich hoffe, ihr begreift irgendwann, was für ein furchtbares Verbrechen ihr begangen habt, und bittet Manamis Seele um Verzeihung. Und ihr Übrigen, ihr werdet nächstes Jahr als Klasse zusammenbleiben, also erwarte ich von euch, dass ihr euch dieser beiden annehmt und besonders auf sie achtgebt. Eurem neuen Lehrer werdet ihr dann wohl keine gedankenlosen Textbotschaften mehr über die Sinnlosigkeit des Lebens schicken.

Ich habe noch nicht entschieden, was ich als Nächstes machen werde. Die Wahrheit ist, nach dem heutigen Tag habe ich vielleicht gar keine Entscheidungsfreiheit mehr. Aber wenn mir etwas zustoßen sollte, dann hoffentlich erst, wenn ich gesehen habe, was aus meinem Experiment geworden ist.

Wie bitte? Was, wenn gar nichts daraus wird?

Nun, dann sollten A und B sich vielleicht vor plötzlich ausscherenden Autos hüten.

Ich hoffe, die Frühlingsferien mit Manamis Vater zu verbringen. Seit dem »Unfall« leben wir zusammen, und auch wenn ihm nicht mehr viel Zeit bleibt, haben wir beschlossen, diese Zeit gemeinsam in Frieden zu verbringen. Euch wünsche ich angenehme und produktive Ferien und danke euch für das vergangene Jahr.

Ihr könnt nun gehen.

2

Der Märtyrer

Bis vor wenigen Monaten sah ich Sie jeden Tag, Yūko-sensei, aber jetzt weiß ich nicht, wie ich Sie finden kann oder wo ich diesen Brief hinschicken soll. Sie standen da vor uns und sagten, Sie trauten der Justiz nicht zu, die Jungen zu bestrafen, die Ihre kleine Tochter getötet haben, darum würden Sie das selbst in die Hand nehmen – und dann sind Sie verschwunden. Das war ziemlich rücksichtslos von Ihnen, finde ich. Wenn Sie ihnen schon so etwas angetan haben, dann sollten Sie doch wenigstens dableiben und sich den Konsequenzen stellen. Sie sollten hier sein und sehen, was mit ihnen passiert.

Ich habe beschlossen, dass Sie den Rest der Geschichte erfahren sollen – wie es weiterging, nachdem Sie uns verlassen hatten. Also habe ich einen langen Brief an Sie zu schreiben begonnen, in dem alles drinsteht. Aber dann fiel mir ein, dass ich ja gar nicht wusste, wo ich den Brief hinschicken soll – bis ich mich an den Literaturpreis für Jungschriftsteller erinnerte, von dem etwas in dem Magazin stand, das Sie immer im Lehrerzimmer lasen. Teenager räumen bei so etwas ja meistens ganz gut ab, darum habe ich mir überlegt, meinen Brief zu dem Wettbewerb einzureichen. Ein bisschen auf gut Glück, natürlich, aber wer weiß …

Eins bereitet mir allerdings Sorgen. Seit Monaten brachte das Magazin eine Kolumne von Sakuranomi-sensei, doch seit April gibt es sie nicht mehr. Wenn ich nun also den Preis gewinne und mein Brief gedruckt wird, haben Sie vielleicht aufgehört, das Magazin zu lesen. Wie gesagt, die Chancen stehen ziemlich mies.

Auf jeden Fall sollen Sie wissen, dass ich mich nicht zu diesem Brief aufgerafft habe, weil ich Ihre Hilfe bräuchte. Aber es gibt da etwas, das ich Sie fragen muss.

Und zwar dies: Spüren Sie es in der Luft? Fühlen Sie es in der Atmosphäre? Ob schal oder frisch, stickig oder fließend? Ich bin überzeugt, dass die Auren aller Leute an einem Ort zusammen die Stimmung erzeugen. Vielleicht habe ich für so etwas besonders feine Antennen – zum Beispiel habe ich mich mit meiner eigenen Aura nie richtig wohlgefühlt. Manchmal habe ich das Gefühl, nicht mehr atmen zu können, so kribbelig fühlt sich die Luft um mich her an.

Jedenfalls, wenn man ein Wort finden müsste, um die Atmosphäre in unserer Klasse zu beschreiben, seit der neue Lehrer da war, müsste man sagen, sie war … bizarr.

Naoki haben wir seit Ihrem Abschied nicht mehr gesehen; nachdem Sie uns sagten, was Sie ihm und Shūya angetan haben. Aber er war der Einzige, der am ersten Tag des neuen Schuljahrs in der Klasse B gefehlt hat. Alle anderen waren da, selbst Shūya. Vielleicht war das sogar noch überraschender – dass er da war. Keiner hat mit ihm geredet, wir standen nur rum und haben über ihn getuschelt. Und es schien ihm überhaupt nichts auszumachen. Er hat sich an seinen Platz gesetzt und in ein Buch geguckt, aber das war in Papier eingeschlagen, sodass ich nicht sehen konnte, was es für eins war. Nicht, dass er sich extra cool gegeben hätte – so hat er sich immer schon verhalten, seit wir in der Mittelschule angefangen haben. Das war ja gerade das Verrückte: Nichts hatte sich geändert.

Draußen schien die Sonne, und die Fenster standen weit offen, aber die Luft im Klassenzimmer war dumpf und muffig. Dann klingelte es, und unser neuer Klassenlehrer kam rein. Er ist jung und irgendwie so dynamisch, er marschierte gleich zur Tafel und schrieb seinen Namen hin.

»Alle nennen mich Werther, seit ich in die Schule kam, also möchte ich, dass ihr mich auch so nennt.« Es kommt uns immer noch komisch vor, aber so werde ich ihn hier nennen. »Keine Sorge«, hat er gesagt, »der Name ist der gleiche, aber das heißt nicht, dass ich die Leiden für mich gepachtet habe.« Keiner lachte.

»Was? Ihr habt das Buch nicht gelesen?«, rief er theatralisch, als könnte er es nicht fassen. Aber natürlich hatten wir es kapiert. Die Schriftzeichen seines Namens bedeuten »wert« auf Japanisch, und irgendein Schlaumeier hatte das mit dem deutschen »Werther« aus *Die Leiden des jungen Werther* in Verbindung gebracht. Sehr witzig. Aber merkte *er* denn nicht, was in der Klasse los war? Spürte er nicht, was in der Luft lag?

»Ups, das hätte ich fast vergessen. Wir müssen ja noch die Anwesenheitsliste erstellen. Ich weiß, dass Naoki fehlt – seine Mutter hat ihn wegen Erkältung entschuldigt –, aber sind denn sonst alle da?« Noch ein schlechtes Zeichen: Er versuchte bereits, einen auf kumpelhaft zu machen, indem er uns beim Vornamen nannte. Das haben Sie nie getan; Sie haben uns immer mit Respekt behandelt. Er jedenfalls ließ sich erst mal über sich selbst aus.

»Ich war kein besonders guter Schüler in der Mittelstufe«, sagte er. »Ich hab geraucht, und wenn ein Lehrer mich genervt hat, dann hab ich ihm die Luft aus den Reifen gelassen oder so was in der Richtung. Aber mein Klassenlehrer in der Achten, der hat mich wieder in die Spur gebracht. Das war so ein Typ, der seinen ganzen Unterrichtsplan über den Haufen warf, wenn irgendwas mit einem seiner Schüler war, wenn er das Gefühl hatte, dass es ein Problem zu besprechen gab – ich wette, wir haben mindestens fünf Englischstunden nur wegen meiner kleinen Krisen versäumt!« Er lachte, aber ich glaube, es hat ihm kaum einer zugehört. Wahrscheinlich haben alle, genau wie ich, nur an Naokis Erkältung gedacht.

Wir wussten doch, dass er nicht krank war – jedenfalls nicht so, wie Werther dachte. Aber ich glaube, ich war auch erleichtert zu hören, dass er anscheinend zur Schule zurückkommen wollte – dass er nicht an eine andere Schule gewechselt war. Viele von uns blickten sich verstohlen nach Shūya um, aber er saß nur da und sah unverwandt zum Lehrer hin, wie ein echter Streber – obwohl man ihm anmerkte, dass er ihm auch nicht zuhörte.

Werther schien nichts davon mitzukriegen und laberte munter weiter.

»Dies hier ist der erste Tag von meiner ersten Lehrerstelle – und ihr, die Klasse B, seid meine allerersten Schüler! Und da ich selber neu in dem Job bin, möchte ich, dass ihr ebenfalls neu durchstartet, darum habe ich beschlossen, nicht mal die Aufzeichnungen zu lesen, die eure vorige Klassenlehrerin über euch angelegt hat. Ich möchte, dass es sich für euch wie ein Neubeginn anfühlt, und ich möchte, dass ihr mich als einen großen Bruder betrachtet, mit dem man über absolut alles reden kann.«

Am ersten Schultag hat der Klassenlehrer immer eine Doppelstunde vor der Eröffnungsfeier, und Werther quatschte endlos. Aber schließlich kam er doch zum Schluss, indem er ein Stück gelbe Kreide nahm und in Großbuchstaben an die Tafel schrieb:

EINER FÜR ALLE! ALLE FÜR EINEN!

Ich weiß nicht recht, was Sie von uns hielten – als Individuen, meine ich. Und ich kann mir nicht vorstellen, was Sie in diesen Akten wohl über Naoki und Shūya vermerkt haben. Aber wenn Werther sich die Mühe gemacht hätte, sie zu lesen, wäre all das sicher nicht passiert.

Naoki fehlte weiterhin, und keiner von uns sprach mit Shūya, doch bis Mitte Mai ging alles seinen normalen Gang. Es war ja nicht so, dass wir fies zu Shūya waren oder ihn hassten – es war, als hätten wir stillschweigend beschlossen, so zu tun, als ob er gar nicht da wäre. Wir wurden richtig gut darin, ihn zu ignorieren, so, wie wir es ja auch gewohnt waren, die bedrückende Atmosphäre in der Klasse nicht wahrzunehmen.

Eines Abends brachten sie im Fernsehen etwas über eine Mittelschule, und da hieß es, dass irgendeine Klasse sich dafür entschieden hatte, die Studierzeit in der ersten Stunde zum Lesen zu nutzen. Sie sagten, schon diese zehn Minuten pro Tag hätten die Einstellung und Konzentration der Schüler verbessert, sodass sie auch bessere Noten schrieben. Beim Zuschauen musste ich an Shūya denken.

Am nächsten Tag stand eine neue »Bibliothek« hinten im Klassenzimmer. Werther hatte das Regal und eine ganze Menge Bücher von daheim mitgebracht.

»Ich weiß«, sagte er, »sie sind ein bisschen eselsohrig, aber ich möchte, dass wir von nun an jeden Morgen etwas lesen und absolut alles aus dem Leben rausholen, was wir können!« Wie alles, was er sagte, klang es ziemlich schräg, aber es schien eigentlich keine schlechte Idee zu sein … bis wir uns die Büchertitel ansahen. Eigentlich hatten die meisten von uns sich inzwischen schon an Werther gewöhnt – vielleicht mochten sie ihn sogar irgendwie. Er sieht ja immerhin ganz gut aus. Aber nach der Nummer mit den Büchern konnte ihn keiner mehr ernst nehmen. Stellen Sie sich vor, ein ganzes Regalbrett war voller Bücher von Ihrem Freund Sakuranomi-sensei, Manamis Vater.

Offenbar merkte Werther, dass uns seine Sammlung nicht so besonders zusagte. Vielleicht hat er deshalb ein Buch aus dem Regal genommen, als wir dann später Matheaufgaben lösten, und hat uns daraus vorgelesen.

»*… Ich habe mich nie für Religion interessiert, doch*

während ich durch die Welt reiste, von einem Land zum anderen, hatte ich stets eine Bibel dabei. In Matthäus 18 geht es um einen Mann, der hundert Schafe hat. Wenn eins dieser Schafe verloren geht, lässt er die neunundneunzig anderen auf dem Berg zurück und geht nach dem einen suchen; und wenn er es findet, freut er sich mehr über das, was verloren war, als über den ganzen Rest, der nicht in die Irre ging. Also, für mich ist das die Definition eines wahren Lehrers …« An dem Punkt klappte er das Buch zu. »Lassen wir die Mathematik für heute und nutzen wir die Zeit für eine Klassenkonferenz«, sagte er mit irgendwie feierlichem Ernst. »Vielleicht können wir uns mal alle miteinander überlegen, was wir wegen Naoki unternehmen sollen.« Ihm war wohl gerade aufgegangen, dass Naoki ein verlorenes Schaf war. Jedenfalls ließ er uns die Mathehefte wegpacken, ohne unsere Aufgaben zu überprüfen.

In der ersten Schulwoche war Naoki angeblich erkältet gewesen, aber danach hatte Werther nur kurz angemerkt, dass er sich nicht wohlfühle.

»Ich muss zugeben, dass ich euch nicht die Wahrheit gesagt habe, was den Grund für Naokis Fehlen betrifft. Er schwänzt nicht einfach, er möchte gern herkommen, bringt aber den Willen dazu nicht auf – es ist ein psychisches Problem, eine Art Blockade.«

Ich verstand zwar nicht ganz, was der Unterschied sein sollte zwischen »gern herkommen« und »den Willen dazu aufbringen«, aber das war zumindest die Art, wie Werther es erklärte – wobei nicht deutlich wurde, ob er selbst auf die Erklärung gekommen war oder ob er nur wiederholte, was Naokis Mutter gesagt hatte.

»Ich entschuldige mich dafür, dass ich in dieser Sache nicht ehrlich zu euch war«, sagte Werther, und in dem Moment tat er mir fast ein bisschen leid. Naoki hatte ein ganz gewaltiges psychisches Problem, aber Werther war der Einzige in der ganzen Klasse, der nicht wusste, was es damit auf sich hatte.

Ich glaube, keiner in der Klasse hat irgendjemand anderem von den Dingen erzählt, die Sie uns mitgeteilt haben, bevor Sie gingen. Nach der Schule bekamen wir alle die gleiche SMS – »Wenn du weitersagst, was A und B getan haben, bist du C« –, aber wir haben nie herausgefunden, von wem die Nachricht stammte.

All dies mündete jetzt in Werthers großartiger Idee: »Überlegen wir uns doch mal, wie wir hier eine Umgebung schaffen können, die es Naoki leichter macht, in die Schule zu kommen«, meinte er.

Natürlich sagte keiner etwas dazu. Selbst Kenta, der sich für viele von Werthers blöden Witzen noch empfänglich zeigte, starrte nur auf sein Pult hinab. Aber Werther tat so, als merkte er nichts – oder er nahm an, wir dächten alle angestrengt nach –, jedenfalls legte er gleich mit seinen eigenen Vorschlägen los. Wie üblich war es ihm wohl sowieso nicht weiter wichtig, was wir dachten.

»Wie wär's, wenn wir eure Notizen aus dem Unterricht kopieren und sie bei Naoki zu Hause abgeben?« Von Einzelnen in der Klasse kam angewidertes Murren. »Warum denn nicht?«, wandte Werther sich an Ryōji, der am lautesten gemurrt hatte.

»Weil«, brummelte Ryōji ohne aufzublicken, »ich am

anderen Ende der Stadt wohne.« Nicht schlecht für eine Ausrede aus dem Stand.

»Keine Sorge«, sagte Werther. »Machen wir's doch einfach so: Ihr fertigt abwechselnd eure Mitschriften an, und einmal pro Woche liefern Mizuki und ich sie bei Naoki ab.«

Wieso ich? Weil ich dieses Jahr wieder Klassensprecherin bin (zweiter Klassensprecher ist übrigens Yūsuke) und weil ich im gleichen Viertel wie Naoki wohne. Ich ließ mir nicht anmerken, was ich von dem Vorschlag hielt, aber anscheinend merkte Werther trotzdem, dass ich nicht gerade begeistert war. Warum ich immer so kühl zu ihm sei, fragte er mich denn auch prompt – ich bin mir nicht sicher, wieso er damit ankam, aber vielleicht lag es daran, dass ich die Einzige war, die sich weigerte, ihn Werther zu nennen. Und dann wollte er wissen, ob *ich* einen Spitznamen hätte. Nein, antwortete ich, alle würden mich Mizuki nennen – aber Ayako rief: »Mizuho!« Und sie hatte recht, so hatten mich alle in der Grundschule genannt, »Mi-zu-*ho*«, mit Betonung auf der letzten Silbe.

»Na, *wunderbar*!«, freute sich Werther. »Alles klar, von jetzt an nenne ich dich Mizuho. Und ihr anderen? Nachdem das Schicksal uns in dieser Klasse zusammengebracht hat, wollen wir uns doch auch richtig kennenlernen und alle Mauern zwischen uns einreißen!«

Dank Werther war ich jetzt also wieder Mizuho.

Ab dem zweiten Freitag im Mai brachten wir Naoki die Unterrichtsmitschriften. Ich wusste, wo er wohnte, war sogar schon oft in dem Haus gewesen, da eine seiner älteren Schwestern manchmal auf mich aufgepasst hat, als ich sechs oder sieben war.

Naokis Mutter empfing uns an der Tür. Ich hatte sie lange nicht gesehen, aber sie sah ganz genauso aus wie immer – perfekt geschminkt, perfekt gekleidet. Als ich früher dort bei ihnen spielte, hatte sie dauernd von Naoki geredet, egal, ob er anwesend war oder nicht: dass sie immer Pfannkuchen backte, weil es sein Lieblingsessen war, und dass er ihr sein kleines Taschentuch gereicht hatte, als er sie beim Zwiebelschneiden weinen sah, und dass er beim Kalligrafiewettbewerb Dritter geworden war.

Ich dachte, wir würden ihr einfach die Notizen geben und wieder gehen, aber dann saßen wir plötzlich doch im Wohnzimmer. Naokis Mutter schien nicht sehr erbaut davon zu sein, doch offensichtlich hatte Werther es von Anfang an so geplant.

Das Wohnzimmer war mir noch gut in Erinnerung. Hier hatte ich mit seiner Schwester Othello gespielt. Naokis Zimmer war direkt oben drüber, und seine Mutter rief dann immer zur Decke hinauf, er solle uns ein Kartenspiel bringen. Die Schwester, die sich um mich gekümmert hatte, studiert jetzt in Tokyo, und ob Naoki oben in seinem Zimmer war, ließ sich nicht sagen. Seine Mutter brachte uns Tee und setzte sich dann, um mit Werther zu reden.

»Ihre Vorgängerin ist schuld an Naokis emotionalen Problemen«, sagte sie. »Wenn jeder Lehrer so in seinem Beruf aufgehen würde wie Sie, wäre das nie passiert.«

Wie ich sie so beobachtete, wurde mir klar, dass Naoki ihr nicht erzählt hatte, was an Ihrem letzten Tag im

Unterricht vorgefallen war. Sonst hätte sie nicht so selbstgefällig dasitzen und über Sie herziehen können. Und wenn er ihr nichts gesagt hatte, bedeutete das wohl, dass er da oben hockte und ganz allein vor sich hin litt. Jedenfalls hörte sie nicht auf, sich über Sie zu beklagen – Moriguchi dies und Moriguchi das –, ohne auch nur zu erwähnen, was Ihrer Tochter zugestoßen war. Wahrscheinlich ahnte sie noch nicht mal, dass Naoki damit was zu tun haben könnte.

Naoki kam nicht herunter, und schließlich begriff ich, dass wir nur da saßen, damit sie sich bei uns beklagen konnte. Aber Werther hörte sich alles freundlich nickend an, mit so dümmlich mitfühlender Miene, als wäre es das Wundervollste, was er je gehört hätte. Ich bin mir nicht sicher, ob er ihr überhaupt zuhörte.

»Gnädige Frau«, sagte er, als sie endlich eine Pause einlegte. »Überlassen Sie Naokis Probleme nur mir!« Von oben war plötzlich ein Geräusch zu hören, und ich sah wieder zur Decke hoch. Bestimmt hatte Naoki jedes Wort gehört.

Trotzdem kam er am nächsten Tag nicht zur Schule, und auch nicht am übernächsten. Andererseits kam uns das ganz normal vor – so normal wie die Tatsache, dass wir alle so taten, als ob Shūya nicht da wäre, obwohl er mitten unter uns saß. Das hielten wir zu der Zeit für die beste Lösung.

Am ersten Montag im Juni fingen sie wieder an, Milch auszugeben. Das Gesundheitsministerium hatte die Ergebnisse des Pilotprogramms »Mehr Milchprodukte für die Schüler unseres Landes« – abgekürzt »Milchzeit« – herausgegeben, und die Präfektur hatte entschieden, mit einem eigenen Folgeprogramm weiterzumachen.

Als Klassensprecher hatten Yūsuke und ich die Aufgabe, die Kartons zu verteilen, aber während wir durch die Klasse gingen, konnten wir spüren, wie die Atmosphäre immer bleierner wurde, wie die bösen Erinnerungen wiederkehrten. Zum Glück war man ja nicht *gezwungen*, die Milch zu trinken. Die Präfektur hatte natürlich den großen Nutzen der Aktion hervorgehoben, aber viele Eltern hatten sich inzwischen beschwert, dass ihre Kinder keine Milch mochten oder allergisch darauf reagierten. Ich wundere mich echt, dass es so viele Mütter und Väter gibt, die bereit sind, ihre Kinder dermaßen zu verziehen. Jedenfalls führte es dazu, dass die Kartons nicht mit Namen gekennzeichnet waren und es uns überlassen blieb, ob wir Milch tranken oder nicht – und wenn man sich in der Klasse umblickte, war der Einzige, der am Strohhalm saugte, Werther selbst.

»Hey! Was ist los mit euch? Wisst ihr denn nicht, dass Milch gut für euch ist?« Er saugte die letzten Tropfen auf und knüllte den Karton zusammen. Yumi machte den Fehler, aufzuschauen und seinen Blick aufzufangen.

»Ich nehme meine mit nach Hause«, murmelte er.

»Super Idee!«, lachte Werther. »Als kleine Stärkung für zwischendurch!« Er sah zu, wie wir alle die Kartons in unsere Taschen schoben.

Shūya hatte an jenem Nachmittag Klassenputzdienst. Als er sich umdrehte, um den Besen aus dem Schrank zu holen, hörte man es platschen. Yūsuke hatte seinen

Milchkarton nach ihm geworfen und perfekt getroffen. Der Karton war auf Shūyas Rücken zerplatzt. Ich saß an meinem Pult, mit dem Unterrichtsprotokoll beschäftigt, und bekam nicht gleich mit, was passiert war. Ansonsten waren nur noch wenige Schüler im Raum, und alle starrten wie gebannt auf Yūsuke.

Ich weiß nicht, was sie wirklich von Shūya hielten, aber selbst wenn sie ihn alle hassten, hätten sie nicht den Mut aufgebracht, so etwas zu unternehmen. Mut? Mag sein, dass es nicht das richtige Wort ist, aber wahrscheinlich fühlte es sich für einen sportlichen, umgänglichen Typen wie Yūsuke so an. Shūya hatte sich noch nicht umgedreht, als Yūsuke ihn ansprach.

»Es tut dir noch nicht mal leid, oder?«

Aber auch das lockte Shūya nicht aus der Reserve. Er besah sich seine versauten Hosen, nahm seine Tasche und ging. Wir blickten ihm nur schweigend nach.

Das war der Beginn von Shūyas Bestrafung.

Ich glaube, Yūsuke hat Sie sehr gemocht.

Jetzt ist mir klar, dass Sie nicht die Art von Lehrerin waren, die um ihre Schüler so eine Riesenshow abzieht. Sie waren mehr daran interessiert, den wahren Wert eines jeden Einzelnen zu erkennen. Ohne ein großes Gewese darum zu machen, haben Sie es immer registriert, wenn jemand die Bestnote in einem Test bekam oder sich bei Aktivitäten für seinen Club hervortat oder in ein schulisches Amt gewählt wurde … Das haben Sie dann vor der Klasse bekannt gegeben und dafür gesorgt, dass wir dem Betreffenden Applaus spendeten.

Auch mich haben Sie mehr als einmal so beklatschen lassen. Eigentlich ist die Klassensprecherin bloß das Mädchen für alles, dem nie für seinen Einsatz gedankt wird, aber Sie haben immer darauf hingewiesen, dass ich einen guten Job machte und Anerkennung gezollt bekommen sollte. Es war mir peinlich, so vor allen gelobt zu werden, aber es fühlte sich auch gut an.

Werther tut nichts dergleichen. Immer geht es nur um den »Einzig Wahren« oder »Nummer eins« – irgendso ein Song, von dem er besessen ist. Als die neuen Lehrer bei der Zeremonie zu Beginn des Schuljahrs vorgestellt wurden, hat er sogar ein bisschen was daraus vorgesungen.

»Ich will mich nicht nur auf die besten Schüler oder die besten Sportler konzentrieren. Ich will jeden Einzelnen für die Mühe wertschätzen, die er in alle seine Leistungen einbringt. Ich will ein Lehrer sein, der jeden Schüler fair beurteilen kann.«

Anfang Mai hat unser Baseballteam die Privatschule geschlagen, die sonst immer alles abräumt, und wir sind bis ins Halbfinale gekommen. Es war der erste große Erfolg für unsere Schule; die Lokalzeitung brachte sogar einen Artikel darüber, mit einem Foto von der Mannschaft – und der Held des Tages, das Schlag-Ass, war unser guter Yūsuke. Nach dem Match rückte er ins All-Star-Team auf und musste ein Interview geben. Alle waren voller Ehrfurcht und Bewunderung (vielleicht mit Ausnahme von Shūya), und zum ersten Mal seit Anfang des Schuljahrs wirkte das Klassenzimmer nicht wie eine Gruft. Aber natürlich musste Werther uns wieder alles vermiesen.

Obwohl er behauptete, alle gleich behandeln zu wollen, schien er sich um niemand anderen zu scheren als um die »Nummer eins«. Er redete nur noch von Yūsuke und ignorierte alle Übrigen. Wären Sie da gewesen, hätten Sie Yūsuke sicher auch gelobt, aber Sie hätten auch betont, dass er das Spiel nicht allein gewonnen hatte, dass Baseball ein Mannschaftssport ist und dass selbst der beste Pitcher das Match nicht allein gewinnen kann. Sie hätten uns das ganze Team beklatschen lassen. Wieso war Werther nicht auf die Idee gekommen?

Wahrscheinlich war es ihnen anfangs nicht bewusst, aber irgendwie müssen Yūsuke und alle Schüler unserer Klasse, die Sie je auszeichneten, das Gefühl gehabt haben, dass ihnen bei Werther etwas fehlte. Man spürte den Frust, die unterdrückte Wut im Raum, man spürte, dass die Schüler irgendwo Dampf ablassen mussten. Aber keiner reagierte sich an Shūya ab – *noch* nicht.

Jeden Freitag begleitete ich Werther zu Naokis Haus. Beim ersten Mal bat seine Mutter uns ins Wohnzimmer, um sich über Sie zu beschweren, aber von da an ließ sie uns immer im Flur stehen und sorgte dafür, dass unsere Besuche so kurz wie möglich ausfielen. Schließlich ließ sie uns nicht mehr ins Haus, hakte nicht mal mehr die Sicherheitskette los. Sie nahm bloß noch den Umschlag durch den Türspalt entgegen. Soweit ich sah, war sie aber nach wie vor sorgfältig geschminkt, nur ihre Lippen kamen mir ein bisschen geschwollen vor.

Naokis ältere Schwester hatte geheiratet und war nach Tokyo gezogen, und sein Vater kam meistens erst spät von der Arbeit, also war er den ganzen Tag mit seiner Mutter allein zu Haus – und er lebte mit einem furchtbaren Geheimnis.

Meiner Meinung nach würden wir Naoki nicht zu sehen kriegen, sagte ich zu Werther, egal, wie oft wir ihn noch besuchen würden; außerdem käme ich mir langsam wie ein Stalker vor, sagte ich. Eine Sekunde lang machte er ein richtig fieses Gesicht, doch dann zwang er sich wieder zu lächeln.

»Nein, Mizuho«, sagte er, »scheinbar erreichen wir beide jetzt langsam den kritischen Punkt. Wenn wir noch ein wenig länger durchhalten, werden sie sicher begreifen, was wir hier zu tun versuchen.« Offensichtlich wollte er die Besuche nicht aufgeben, aber ich verstand nicht recht, was er mit »wir beide« oder dem »kritischen Punkt« meinte. Eigentlich konnte Werther Naoki ja gar nicht kennen, da er erst dieses Jahr an die Schule gekommen war. Aber jetzt schien es mir zu spät, ihn darauf anzusprechen.

Am nächsten Montag erschien Werther mit einem weißen Kartonbogen zur Mathestunde und forderte uns auf, ihn mit Botschaften für Naoki zu beschriften, um ihn zu ermutigen, wieder zur Schule zu kommen. Ich wusste, die Stimmung im Raum würde sich nun wandeln, aber es war nicht so ganz das, was ich erwartete. Während sie an der »Gute-Besserung-Karte« für Naoki werkelten, kicherten einige der Mädchen, und ein paar von den Jungs lachten sogar. Keine Ahnung, warum, aber als der Bogen mich erreichte, war er voller komischer Sätze:

Nur keine Angst! O denk an das Glück! Wir gewinnen!
Du vielleicht auch! Oder nicht? Besinn dich jetzt!
Vergiss es nie! Alle wissen es! Wirklich alle!
Denk immer dran! Alle wissen es! Erinnere dich!

Erst jetzt, während ich dies schreibe, wird mir bewusst, was sie da trieben. Wie konnte ich bloß so begriffsstutzig sein? Aber sie schienen wirklich ihren Spaß an der Sache zu haben.

Wissen Sie noch, wie Sie uns damals vom Jugendstrafrecht erzählt haben? Obwohl es ja zum Schutz der Kinder gedacht ist, hatte ich diesbezüglich schon meine Zweifel, bevor ich hörte, was Sie davon hielten.

Wie war das zum Beispiel mit jenem Fall in der Stadt H., wo ein Junge eine Frau und ihr Baby umbrachte? Tagelang haben sich ihre Verwandten im Fernsehen darüber ausgelassen, wie sinnlos die Tat sei, wie glücklich sie im Leben gewesen seien, wie brutal der Junge gewesen sei. Ich weiß noch, wie ich dachte, dass man in solchen Fällen eigentlich kein Gericht braucht. Man liefert den Verbrecher einfach an die Familie der Opfer aus und lässt sie mit ihm machen, was sie wollen. Die Betroffenen sollten das Recht haben, über die zu urteilen, die ihnen Schaden zugefügt haben, so wie Sie es mit Shūya und Naoki gemacht haben. Ein Gerichtsverfahren bräuchte man nur, wenn es keine Nachkommen mehr gäbe. Aber es war nicht nur dieser Killer, der mich anwiderte. Auch die Rechtsanwälte konnte ich nicht ertragen, die sich hinstellten und alles sagten, was ihnen nur einfiel, um den Kerl rauszupauken. Die logen, was das Zeug hielt, das konnte doch jeder sehen. Sicher gibt es einen guten Grund für all diese Gesetze, und ich weiß, dass die dann da oben vor Gericht stehen und sich für superwichtig halten, während sie sich rauszureden versuchen, aber wenn man sie im Fernsehen sieht, hätte man sie am liebsten direkt bei sich im Zimmer, um mit ihnen das zu machen, was sie verdient haben. Oder man könnte auch einfach herausfinden, wo sie wohnen, und ihnen ein paar Fenster einschmeißen. Das ist jedenfalls meine Meinung.

Und dabei geht es da um einen Fall, wo ich die Opfer und ihre Familie nicht persönlich kenne, nur aus dem Fernsehen. Aber wenn ich es so empfinde, denken eine Menge Leute bestimmt ganz ähnlich …

Doch während ich all das an Sie schrieb, habe ich meine Meinung geändert. Ich habe eingesehen, dass es ein Gerichtsverfahren geben muss, egal, wie schrecklich das Verbrechen ist. Nicht für den Verbrecher, sondern für die Normalbürger, damit sie verstehen, was passiert ist, und davon abgehalten werden, Selbstjustiz zu üben.

Wahrscheinlich braucht jeder Mensch Anerkennung; jeder will doch mal gelobt werden. Aber etwas Gutes oder Bemerkenswertes zu tun ist nicht einfach. Es ist viel einfacher, Leute zu verurteilen, die etwas falsch gemacht haben, als selber das Richtige zu tun. Immerhin braucht es einen gewissen Mut, *als Erster* hervorzutreten und jemanden zu beschuldigen. Was, wenn niemand sich einem anschließt? Wenn sonst keiner aufsteht, um den Übeltäter anzuklagen? Andererseits ist es einfach, jemanden anzuklagen, wenn jemand anders den Ball schon ins Rollen gebracht hat. Man braucht sich nicht selbst hervorzutun; man muss einfach nur sagen: »Ich auch!«

Und das ist noch nicht alles: Es verschafft einem auch einen richtigen Kick, wenn man auf jemand Schlechtem rumhackt. Und wenn man es einmal getan hat, will man das Gefühl vielleicht wieder haben. Man braucht jemanden, den man an den Pranger stellen kann, um dieses Hochgefühl wieder zu erleben. Man hat vielleicht mit wirklich fiesen Kerlen angefangen, doch beim nächsten Mal ist man schon weniger wählerisch und dafür erfindungsreicher in seinen Anschuldigungen.

An dem Punkt artet das Ganze dann praktisch in eine Hexenjagd aus – genau wie im Mittelalter. Ich glaube, wir Normalbürger haben vielleicht eine Grundregel vergessen – nämlich, dass wir eigentlich kein Recht haben, über jemand anderen zu richten.

Von dem Tag an, als Shūya den Milchkarton in den Rücken geknallt gekriegt hatte, wurden ihm ständig Milchkartons ins Pult gestopft. Am schlimmsten waren die alten, wo die Milch schon sauer geworden war, wenn die dann aufplatzten. Sie steckten sie ihm in sein Schuhfach und seinen Spind. Aber Shūya räumte sie alle immer wortlos weg, als gehörte es einfach zu seiner Morgenroutine. Seine Hefte und seine Sportklamotten verschwanden immer wieder, und eins seiner Hefte schmierte jemand mit dem Wort »Mörder« voll. Die meisten von uns ignorierten ihn nach wie vor, aber ein paar von den Gestörteren in der Klasse schikanierten ihn ständig.

Eines Tages fanden wir alle die gleiche SMS auf unseren Handys vor: »Seid ihr die Richter! Sammelt Punkte für jeden Schlag gegen Shūya, den Killer!«

Die Botschaft stammte von demselben, der uns die SMS schickte, nachdem Sie uns all das erzählt hatten. Das System war einfach: Jedes Mal, wenn man Shūya eins auswischte, schickte man die Details per SMS an jene Nummer und bekam Punkte zugeteilt. Samstags wurde das Ganze dann jeweils ausgewertet, und derjenige mit den wenigsten Punkten wurde als »Killerfreund« bezeichnet, worauf ihn vom folgenden Montag an die gleiche Behandlung wie Shūya erwartete.

Wie Sie wissen, empfand ich kein Mitleid mit Shūya, aber das war mir dann doch zu dumm, also beschloss ich von vornherein, das Ganze zu ignorieren. Und ich war mir auch sicher, dass viele der Mitschüler es ebenso halten würden. Doch ein paar Tage später sah ich zwei von den bravsten Mädchen der Klasse (Yukari und Satsuki – Sie wissen schon, die beiden, die sich höchstens für Kunst begeistern können) bei den Schuhfächern stehen und in ihre Handys tippen – und mir wurde klar, dass sie gerade meldeten, sie hätten ihre Milchkartons zu Shūyas Schuhen gestopft.

Wenn sogar die zwei mitmachten, war ich sicher die Einzige, die am Ende ohne Punkte dastehen würde.

So war mir schon ein bisschen mulmig, als ich am nächsten Montag in die Schule kam, aber der Tag verlief ohne besondere Vorkommnisse. Anscheinend hatten sich doch noch ein paar Mitschüler entschlossen, den Quatsch sein zu lassen und keine Punkte auf Shūyas Kosten zu sammeln. Vielleicht war die Welt doch noch nicht ganz verrückt geworden.

Eines Tages Ende Juni ließ Werther mal wieder die Mathestunde ausfallen, um eine Klassenkonferenz abzuhalten, obwohl wir kurz vor den Prüfungen standen. Er sagte, er habe etwas mit uns zu besprechen, und wedelte dabei mit einem Blatt Papier.

»Das habe ich in einem eurer Hefte gefunden«, sagte er. Wir konnten die Kids in den ersten Bänken schlucken hören, aber von meinem Platz aus war nichts zu erkennen.

»*In dieser Klasse herrscht Tyrannei!*«, las er mit theatralischer Stimme vor. Ich gebe zu, ich war beeindruckt von dem Mut, den es gebraucht hatte, so etwas zu schreiben – und es bedeutete, dass es noch jemanden gab, der wollte, dass sich hier ein paar Dinge änderten. Allerdings hatte der, der das geschrieben hatte, wohl kaum damit gerechnet, dass es vor der versammelten Klasse vorgelesen würde. Er – oder sie – schwitzte jetzt vermutlich Blut und Wasser.

»Ich werde euch nicht sagen, in wessen Heft das lag«, fuhr Werther fort, während er den Blick durch die Klasse schweifen ließ, »aber ich möchte das Problem jetzt gleich mit euch besprechen. Wisst ihr, ich habe es ja auch gemerkt, dass hier irgendwas nicht in Ordnung ist. Es ist nicht in Ordnung, wenn ein guter Schüler wie Shūya mir zum dritten Mal innerhalb eines Monats weismachen will, er habe sein Heft verloren und bräuchte ein neues. Und es sind nicht nur die Hefte – auch seine Sportsachen und seine Turnschuhe hat er angeblich verloren. Ich wollte Shūya sowieso schon fragen, was eigentlich los ist. Aber noch ehe ich dazu kam, hat irgendeine tapfere Seele mir diesen Hilferuf zukommen lassen… und ich kann euch gar nicht sagen, wie glücklich mich das macht. Aber von Tyrannei kann hier in der Klasse keine Rede sein. Hier geht es nicht um Tyrannei, sondern schlicht und einfach um Neid und Missgunst. Was man daran sieht, dass keiner sich getraut hat, ihn direkt anzugehen; es sind immer nur seine Sachen, an denen man sich vergreift. Shūya ist einer der Besten der ganzen Jahrgangsstufe, und ich habe gehört, dass er letztes Jahr einen Preis beim landesweiten Wissenschaftswettbewerb gewonnen hat. Also ist es nur zu verständlich, dass einige von euch neidisch auf ihn sind und sogar so weit gehen, ihn deswegen zu piesacken. Darum habe ich auch nicht vor herauszufinden, wer das getan hat. Es ist euer aller Problem als Klasse.

Aber eins muss ich euch sagen – ob ihr nun dabei mitgemacht habt oder nicht. Sicher, Shūya ist ein sehr guter Schüler, doch das heißt nicht, dass er in irgendeiner Weise besser ist als ihr anderen. Gute Noten zu erzielen ist eine Begabung, die *Shūya* eigen ist, aber jeder von euch hat auch seine eigene Begabung. Statt euch wegen Shūya zu grämen, solltet ihr eure eigene Begabung entdecken und entwickeln. Bestimmt haben manche von euch noch gar keine Ahnung, worin diese Begabung bestehen könnte, und falls das so ist, dann zögert nicht, zu mir zu kommen. Wir kennen uns jetzt erst seit ein paar Monaten, aber ich habe euch sehr genau beobachtet, und ich glaube, ich habe da ein paar Ideen…«

In dem Moment ertönte das SMS-Signal eines Handys, und Takahiro tauchte unter sein Pult ab, um es auszuschalten. »Mist«, murmelte er. Das Handy dabeizuhaben war nicht das Problem, er hätte es nur nicht eingeschaltet lassen dürfen. Werther kassierte es ein und fuhr mit seinem Vortrag fort.

»Das ist ein ernstes Thema, über das ich hier mit euch zu reden versuche«, sagte er. »Aber ein Scherzkeks, der sich nicht an die Regeln halten kann, bringt gleich wieder Unruhe rein. Die Dinger gehören ausgeschaltet! Jeder Erstklässler weiß das!«

Das Gemecker ging noch eine Weile in dem Stil weiter, und es schien fast so, als wäre die Unterbrechung durch Takahiro schlimmer als die ganze Mobbing-Sache. Falls der Schreiber jener Notiz sich wirklich Hilfe von Werther erhofft hatte, konnte er das abhaken.

Aber der wahre Albtraum hatte noch gar nicht angefangen. Die Hexenjagd stand erst noch bevor.

Am selben Tag nach der Schule ging es los. Obwohl ich dieses Jahr nicht an Club-Aktivitäten teilnehme, blieb ich noch länger da, weil ich mit Putzen dran war. Eben wollte ich meine Schuhe aus dem Schrank am Eingang holen, als Maki mich zurückhielt. Bei Maki hat sich nichts geändert, seit Sie gegangen sind: Sie hängt die ganze Zeit mit Ayako zusammen und ist ihre eifrige Botin.

»Ayako muss dir was sagen«, meldete sie atemlos. »Kannst du noch mal kurz in die Klasse zurückkommen?«

Ich konnte mir schon denken, dass es nichts Angenehmes war, aber wenn ich mich jetzt weigerte, würde ich es mir später doch noch anhören müssen, also folgte ich ihr. Sowie ich ins Klassenzimmer trat, schubste Maki mich von hinten, und ich fiel auf die Knie. Als ich aufblickte, stand Ayako da. Und um mich her bildeten fünf oder sechs der Mitschüler einen Kreis.

»Du hast uns bei Werther verpetzt, stimmt's, Mizuho?«, sagte Ayako. Natürlich stimmte das nicht, aber ich war schon auf so etwas gefasst gewesen.

»Nein.« Ich sah ihr fest in die Augen. »Ich war's nicht.«

»Du lügst!«, blaffte sie. »Es kann niemand anders sein. Aber du siehst das total falsch! Was soll das überhaupt heißen, ›Tyrannei‹? Das ist voll der Mist! Was wir hier machen, ist, einen Mörder zu bestrafen. Tut dir denn Moriguchi-sensei überhaupt nicht leid? Oder bist du etwa in diesen Mörder verknallt?«

Es hatte keinen Sinn, darauf zu antworten, also schüttelte ich nur den Kopf.

»Du bist nicht in ihn verknallt? Na gut, dann beweise es.« Sie hielt mir einen Milchkarton hin. »Knall ihm den drauf, dann glauben wir dir.«

Als ich den Karton von Ayako entgegennahm, sah ich plötzlich Shūya, der am anderen Ende des Klassenzimmers auf dem Boden lag, an Armen und Beinen mit Klebeband gefesselt. Ayako und die anderen drehten sich grinsend zu ihm um.

Wenn ich ihn nicht mit dem Milchkarton bewarf, würde mir morgen die gleiche Behandlung blühen – oder schlimmer noch, sie würden mir wahrscheinlich all das antun, was sie sich bei Shūya nicht trauten.

Dann trafen sich unsere Blicke. Ich konnte nicht recht erkennen, was er dachte, aber ich wusste, dass sein Blick weder bittend noch herausfordernd war – er war einfach nur ruhig. Während ich ihm in die Augen starrte, begriff ich es plötzlich: Er dachte an gar nichts, fühlte gar nichts. Genauso sah ein herzloser Killer aus. Ich weiß ja, Sie sagten, es sei Naoki gewesen, der Manami tatsächlich getötet hat, aber wenn Shūya nicht gewesen wäre, dann wäre das alles nicht passiert!

Mörder! Mörder! Mörder! Plötzlich war ich mir vollkommen sicher.

Ich stand auf und tat ein paar Schritte auf ihn zu, zielte auf seine Brust, kniff die Augen zu und schleuderte den Karton so fest, wie ich nur konnte. Ich hörte, wie er zerplatzte, und in dem Moment empfand ich ein seltsames Glücksgefühl, das von irgendwo ganz tief drinnen aufstieg.

Ich will diesem Schwein wehtun! Ich will ihn büßen lassen! Mal sehen, wie ihm seine eigene Medizin schmeckt! So ein Zeugs raste mir durch den Kopf wie elektrischer Strom, immer rundherum … bis es vom Gelächter der anderen unterbrochen wurde. Was war da so komisch? Als ich die Augen öffnete, konnte ich es sehen. Milch tropfte Shūya vom Gesicht, und auf seiner Backe schwoll ein roter Fleck. Ich hatte seine Brust verfehlt und ihn voll im Gesicht getroffen.

»Super Wurf, Mizuho!«, murmelte Ayako, und die anderen lachten noch mehr. Es war mir unbegreiflich, was sie daran so komisch fanden – während Shūya mich immer noch mit diesem seltsamen Blick anstarrte. Und jetzt meinte ich zu verstehen, was diese Augen sagten.

Habt ihr wirklich das Recht, über mich zu urteilen? Plötzlich kam er mir wie eine Art Heiliger vor, der von der dumpfen Menge verfolgt wurde.

»Es tut mir leid!«, platzte ich heraus, und sofort war mir klar, dass Ayako mich gehört hatte.

»*Moment mal!*«, rief sie. »Hast du dich gerade bei diesem Killer *entschuldigt*? Mizuho ist nicht besser als er! Los, jetzt machen wir sie fertig!« Ayako kann manchmal richtig dramatisch werden, wie eine neue Jeanne d'Arc … obwohl sie von der wahrscheinlich noch nie gehört hat.

Blitzartig hatten sie mir die Arme auf den Rücken gedreht. Ich weiß, es war einer der Jungs aus unserer Klasse, der mich gepackt hatte, aber wer, weiß ich nicht. Es tat weh. Ich hatte Angst. Ich wollte, dass mir jemand half – mehr ging mir nicht durch den Kopf.

»Von diesem Tag an« – Ayako zog immer noch eine Show ab – »gehört ihr zusammen, du und dieser Mistkerl!« Dann stießen sie mich zu Boden, und ich landete mit dem Gesicht dicht vor dem von Shūya.

»Küssen! Küssen! Küssen!«, riefen sie im Chor. Ich wollte sie anschreien, mit dem Blödsinn aufzuhören, doch ich war starr vor Angst. Der Junge, der mir die Arme festhielt, packte mich jetzt mit der anderen Hand am Hinterkopf und schob mich vorwärts, bis mein Gesicht auf das von Shūya traf und ich ein klickendes Geräusch hörte.

»Schau, Ayako, ich hab's!«, rief Maki, und meine Arme wurden losgelassen. Ich drehte mich um und sah, wie sich alle um sie drängten, um auf ihr Handy zu schauen. Sie lachten immer noch.

»War das dein erster Kuss, Mizuho?« Ayako nahm Maki das Handy ab und hielt es mir vor die Nase. Das Bild auf dem Display zeigte Shūya und mich mit aufeinandergepressten Lippen. »Was wir jetzt damit machen, liegt ganz an dir, Mizuho«, sagte sie.

Moriguchi-sensei, ich weiß, dass Naoki und Shūya Mörder sind, aber das bedeutet nicht, dass ich Mitschülern vergeben kann, die so mit anderen umgehen.

Ich weiß nicht mehr, wie ich an dem Nachmittag heimkam. Meine Kleider stanken nach Milch, darum zog ich sie aus und ging unter die Dusche. Dann schloss ich mich in mein Zimmer ein und kam nicht zum Abendessen.

Ich hatte immer noch das Gefühl, dass jemand mir die Arme auf den Rücken gedreht hielt, und das fiese Lachen klang mir noch in den Ohren. Ich konnte nicht mehr aufhören zu zittern. Am liebsten wäre es mir gewesen, wenn die Nacht niemals aufgehört hätte oder wenn eine Atomrakete gekommen wäre und alles zerstört hätte. Ich konnte nicht mal schlafen, denn die schreckliche Szene war gleich wieder da, sobald ich die Augen zumachte.

Gegen Mitternacht hörte ich das Signal einer SMS auf meinem Handy. Ich hatte Angst, dass sie mir das Foto schickten, doch als ich nachschaute, war es ein Absender, dessen Nummer ich kaum kannte: Shūya. Er wollte wissen, ob ich ihn vor einem Supermarkt in der Nähe treffen könne. Ich überlegte es mir einen Moment und beschloss hinzugehen.

Shūya stand neben seinem Fahrrad am Rand des Parkplatzes. Ich hatte keine Ahnung, was ich sagen sollte, und blieb stumm vor seinem Rad stehen. Auch er schwieg, fischte ein Blatt Papier aus der Tasche, faltete es auseinander und hielt es hoch. Die Straßenbeleuchtung war ziemlich hell, aber trotzdem konnte ich nicht erkennen, was es war. Mit Mühe konnte ich schließlich ein paar Zahlen ausmachen: Es war das Ergebnis seines Bluttests – mit seinem Namen obendrüber und einem Datum von letzter Woche.

»Das war im Briefkasten, als ich nach Hause kam.« Er faltete das Blatt zusammen und steckte es wieder ein.

»Ich habe es gewusst«, sagte ich.

Er sah mich erstaunt an – überhaupt nicht wie ein Kindermörder, sondern mit einem Blick voller Gefühl, wie ich ihn schon lange nicht mehr gesehen hatte.

»Ich hab dir was zu sagen«, setzte ich noch mal an. Er ging zu einem Automaten und holte zwei Dosen Saft raus. Dann legte er sie in den Fahrradkorb und hieß mich auf den Gepäckträger steigen. Selbst ein leerer Parkplatz mitten in der Nacht war noch zu öffentlich für das, was wir zu besprechen hatten.

Ich fragte mich, wie wir wohl aussahen, so zu zweit auf dem Fahrrad in der Dunkelheit. Nicht, dass jemand da gewesen wäre, der uns hätte sehen können, aber etwas mulmig war mir schon, obwohl ja gar nichts zwischen uns war.

Sein Rücken war breiter, als ich dachte – ich hatte angenommen, er wäre inzwischen abgemagert. Wie wir da durch die Dunkelheit fuhren, kam es mir vor, als wäre er gekommen, um mich zu retten, kurz bevor die Welt unterging. Aber wenn er mitten in der Nacht aufgetaucht war, um mich vor Unheil zu bewahren, dann musste ich es ihm sagen.

Nachdem wir eine Viertelstunde gefahren waren, dünnten die Häuser langsam aus, und er hielt vor einem einstöckigen Haus am Fluss. Es wirkte leer, und ich war mir ziemlich sicher, dass er hier nicht wohnte, aber er stieg ab, zog einen Schlüssel hervor und sperrte die Tür auf. Er hatte wohl gemerkt, dass ich zögerte, denn er drehte sich um und erklärte, das Haus habe seiner Großmutter gehört, und nun, da sie nicht mehr lebte, benutzten seine Eltern es als Warenlager.

Sobald wir drinnen waren, knipste er das Licht an, und ich konnte die Kartonstapel im Flur sehen. Sie hatten wohl die Luftzufuhr verhindert, denn es roch feucht und muffig im Haus, also setzten wir uns lieber auf die Stufe an der Türschwelle. Er gab mir eine Dose Grapefruitsaft, und ich rollte sie zwischen den Händen hin und her, während ich ihm berichtete, was ich an jenem Tag getan hatte.

Als Sie uns von Naoki und Shūya erzählten, gab es da eine Sache, die ich nicht recht glauben konnte – nämlich das Ende der Geschichte. Es war natürlich der schrecklichste Teil, und Sie waren es, Moriguchi-sensei, die mir Angst machte.

Nachdem Sie gegangen waren, rannte Naoki hinaus, und alle folgten ihm. Ich wollte auch gerade gehen, als mir der Kasten an der Tafel mit den ganzen leeren Milchkartons in den mit unseren Namen gekennzeichneten Fächern auffiel. Mein erster Gedanke – der Klassensprecherreflex – war, wer Putzdienst hatte, aber dann wurde mir klar, dass keiner die Kartons würde anfassen wollen, und schon ertappte ich mich dabei, wie ich die von Naoki und Shūya heraussuchte.

Sie hatten an jenem Tag viel davon gesprochen, dass man die Dinge logisch betrachten müsse, und so begann ich unwillkürlich, über *Ihre* Logik nachzudenken. Irgendwie konnte ich Ihren Schmerz und Ihre Traurigkeit verstehen, aber ich wusste, dass ich Ihre Gefühle nicht wirklich nachempfinden konnte. Ich habe Menschen, die ich liebe, wie jeder andere auch, aber sie sind alle noch am Leben, und selbst wenn ich mir vorstellen würde, wie es mir ginge, wenn sie sterben würden, wäre es ja doch nicht real. Aber ich war mir ziemlich sicher, dass Sie trotz allem rational handeln würden, auch wenn Sie Naoki und Shūya noch so hassten.

Ich fand eine Plastiktüte im Putzschrank und steckte die beiden Kartons hinein, um sie nach Hause mitzunehmen. Da mir klar war, dass ich den Kasten mit den fehlenden zwei Kartons nicht so stehen lassen konnte, schmiss ich die restlichen in die Mülltonne hinter der Turnhalle. Auf dem Weg dorthin begegnete ich ein paar Lehrern, aber sie sagten nichts. Warum auch die Klassensprecherin verdächtigen, wenn sie den Müll rausbrachte? Zu Hause schnitt ich die Kartons auf und testete den Milchrest darin mit einer Chemikalie, die auf Blut reagiert. (Merkwürdig, ich weiß, aber ich hatte so etwas da.)

Das Resultat fiel aus wie erwartet.

»Danke, dass du es keinem verraten hast«, sagte Shūya, als ich meine Geschichte beendet hatte.

Ich wusste nicht, was ich sagen sollte. Ich hatte es ja

nicht ihm zuliebe geheim gehalten – ich hatte nur einfach keine richtige Freundin, der ich es hätte anvertrauen können. Aber er hatte recht: Wenn ich es irgendwem aus unserer Klasse erzählt hätte, wären die Angriffe auf ihn noch viel schlimmer geworden.

»Aber sonst hast du alles geglaubt, was Moriguchi gesagt hat?«, fragte er. Ich nickte. »Und du hast keine Angst, hier mit mir allein zu sein?« Ich schüttelte den Kopf. »Es macht dir nichts aus, mit einem Kindermörder zu sprechen?«

Ich sah ihm in die Augen. Wenn er ein Kindermörder war, was waren dann die anderen aus unserer Klasse, die ihn wie ein Tier behandelt hatten? Ich fürchtete mich mehr vor mir selbst, weil ich ihn mit dem Milchkarton beworfen hatte, als vor Shūya. Seine Backe war immer noch geschwollen. »Es tut mir leid«, sagte ich und streckte die Hand nach dem roten Fleck aus. Irgendwie wollte ich spüren, was ich getan hatte. Die Wärme seiner Haut ließ mich zusammenzucken.

Es lag sicher nicht daran, dass ich die kalte Saftdose in der anderen Hand hielt oder dass seine Backe so heiß von der Schwellung war. Mir wurde bewusst, dass ich ihn für einen blutleeren Dämonen gehalten hatte, aber kaum hatte ich ihn berührt, da wusste ich, dass er ein Junge wie alle anderen war.

»Warum hast du mir die Testergebnisse gezeigt?« Das hatte ich ihn schon die ganze Zeit fragen wollen.

»Weil ich glaube, dass wir beide uns sehr ähnlich sind«, sagte er.

Ich hakte den Finger in die Lasche der Dose und sah

ihn wortlos an. Er war also doch nicht aus der Nacht aufgetaucht, um mich zu retten.

»Warte mal«, sagte er. »Willst du das wirklich alles trinken?«

Ich blickte auf die Dose hinab. Ich hätte sie leicht austrinken können, aber ich glaubte zu verstehen, was er meinte – und ich freute mich darüber. »Nein, eigentlich nicht«, sagte ich und stellte die Dose hin. Dann reichte er mir seine, die noch halb voll war, und ich nahm ein paar Schlucke und gab sie ihm zurück. Er trank auch etwas und gab mir die Dose wieder – und als sie leer war, küssten wir uns eine Weile. Ich hatte Ihnen nicht gesagt, Moriguchi-sensei, dass es tatsächlich jemanden gibt, den ich gern habe, aber dies hier war anders. In dem Moment hatte ich das Gefühl, dass Shūya der Einzige auf der Welt war, der zu mir stand.

Er brachte mich zurück zum Supermarkt, und beim Abschied meinte er, ich müsse unbedingt am nächsten Tag in die Schule kommen. Ich wollte das eigentlich nicht, aber ich hatte Angst, ich würde mich für den Rest meines Lebens zu Hause verkriechen, wenn ich morgen nicht hinging. Und jetzt, wo Shūya bei mir war, hatte ich das Gefühl, die Grausamkeit ertragen zu können.

»Ich werde da sein«, versprach ich ihm.

Als ich am nächsten Morgen ins Klassenzimmer trat, fingen ein paar von den Jungs gleich an zu pfeifen, und die Mädchen kicherten. An die Tafel hatte jemand ein Herz mit meinem und Shūyas Namen darin gemalt. Ich hielt den Kopf gesenkt, wie Shūya es immer tat, und ging direkt an meinen Platz, aber da hatte jemand mit Neonstift das gleiche Herz auf den Pultdeckel gemalt.

»Mizuho! Guten Morgen!« Ayako winkte mir von ihrem Pult aus mit dem Handy zu, doch ich beachtete sie nicht und schlug das Buch auf, das ich mitgebracht hatte.

Genau das Gleiche spielte sich noch mal ab, als Shūya eintraf. Er wurde auf die gleiche Weise begrüßt und sah ebenfalls zur Tafel hin. Seine Miene war so ausdruckslos wie immer, aber als er an sein Pult trat – das ebenfalls mit einem Herz verziert war –, stellte er seine Tasche ab und ging auf Takahiro zu, der immer noch pfiff.

»Du hast mir was zu sagen, Kindermörder?« Takahiro grinste Shūya an. Shūya antwortete nicht. Ohne den Blick von ihm zu wenden, biss er sich in die Spitze des kleinen Fingers und strich damit an Takahiros Backe hinab. Es war wie eine symbolische Linie – eine Linie aus Shūyas Blut –, die das Ende der Bestrafung und den Beginn des Gegenangriffs bedeutete. Takahiros Sitznachbarn kreischten, doch dann wurde es vollkommen still im Raum.

»Du warst es doch, der Mizuki festgehalten hat, oder?«, raunte Shūya ihm ins Ohr. »Wolltest du dich bei *ihr* einschmeicheln?«, setzte er hinzu und warf einen Blick zu Ayako hinüber. Dann trat er auf sie zu und hielt die Hand hoch. Blut lief ihm vom Finger zum Handgelenk. Ayako hatte die Hände vors Gesicht geschlagen, doch Shūya griff mit seiner blutigen Hand nach ihrem Handy. Sie schrie auf.

»Du lässt alle nach deiner Pfeife tanzen und die Drecksarbeit für dich erledigen«, sagte er, »aber du bist zu blöd, um zu merken, dass jemand genau das Gleiche mit dir macht.«

Danach baute er sich vor Yūsuke auf, der von der letzten Bank aus zugesehen hatte, als ob ihn das alles nichts anginge.

»Und das bist nämlich du, Arschloch, du hast sie gegen mich aufgehetzt.« Er beugte sich vor und küsste Yūsuke auf den Mund. Alle im Raum erstarrten, und Yūsuke sah aus, als müsste er sich gleich übergeben. »Na? Hat dir das gefallen?«, fragte Shūya mit einem breiten Lächeln. »Du tust so nobel und redest von Gerechtigkeit, und dabei hast du genau gewusst, dass Moriguchis Tochter zum Schwimmbad ging. Wenn du es jemandem gesagt hättest, wäre sie wahrscheinlich noch am Leben. Das alles machst du doch bloß, weil du dich schuldig fühlst, stimmt's? Hast du dich besser gefühlt, als du mich in die Mangel genommen hast? Es gibt ein Wort für so Typen wie dich: Heuchler. Betrachte das als deine erste und letzte Warnung – wenn du so weitermachst, gibt's nächstes Mal einen Zungenkuss.«

Von da an legte sich keiner mehr mit Shūya an.

Im Juli, sogar noch während der Examenszeit, traf ich mich fast jeden Tag mit Shūya in dem Haus. Meinen Eltern schwindelte ich vor, ich würde mit einer Freundin zusammen lernen, und da ich ihnen noch nie Ärger gemacht hatte, sagten sie nichts, selbst wenn ich zu spät heimkam. Shūya sagte, sein Vater habe wieder geheiratet, als er in der fünften Klasse war, und sie hätten ein Baby bekommen, weshalb er sich zum Lernen lieber ins Haus seiner Oma zurückzog; bei ihm daheim würden sie es sowieso nicht merken, wenn er eine ganze Woche wegblieb.

Hinten im Haus gab es einen Raum, den Shūya sein »Labor« nannte. Auf die Prüfungen schien er sich gar nicht vorzubereiten, stattdessen werkelte er an einer Erfindung, die wie eine Armbanduhr aussah, aber als ich wissen wollte, was es damit auf sich hatte, wollte er es mir nicht sagen. Doch ich saß gern bei ihm und sah ihm bei der Arbeit zu, was auch immer es für eine sein mochte. Mitte Juli wurde er damit fertig, und erst dann erklärte er, es sei ein Lügendetektor. Im Uhrarmband, sagte er, säßen Sensoren, die Veränderungen im Pulsschlag des Trägers erkennen könnten. Wenn sich etwas änderte, leuchtete das Ziffernblatt auf, und die Uhr klingelte wie ein Wecker.

»Probier sie mal an«, sagte er.

Ich legte sie mir ums Handgelenk, aber mir war ganz schön mulmig zumute. Was, wenn ich einen Schlag abbekam?

»Hast du Angst, einen gewischt zu kriegen?«, fragte er, als ob er Gedanken lesen könnte.

»Nein, eigentlich nicht.«

Piep, piep, piep … das Ziffernblatt leuchtete auf.

»Es funktioniert!«, rief Shūya erfreut. »Fantastisch!«

»Ja, fantastisch«, sagte ich ziemlich beeindruckt. Das schien Shūya verlegen zu machen. Er lachte. Dann packte er mein Handgelenk und zog es zu sich hin.

»Das ist alles, was ich wollte«, sagte er. »Dass mich einfach mal jemand beachtet.«

Ich begriff, dass er die Sache mit Manami meinte. Es war das erste Mal, dass er darüber sprach. Ich legte meine andere Hand über die, die mein Handgelenk hielt.

»Du weißt doch, wie kleine Kinder nicht lockerlassen,

wenn sie was von einem wollen?«, sagte Shūya. »Vielleicht hätte ich es auch so machen sollen. Wenn jemand gesagt hätte: *Ich hab da draußen eine tote Katze gefunden.* Ach ja? Übrigens war ich es, der sie getötet hat. *Nein!…* Doch! Es ist wahr! Ich töte manchmal Katzen und Hunde. *Nein! Das kann doch nicht dein Ernst sein!* Doch, aber ich töte sie nicht bloß so. *Was soll das heißen?* Ich verwende die Exekutionsmaschine, die ich erfunden habe. *Echt jetzt? Ist ja irre!…* Mach mal auf, da ist eine Überraschung drin… Mizuki, glaubst du, dass ich ein Mörder bin? Mizuki? Was soll ich denn jetzt machen…?«

Shūya weinte, und ich wusste nicht, was ich ihm antworten sollte. Also nahm ich ihn einfach in die Arme. Ich weiß nicht, warum, aber der Lügendetektor piepte wieder los.

Der Morgen dämmerte schon, als ich am nächsten Tag heimkam.

Werther war richtig froh, dass das Mobbing ein Ende hatte. Shūya lächelte wieder in der Klasse, und bei den Prüfungen am Ende des Schuljahrs schnitt er als Bester der gesamten Jahrgangsstufe ab. Alle nahmen an, Yūsuke würde als Klassensprecher wiedergewählt werden, aber plötzlich meinten einige, sie könnten sich auch vorstellen, Shūya zu wählen. Werther kriegte sich gar nicht mehr ein vor Freude. Einmal sah ich ihn Shūya sogar im Flur zuzwinkern, wo er von einem Englischlehrer zu seinem Erfolg beglückwünscht wurde. Ich hätte kotzen können.

Aber Werther hatte immer noch ein großes Problem: Naoki. Wenn er nicht bald wieder zur Schule zurückkam, würde er keinen Abschluss machen und nicht auf die Oberschule und zur Uni gehen können.

Ich weiß nicht, was Sie davon halten, aber ich habe darüber nachgedacht, wie viel Mumm man braucht, um zuzugeben, dass man etwas nicht kann, wenn man es wirklich nicht hinkriegt. Ich weiß, Sie mögen es nicht, wenn Schüler aufgeben, ohne sich richtig angestrengt zu haben – und das ist ja auch nicht in Ordnung –, aber man braucht doch wohl ziemlichen Mut, um sich und anderen ein unabwendbares Scheitern einzugestehen. Ich meine damit nur, ich wünschte, Werther hätte den Mut gehabt zuzugeben, dass er Naoki nicht an die Schule zurückbringen konnte.

Wenn er doch wenigstens mit einem der anderen Lehrer darüber gesprochen hätte. Vielleicht hätte der dann einen Schulwechsel vorgeschlagen?

Denn der Grund, warum er nicht mehr zur Schule kommen konnte, befand sich mitten in unserer Klasse.

Am Tag vor dem Ende des ersten Trimesters statteten Werther und ich Naoki nach der Schule unseren üblichen Besuch ab. Es war etwa sechs Uhr, aber die Sonne stand noch hoch am Himmel, und ich war ganz verschwitzt, als wir endlich vor der Haustür standen.

Ich hatte einen Brief dabei, den ich Naoki an dem Tag geschrieben hatte, weil ich es unfair fand, Shūya vom Ergebnis des Milchtests in Kenntnis zu setzen und Naoki nicht. Natürlich bildete ich mir nicht ein, ich könnte ihm einfach sagen, was ich wusste, und schon käme er wieder zurück in die Schule. Es war mir sowieso egal, ob er zurückkam oder nicht. Ich wollte ihn nur von einer sehr schweren Sorge entlasten.

Kaum hatte Naokis Mutter die Tür geöffnet, händigte Werther ihr die Unterrichtsmitschriften in einem Umschlag aus, mitsamt der Karte, die wir alle unterschrieben hatten und die Werther wie ein Geschenk eingepackt hatte. Ich wunderte mich, dass er die Karte nicht längst abgeliefert hatte – und wünschte, er hätte sie einfach vergessen.

Als sie den Arm durch den Türspalt streckte, sah ich, dass sie ein dickes, langärmliges Hemd trug. Vielleicht lief drinnen die Klimaanlage, aber trotzdem kam es mir komisch vor an so einem heißen Tag. Ihr Gesicht bekam ich gar nicht richtig zu sehen. Ich versuchte, ihr meinen Brief reinzureichen, bevor sie die Tür zumachte – doch im gleichen Moment schob Werther den Fuß in den Türspalt und fing an zu brüllen.

»Naoki! Wenn du da bist, hör mich an! Du bist nicht der Einzige, dem es in diesem Quartal schlecht gegangen ist! Einige deiner Klassenkameraden haben Shūya übel gemobbt! Doch ich habe sie überzeugen können, dass sie unrecht hatten. Es war nicht leicht, aber es ist mir gelungen! Sie haben es kapiert! Was sagst du dazu, Naoki? Ich weiß, du leidest, aber ich glaube, ich kann dir helfen! Willst du's nicht mal versuchen? Ich glaube, wir können deine Probleme gemeinsam angehen. Und ich kann dir ganz sicher helfen, sie zu lösen! Ich möchte, dass du mir vertraust! Ich möchte, dass du morgen zur Schule kommst – komm doch zu unserer Schlussfeier. Wir werden auf dich warten!«

Während ich da stand und ihm zuhörte, wurde ich richtig wütend. Wie er immer alles verdrehte! Erst hatte er gesagt, sie würden Shūya nicht tyrannisieren, sie wären nur neidisch auf ihn, und jetzt, da es aufgehört hat, nennt er es mobben. Ich sah zu Naokis Fenster hoch, und mir schien, als hätte sich der Vorhang ein bisschen bewegt.

Werther hatte sich so hineingesteigert, dass er völlig irr aussah. Er stierte blicklos vor sich hin, als er sich vor Naokis Mutter verbeugte und die Tür schloss. Man sah ein paar von den Nachbarn aus den Fenstern spähen, aber Werther lächelte sie nur leise an und wandte sich zu mir.

»Mizuho«, sagte er, »ich möchte dir dafür danken, dass du die ganze Zeit immer mit mir mitgekommen bist.« Seine Stimme war viel lauter als nötig – laut genug, dass die ganze Straße ihn hören konnte. Es war fast, als hätte er es von vornherein darauf angelegt, diese Nummer abzuziehen, und ich wäre vom ersten Akt an sein Publikum gewesen, bis der Vorhang fiel. Ich war als Zeugin mitgenommen worden, damit ich bestätigen konnte, dass er all diese »Hausbesuche« gemacht hatte, dass er ein total engagierter Lehrer gewesen war. Ich befühlte den Brief, den ich in meine Rocktasche gesteckt hatte, und knüllte ihn zusammen.

In jener Nacht brachte Naoki seine Mutter um.

Sie kürzten die Schlussfeier ab, und der Direktor rief uns am Nachmittag noch einmal zusammen.

»Letzte Nacht ist einer eurer Klassenkameraden in einen sehr ernsten Vorfall verwickelt gewesen. Alle Einzelheiten kennen wir noch nicht, aber ihr sollt wissen, dass für euch keinerlei Gefahr besteht.« Mehr gab der Direktor nicht preis – doch alle wussten ohnehin, um was es ging. Wir hatten in der Klasse darüber geredet, und es war klar, dass Naoki etwas Furchtbares getan hatte, aber natürlich wollten wir mehr darüber erfahren. Die ganze Klasse kribbelte vor Spannung, aber Werther ließ sich nichts entlocken. Man sah es ihm an, dass er darauf brannte, uns alles zu erzählen, also musste die Schulleitung ihm wohl einen Knebel verpasst haben. Die Stunde ging zu Ende, und alle wurden heimgeschickt – außer mir. Was mich nicht wunderte, schließlich war ich ja ein paar Stunden vor der Tat noch bei dem Täter zu Hause gewesen. Bevor er ging, steckte Shūya mir einen Talisman zu.

Ich wartete ein paar Minuten, dann kam Werther in die Klasse zurück.

»Du musst dir keine Sorgen machen, Mizuho.« Er legte mir die Hände auf die Schultern und sah mir in die Augen. »Egal, was sie dich fragen, sag einfach die Wahrheit.« Ich hielt seinem Blick stand und rührte mich nicht.

»Kann ich Sie was fragen?«, sagte ich schließlich. Er nickte. »Aber könnten Sie vorher noch das hier umbinden?« Er schaute skeptisch drein, aber ich erklärte, es sei ein Talisman – alle Schüler würden jetzt so was tragen. Dann reichte ich ihm die Lügendetektor-Uhr, die Shūya mir eben noch zugesteckt hatte, und sah zu, wie er sie umband. »Sind Sie wirklich jede Woche zu Naoki gegangen, weil Sie sich Sorgen um ihn machten? Oder sind Sie nur hingegangen, weil Sie sich dann gut fühlten?«

»Was soll das denn? Das ist ja lächerlich, Mizuho! Du warst doch dabei – du weißt doch genau, dass ich es für Naoki getan habe!«

Piep, piep, piep … Werther sah auf das blinkende Ziffernblatt hinab, während das blecherne Klingeln durch den Raum schallte.

»Was ist das für ein Ding?«, blaffte er.

»Keine Sorge«, sagte ich. »Es ist bloß das Jüngste Gericht.«

Ich folgte Werther zum Büro des Direktors. Er wartete schon auf uns, zusammen mit dem Beratungslehrer für unsere Jahrgangsstufe und zwei Polizisten. Werther und ich saßen nebeneinander, und sie wiesen uns an, ihnen alles über Naoki zu berichten, was uns einfiel – obwohl sie uns immer noch nichts weiter über die ganze Sache mitgeteilt hatten. Ich erzählte ihnen einfach meine Geschichte, wie Werther es mir geraten hatte.

»Ich bin jeden Freitag mit Yoshiteru-sensei zu Naokis Haus gegangen, um die Unterrichtsmitschriften bei ihm abzugeben. Seine Mutter kommt immer an die Tür, um uns zu begrüßen, aber Naoki haben wir nicht ein einziges Mal zu sehen bekommen. Am Anfang schien sie sich noch über unsere Besuch zu freuen, aber in den letzten Wochen hatte ich das Gefühl, dass sie sich von uns gestört fühlte. Selbst wenn es heiß ist, trägt sie immer lange Ärmel, und manchmal hab ich gesehen, dass sie blaue Flecken unter der Schminke hatte. Ich dachte, die stammen vielleicht von Naoki – vielleicht, weil sie ihn nach unseren Besuchen immer wieder gedrängt hat, zur Schule zu gehen.

Sie hat nie was gesagt, aber ich hab gemerkt, dass unsere Besuche Naoki mehr und mehr unter Stress gesetzt haben. Er ist nicht der Typ, der schnell ausrastet, aber er fühlte sich wahrscheinlich in die Enge getrieben, wenn er uns kommen hörte, und sonst konnte er ja nirgends Dampf ablassen. Seine Mutter hat ihn immer schrecklich verhätschelt, und er hat sich wohl an ihr abreagiert, wenn er nicht mehr weiterwusste. Sie würden wahrscheinlich sagen, er ist ein schwacher Charakter. Ich glaube, das haben alle Lehrer gemerkt, bis auf Yoshiteru-sensei – der war überzeugt, er könnte Naokis Probleme ganz allein lösen. Aber je öfter wir ihn aufsuchten, desto mehr fühlte Naoki sich belagert, und das hat er an seiner Mutter ausgelassen. Darum habe ich Yoshiteru-sensei vorgeschlagen, die Besuche mal eine Weile zu lassen, aber es kümmerte ihn nicht, was ich dachte. Stattdessen hat er gestern alles noch schlimmer gemacht, indem er zu Naokis Fenster hinaufgerufen hat, so laut, dass die ganze Nachbarschaft es hören konnte. Als ob er Naoki endgültig zu einem Sonderling abstempeln wollte. Ich glaube, für Naoki war sein Haus die letzte Zuflucht, da er es nicht mehr in die Schule schaffte. Aber Yoshiteru-sensei wollte ihn aus seinem einzigen Rückzugsort aufscheuchen.

Es war fast, als ob Yoshiteru-sensei Jagd auf ihn gemacht hätte. Aber er denkt sowieso nie daran, was das Beste für uns wäre. Wir sind nur ein Spiegel für ihn, in dem er sich betrachten kann. Nichts von alldem wäre passiert, wenn er nicht so von sich selbst eingenommen wäre.«

Ich weiß, es ist schwer zu glauben, aber all das ist in einem einzigen Trimester passiert – in den vier Monaten, seit Sie uns verlassen haben. Jetzt sind Sommerferien, und ich frage mich, ob Werther danach zurückkommen wird. Wenn er schamlos genug ist, wieder hier aufzutauchen, dann muss ich mir was einfallen lassen.

Seit dem letzten Sommer habe ich alle möglichen Chemikalien gehortet. Wenn alles zu unerträglich wird, habe ich vor, sie als letzten Ausweg zu benutzen. Aber vielleicht sollte ich sie erst an jemand anderem ausprobieren, um zu sehen, ob sie auch wirken. Was ich eigentlich bräuchte, ist Zyankali, und jetzt wäre der beste Moment, sich welches zu besorgen, wo die Lehrer sich alle viel mehr um den Skandal kümmern, als auf ihre Schlüssel zu achten. Ich wette, wenn ich Tadao-sensei fragen würde, ob er mir seinen ausleiht, würde er ihn mir geben, ohne Fragen zu stellen.

Es dürfte nicht schwer sein, Werther etwas davon zu verabreichen, falls er im Herbst wiederkommt. Er ist der Einzige, der die Milch trinkt, und ich glaube, es wäre mir sowieso egal, wenn jemand anders was davon abkriegt …

Bestimmt fragen Sie sich, warum ich Werther so sehr hasse. Es liegt daran, dass ich in Naoki verliebt bin, schon seit der ersten Klasse. Er ist meine erste und einzige Liebe. Ich glaube, es fing an, als diese blöde Ayako begann, mich Mizuho zu nennen. Sie war neidisch, weil sie so dämlich ist und ich immer alle Antworten wusste – also dachte sie sich den dummen Spitznamen aus, und die anderen machten mit. Von da an hieß ich für alle nur noch Mizuho – außer für Naoki, der mich weiterhin

Mizuki nannte. Ich weiß nicht mal, wieso er sich Ayako nicht anschloss – vielleicht war er einfach nur an Mizuki gewöhnt –, aber es reichte, um mich zu überzeugen, dass er mein einziger Freund auf der Welt war.

Eine von Naokis Schwestern hat mir erzählt, dass er auf ihre Frage, warum er ihre Mutter getötet habe, zur Antwort gab, er habe von der Polizei verhaftet werden wollen.

Moriguchi-sensei, gestatten Sie, dass ich Ihnen noch eine letzte Frage stelle?

Was halten Sie jetzt von Ihrer Rache?

3

Die Wohlmeinende

Frühmorgens am zwanzigsten Juli, ein paar Tage vor Beginn der Sommerferien in meinem zweiten Studienjahr, erhielt ich plötzlich einen Anruf von meinem Vater.

Er hatte zwei Neuigkeiten für mich: erstens, dass meine Mutter ermordet worden war; zweitens, dass der Mörder mein kleiner Bruder Naoki war.

Das machte alles ein bisschen kompliziert. Wenn einer deine Mutter umbringt, solltest du als Angehöriger des Opfers ja wohl den Mörder hassen; aber wenn der Mörder dein Bruder ist, dann siehst du dich als Verwandter eines Verbrechers abgestempelt, sorgst dich darum, wie dein Bruder rehabilitiert werden könnte und wie du dich bei den Opfern entschuldigen sollst – von denen du aber zufällig selbst eins bist!

Wie kriegt man das alles auf die Reihe?

Eins ist sicher: Die Klatschpresse wird dich nicht verschonen, nur weil es eine private Familientragödie ist. Blitzschnell war unser Haus umzingelt, und die Mienen der Leute waren nicht mitfühlend, nicht einmal hämisch – einfach nur unverhohlen sensationsgeil.

Tötungsdelikte sind in Japan nicht mehr so selten wie

in früheren Zeiten. Tatsächlich kommen sie so häufig vor, dass es den meisten Leuten nur noch ein müdes Gähnen entlockt, wenn sie in den Nachrichten schon wieder von einem hören. Ein bisschen Interesse bringen sie allenfalls noch auf, wenn sie pikante Einblicke in das Innenleben einer zerrütteten Familie erhalten – wenn sie zu sehen bekommen, wie böse es aus dem Ruder laufen kann.

Gestörte Liebe, gestörte Disziplin, gestörte Erziehung, gestörte menschliche Beziehungen. Zuerst fragt sich jeder, wie so etwas in einer so anständigen Familie passieren konnte; aber wenn man ein bisschen herumstochert, dann deckt man die Schieflage auf, dann sieht man, dass es gar nicht anders kommen konnte, dass es nur eine Frage der Zeit war.

Ich kann mir vorstellen, dass es Leute gibt, die so was im Fernsehen anschauen und sich dann Sorgen um ihre eigene Familie machen. Mein Problem war das nicht. Ich hatte immer das Gefühl, uns könnte so was nicht passieren. Die Shitamuras waren immer stinknormal – eine richtige Allerweltsfamilie. Und dann ist es doch passiert: ein Mord in der Familie. Was also hat aus uns so gestörte Menschen gemacht?

Das letzte Mal war ich an Neujahr zu Hause gewesen.

Am ersten Januar besuchten meine Mutter, mein Vater, Naoki und ich den Schrein in der Nachbarschaft zur Feier des neuen Jahres. Dann kamen wir heim und aßen das traditionelle Festessen, das Mutter zubereitet hatte, während wir vor dem Fernseher saßen. Bei der Küchenarbeit erzählte ich meiner Mutter von meinen neuen Freunden aus dem Tennisclub, und Naoki redete von dem Clown, der bei der Schulfeier aufgetreten war.

Am nächsten Tag kam unsere ältere frischverheiratete Schwester mit ihrem Mann zu Besuch, und wir gingen alle zusammen ins Shoppingcenter auf Schnäppchenjagd. Naokis Noten hatten sich im letzten Trimester sehr verbessert, also kauften die Eltern ihm den Laptop, den er sich gewünscht hatte, und ich schaffte es, ihnen eine neue Handtasche abzuluchsen.

Es lief genauso ab wie jedes Neujahr: ein ganz normales Fest für eine normale Familie. Hunderte Male habe ich mir alles in Erinnerung gerufen, was wir gesagt und getan haben, und mir fällt nichts ein, das in irgendeiner Weise auf das Kommende hingedeutet hätte.

Was war nur in den sechs Monaten seither geschehen, dass alles so fürchterlich schieflaufen konnte?

Mutters Leiche hatte eine einzige Stichwunde im Bauch und eine Prellung am Hinterkopf. Sie sagten, sie sei mit einem Küchenmesser erstochen und dann die Treppe hinuntergestoßen worden. Sie sagen … Es kam mir alles so unwirklich vor, und selbst als ich sie im Leichenschauhaus gesehen hatte, konnte ich immer noch nicht glauben, dass sie tot war – oder dass Naoki derjenige war, der ihr das angetan hatte.

Warum ist es passiert? Wenn ich darauf keine Antwort erhalte, werde ich mich mit dem Tod meiner Mutter niemals abfinden können. Oder mit der Schuld meines Bruders. Wenn es darauf keine Antwort gibt, werden mein Vater, meine Schwester und ich nicht als Familie weiterbestehen können.

Eine Ahnung von dem, was in unserer Familie verkehrt lief, bekam ich zwei Tage nach dem Tod meiner Mutter – und es war die Polizei, die den ersten Hinweis lieferte. Offenbar war Naoki seit Beginn der achten Klasse gar nicht mehr zur Schule gegangen. Heutzutage kommt es ja öfters vor, dass Kinder sich vor der Schule drücken wollen und sich sogar weigern, das Haus zu verlassen, aber das wirklich Verrückte daran war, dass meine Mutter die Einzige zu sein schien, die davon Kenntnis hatte. Es mag ja noch angehen, dass ich nichts wusste, da ich weit weg war, und das Gleiche gilt für meine Schwester, die schwanger ist und in einer anderen Stadt wohnt – aber es ist vollkommen unglaublich, dass mein Vater nichts mitbekommen hat, obwohl er mit ihnen unter einem Dach lebte. Sicher, er hatte einen weiten Weg zum Büro und kam meist erst spätabends heim, doch wie konnte es einem verborgen bleiben, dass der eigene Sohn vier ganze Monate lang nicht zur Schule ging?

Als die Polizei ihn dazu befragte, meinte er, es könnte mit einem Vorfall zu tun haben, der sich im letzten Trimester des Vorjahres ereignet hatte. Mein Vater ist eigentlich immer die Ruhe selbst, aber seit dem grausamen Schicksalsschlag wirkte er wie ausgewechselt. Bei der polizeilichen Befragung redete er wie ein Wasserfall. Ich will nicht alles wiederholen, was er sagte, und begnüge mich mit einer kurzen Zusammenfassung.

Die Tochter von Naokis Klassenlehrerin war in das Schulschwimmbecken gefallen und ertrunken. Naoki war zufällig dabei, als es passierte, doch er hatte sie nicht retten können. Die Lehrerin behauptete, Naoki sei irgendwie für den Tod ihrer Tochter verantwortlich, was meinen Bruder so sehr verstörte, dass er sich nicht mehr überwinden konnte, zur Schule zurückzukehren, obwohl die Lehrerin gekündigt hatte.

Nun wundert es mich gar nicht, dass ein so sensibler Junge wie Naoki nur schwer mit einer solchen Sache fertigwird. Ich kann mir sogar vorstellen, dass er sich infolgedessen von der Welt abgekehrt hat. Nur wie das dann zum Mord an meiner Mutter führen konnte, das ist mir schlicht unbegreiflich.

Was machte er überhaupt den ganzen Tag zu Hause, seit er nicht mehr vor die Tür ging? Wie sind meine Mutter und er miteinander umgegangen? Nun, da sie nicht mehr da ist, kann das nur er beantworten. Aber ich darf ihn noch nicht besuchen. Wie sollte ich es also herausfinden?

Doch dann erinnerte ich mich daran, was meine Mutter gesagt hatte, als sie mir bei meinem Aufbruch nach Tokyo ein Tagebuch schenkte: »Wenn du mal Sorgen hast oder traurig bist, kannst du immer mit mir reden, das weißt du. Aber wenn du das nicht möchtest, solltest du versuchen, alles hier reinzuschreiben. Stell dir einfach vor, du sprichst mit dem Menschen, dem du am meisten auf der ganzen Welt vertraust. Es ist erstaunlich, was das menschliche Gehirn für ein Erinnerungsvermögen hat, an was man sich alles im Leben klammert – aber wenn man etwas aufschreibt, kann man es vergessen, man braucht es nicht mehr im Gedächtnis zu behalten. Erinnere dich an die guten Dinge; schreib die schlechten hier drin auf und vergiss sie.«

Anscheinend hatte sie diese Weisheit von ihrer Lieblingslehrerin in der Mittelschule, die ihr damals mit den gleichen Worten ein Tagebuch überreicht hatte, als Trost für eine Schülerin, die kurz hintereinander beide Eltern verloren hatte.

Also durchsuchte ich das Haus und fand das Tagebuch meiner Mutter.

13. März

Yūko Moriguchi, Naokis Klassenlehrerin, ist gestern zu Besuch gekommen.

Ich konnte die Frau von Anfang an nicht leiden. Ich habe sogar dem Direktor geschrieben, dass ich es missbillige, einer alleinerziehenden Mutter die Verantwortung für eine Klasse voller leicht beeinflussbarer Jugendlicher zu geben – aber was hat das schon gebracht. Die Meinung einer Mutter zählt nicht viel an einer öffentlichen Schule. Und doch hatte ich recht, wie sich dieses Jahr im Januar zeigte, als Naoki in eine Schlägerei mit ein paar Oberschülern geraten ist und die Polizei ihn zu seinem eigenen Schutz aufs Revier mitgenommen hat. In solchen Fällen ist die Klassenlehrerin verantwortlich. *Sie* hätte zum Revier gehen müssen, um ihm beizustehen. Aber diese Moriguchi war zu sehr mit ihrem eigenen Kind beschäftigt und hat stattdessen einen anderen Lehrer hingeschickt. Hätte der Direktor Moriguchi daraufhin einer anderen Klasse zugeteilt, wäre das alles nicht passiert.

In der Zeitung stand, dass Moriguchis Tochter im Schulschwimmbecken ertrunken ist. Es tut mir natürlich leid, dass sie ihr kleines Mädchen verloren hat, aber ich muss schon sagen, ich fand es doch sonderbar, dass sie das Kind überhaupt in die Schule mitgebracht hat. Bestimmt hätte man ihr das nicht durchgehen lassen, wenn sie woanders als in einer Schule gearbeitet hätte. Man könnte fast sagen, es waren die laxen Bestimmungen für Angestellte des öffentlichen Dienstes und Moriguchis leichtfertiger Umgang damit, die zum Tod ihrer Tochter geführt haben.

Und als wäre das noch nicht genug, ist sie plötzlich hier aufgetaucht und hat angefangen, Naoki mit allen möglichen Fragen und Unterstellungen zu quälen. Erst wollte sie von ihm wissen, wie es in der Schule voranging, obwohl es ihr doch sowieso bekannt gewesen sein muss. Also berichtete Naoki noch mal davon, dass er aus dem Tennisclub ausgeschieden ist, weil er den Trainer nicht ertrug, und dass er sich dann in einer Paukschule eingeschrieben hat, und wie er dann in der Videospielhalle von Oberschülern angegriffen wurde und dafür eine Bestrafung erhielt, obwohl er doch das Opfer war.

So, wie er das alles erzählte, hörte man heraus, wie froh und glücklich er gewesen war, in der Mittelschule anzufangen, nur um dann zunehmend enttäuscht zu werden. Nichts von alldem war seine Schuld, aber trotzdem war er sehr niedergeschlagen. Während ich ihm zuhörte, wurde ich immer wütender auf Moriguchi. Warum war sie hier?

Nur um all diese schrecklichen Erinnerungen noch mal aufzuwühlen? Aber das reichte ihr ja noch nicht. Sie fing an, ihn auszufragen, was er über den Tod ihrer Tochter wisse.

Schließlich konnte ich mich nicht mehr zurückhalten. »Wieso fragen Sie das alles?«, fuhr ich sie an. »Das hat doch nichts mit Naoki zu tun!« Aber da murmelte Naoki etwas, das mir fast das Herz stillstehen ließ.

»Es war nicht meine Schuld.«

Naoki hatte sich Anfang des Sommertrimesters mit einem Klassenkameraden namens Shūya Watanabe angefreundet. Ich hatte in der Zeitung davon gelesen, dass er einen Preis für die Erfindung einer diebstahlsicheren Börse gewonnen hatte, und damals freute ich mich, dass Naoki sich mit der richtigen Sorte von Kameraden umgab. Aber wie sich herausstellte, war dieser Shūya in Wirklichkeit ein ganz grässlicher Kerl.

Er hatte beschlossen, seine Erfindung an jemandem auszuprobieren, um zu sehen, wie der Betreffende auf den Stromschlag durch den elektrisch geladenen Reißverschluss reagierte, und er zwang Naoki, das Opfer auszusuchen. Naoki ist zu weichherzig, um einen seiner Klassenkameraden zu wählen, also schlug er den einen oder anderen Lehrer vor. Aber dieser Watanabe wollte nichts davon wissen, sodass Naoki schließlich Moriguchis Tochter erwähnte. Sicher hat er gedacht, ihr würde schon nichts passieren – einem kleinen Mädchen würde Shūya so was doch nie antun.

Aber er hatte es nicht mit einem normalen Jungen zu tun – dieser Watanabe ist ein durch und durch schlechter Mensch. Er war gleich Feuer und Flamme und fing an, einen Plan auszuhecken. Am Ende schleppte er Naoki mit zum Schwimmbad, wo sie dann auf das Mädchen warteten.

Mir wird ganz anders, wenn ich mir vorstelle, wie das für Naoki gewesen sein muss. Anscheinend war er derjenige, der das Mädchen ansprach, als sie den Nachbarshund füttern kam – Watanabe verließ sich wohl auf Naokis wunderbare Art, auf Menschen zuzugehen, um sie anzulocken. Sobald das kleine Mädchen Vertrauen zu ihnen gefasst hatte, gab Watanabe ihr die Börse, verborgen in einem Spielzeugtäschchen. Er legte ihr die Kordel um den Hals und ermunterte sie, den Reißverschluss aufzumachen.

Tatsächlich hatte ich dieses Täschchen selbst gesehen, als Naoki und ich im Shoppingcenter zufällig mitbekamen, wie die Kleine ihre Mutter darum anbettelte. Die wollte ihrer Tochter wohl eine Lektion erteilen, aber wenn sie ihr das Ding einfach gekauft hätte, dann hätte sie sich die Szene im Laden erspart und Watanabe um seinen Köder gebracht. Bei ihrem Gehalt hätte sie sich die Ausgabe wahrlich leisten können, selbst als alleinerziehende Mutter.

Das Mädchen griff nach dem Reißverschluss und brach zusammen – und Naoki war gezwungen, ihr Sterben mit anzusehen. Ich will mir gar nicht vorstellen, wie er sich geängstigt haben muss. Noch beängstigender muss es aber gewesen sein zu begreifen, dass Watanabe die ganze Zeit vorgehabt hatte, sie umzubringen.

Sobald es geschehen war, sagte er zu Naoki, er könne

es ruhig jedem erzählen, dann drehte er sich um und ging weg. Aber ist Naoki vielleicht losgerannt und hat ihn verpetzt? Nein, dazu war er ein zu treuer Freund. Er beschloss, die Sache zu vertuschen, indem er es wie einen Unfall aussehen ließ – und so warf er das tote Mädchen ins Schwimmbecken. Zu Moriguchi sagte er, er sei so verstört gewesen, dass er sich an nichts anderes mehr erinnern könne.

»Also gut«, hat sie in ihrer herablassenden Art geantwortet, »da die Polizei es als Unfall ansieht, habe ich nicht vor, Ärger zu machen.« Ärger? Für wen? Es war doch alles Watanabes Schuld. Er hatte das Ganze geplant – Naoki war nichts als sein ahnungsloser Handlanger, ein Opfer und nichts anderes. Sie mag beschlossen haben, nichts zu sagen, ich aber wäre am liebsten selbst zur Polizei gerannt und hätte ihnen die ganze Geschichte erzählt, so wütend war ich.

Doch Naoki hat das Mädchen ins Schwimmbecken geworfen. Macht ihn das nicht zum Mittäter? Er hat versucht, das Verbrechen eines anderen zu vertuschen – was ebenfalls ein Verbrechen sein könnte. Naoki hat so gute Zukunfstaussichten. Ich konnte ihn doch nicht ausliefern und womöglich noch wegen Beihilfe zum Mord verurteilen lassen. Nein, auch wenn es mir zuwider war, musste ich so tun, als wäre ich Moriguchi dankbar – aber trotz meines erleichterten Lächelns hätten meine Blicke töten können.

Ich hatte nicht vor, meinem Mann etwas davon zu sagen, aber ich dachte, vielleicht wäre es gut, Moriguchi irgendeine Art von Schmerzensgeld anzubieten, um das

Ganze ein für alle Mal abzuschließen; nicht, dass sie später noch mal mit Forderungen ankäme.

Aber wenn ich eine beträchtliche Geldsumme lockermachen wollte, würde ich meinen Mann einweihen müssen. So setzte ich ihn knapp ins Bild, als er abends von der Arbeit kam, und bat ihn, Moriguchi anzurufen. Doch sie lehnte das Geld ab – sodass ich mich frage, warum sie denn überhaupt hergekommen ist.

Mein Mann war dafür, zur Polizei zu gehen. Ist er noch bei Trost? Dann würde Naoki doch gleich mit angeklagt, wandte ich ein, aber er fand, es sei trotzdem das Richtige – sogar für Naoki. Wahrscheinlich ist von einem Mann in so einer Situation eben nicht mehr zu erwarten, aber ich bereute es trotzdem, dass ich überhaupt etwas erzählt hatte. Wie üblich bleibt es mir überlassen, Naoki zu beschützen.

Von Anfang an fiel es mir schwer zu glauben, was Naoki von der ganzen Sache erzählt hat. Bestimmt war der arme Junge nur zufällig in der Nähe, und dieser grässliche Watanabe hat ihn gezwungen, so zu tun, als ob er die ganze Zeit mitgemacht hätte. Oder es war Moriguchi, die sich das Ganze ausgedacht hat. Vielleicht ist ihre Tochter einfach nur ausgerutscht und in das Becken gefallen, und sie ist die wahre Schuldige, weil sie sie in die Schule mitgenommen hat. Doch da sie der Wahrheit nicht ins Auge sehen wollte, hat sie sich Naoki und Watanabe gegriffen, die nur zufällig da waren, und sie gezwungen, diese Lüge zu erzählen. Ich könnte wetten, das kommt der Wahrheit schon näher.

Wie hätte er denn sonst in die Sache mit hineingezogen werden können? Das wäre mir doch nicht verborgen geblieben … Ich weiß, er hätte mir die Wahrheit gesagt, ohne dass Moriguchi ihn erst ausquetschen musste.

Ja, so muss es gewesen sein. Das Ganze ist bloß eine Erfindung dieser jämmerlichen Person. Und folglich ist auch Watanabe ein Opfer.

Es ist alles Moriguchis Schuld.

22. März

Heute ist der letzte Tag des Schuljahrs.

Ich habe mitbekommen, dass Naoki seit dem Besuch von Moriguchi deprimiert war, doch er ist weiter jeden Tag zur Schule gegangen, und so habe ich versucht, mir keine Sorgen zu machen.

Als er heute nach Hause kam, ist er gleich auf sein Zimmer gegangen. Er ließ sich nicht zum Essen blicken und hat sich gleich ins Bett gelegt, ohne gute Nacht zu sagen. Wahrscheinlich ist er erschöpft von all der Anspannung.

Jetzt in den Ferien kann er sich ja ausruhen, aber es stimmt mich traurig, dass Moriguchi immer noch da sein wird, wenn im April das neue Schuljahr beginnt.

27. März

Vom ersten Ferientag an ist mir aufgefallen, dass Naoki sich irgendwie merkwürdig benahm – fast als hätte er plötzlich einen Sauberkeitsfimmel oder so was wie eine Zwangsstörung.

Es fing damit an, dass er von mir verlangte, das Essen auf einzelnen Tellern aufzutragen, anstatt in einer großen Schüssel für uns alle. Und das von einem Jungen, der immer liebend gern die Reste von meinem oder sonst einem Teller verputzt hat. Von da an gab es jeden Tag eine neue Ankündigung. Er wollte seine Wäsche extra, von unserer getrennt, gewaschen haben, er wollte nicht, dass jemand in sein Badewasser stieg, nachdem er in der Wanne gewesen war.

Ich kenne solche Sachen aus dem Fernsehen und nahm an, es wäre nur eine Phase, wie in der Pubertät nicht anders zu erwarten, also habe ich ihm seinen Willen gelassen. Das ist vielleicht nicht die beste Methode, aber im Moment duldet er nun mal nicht, dass ich irgendetwas anrühre, was er trägt oder benutzt.

Er hat nie bei der Hausarbeit mithelfen müssen, aber plötzlich spült er sein ganzes Geschirr selbst und macht sogar seine Wäsche selbst. Natürlich nur seine eigene … Jetzt, während ich dies schreibe, wird mir bewusst, dass es klingt, als ob er der reinste Musterknabe geworden wäre, aber wenn ich ihn ständig am Spülen und Waschen sehe, kann ich nicht umhin, mir schreckliche Sorgen zu machen. Er verbringt eine ganze Stunde damit, nur ein paar Teller und Schalen zu schrubben. Und er stopft die Weiß- und Buntwäsche zusammen in die Maschine, nimmt viel zu viel Waschpulver und lässt den gleichen Waschgang immer wieder durchlaufen. Er benimmt sich, als ob er plötzlich um sich herum überall nur noch Keime sieht.

Und dennoch – wenn das alles wäre, könnte man es als extreme Form von Zwangsneurose akzeptieren und überlegen, was man da machen soll. Aber Naokis Störung ist schlimmer. Während er alles um sich her wie besessen wäscht und putzt, macht er bei sich selbst genau das Gegenteil.

Er wird immer dreckiger. Wieder und wieder sage ich ihm, er muss sich besser pflegen, aber er kämmt sich die Haare nicht mehr und putzt sich nicht die Zähne. Er hat immer so gerne gebadet, aber jetzt macht er einen großen Bogen um die Wanne. Als er heute durch den Flur ging, habe ich ihn spaßeshalber ein bisschen in Richtung Bad geschubst, und da fuhr er zu mir herum und schrie: Fass mich nicht an! In einem Ton, den ich noch nie von ihm gehört habe. Überhaupt war es das erste Mal im Leben, dass er mich angeschrien hat. Mag sein, dass er gerade eine rebellische Phase durchmacht, aber mich stimmt es trotzdem traurig.

Kurz darauf ist er zu mir gekommen, als ob nichts passiert wäre, und hat angefangen, mir ganz unbefangen von Dingen zu erzählen, an die er sich von früher erinnert. Es war so seltsam – ich weiß nicht, wie lange ich das noch aushalten kann.

31. März

Eine Nachbarin ist heute mit ein paar Bohnenküchlein vorbeigekommen, die sie von einer Reise nach Kyoto mitgebracht hat. Naoki hat Süßigkeiten aus Bohnen nie besonders gemocht, aber ich beschloss, ihm welche in sein Zimmer hinaufzubringen, falls er doch Lust darauf haben sollte.

Ich war nicht überrascht, als er ablehnte, aber nach einer Weile tauchte er in der Küche auf und wollte jetzt doch mal probieren. Ich machte uns eine Kanne Tee, und wir setzten uns an den Tisch. Ich muss zugeben, ich war beunruhigt.

Er nahm erst einen kleinen Bissen und stopfte dann gleich das ganze Küchlein hinterher. Dann fing er aus heiterem Himmel an zu weinen.

»Ich hab nicht gewusst, dass sie so lecker sind!«, schluchzte er. »Ich hab's gar nicht gewusst!«

Als ich ihn so weinen sah, ging mir auf, dass sein Putzzwang und seine Verwahrlosung nichts mit der Pubertät oder irgendeiner rebellischen Phase zu tun haben. Sondern nur damit, was mit der kleinen Moriguchi passiert ist.

»Iss so viele, wie du magst«, ermunterte ich ihn.

Er nahm noch ein Küchlein aus der Büchse und wickelte es aus, und diesmal aß er es langsam, Bissen um Bissen – und ich glaube, er hat dabei die ganze Zeit an das kleine Mädchen gedacht, hat um das Kind getrauert, das nie wieder so eine Köstlichkeit genießen würde. Er ist wirklich ein lieber Junge.

Ich fürchte, er denkt die ganze Zeit an sie, nicht nur, wenn er Bohnenküchlein isst. All das zwanghafte Waschen und Spülen ist wohl ein Versuch, die schreckliche Erinnerung auszulöschen; und zugleich vernachlässigt er sich und starrt vor Dreck, weil er sich schuldig fühlt, so behaglich zu leben, während sie nichts mehr hat und nichts mehr fühlen kann.

Er bestraft sich immer noch für das, was geschehen ist.

Endlich verstehe ich, warum er sich in letzter Zeit so seltsam benommen hat – und es tut mir leid, dass ich nicht eher begriffen habe, was er durchmacht. Es war alles ein einziger Hilferuf, und ich war zu blind, es zu verstehen.

Was mich nur noch mehr in der Ansicht bestärkt, dass die eigentliche Übeltäterin hier diese schreckliche Moriguchi ist, mit ihren falschen Anschuldigungen und manipulativen Machenschaften. Wenn sie schon versuchen muss, einen Sündenbock für ihre Schuldgefühle zu finden, hätte sie sich da nicht jemanden genauso Verdrehten wie sie selbst aussuchen können? Es ist doch unglaublich infam, ihre Sünden auf einen lieben, sanften Jungen wie Naoki abwälzen zu wollen. Offensichtlich hat sie ihre Stelle gekündigt, weil sie ihren Schuldgefühlen nicht entkommen konnte. Zu Anfang des nächsten Schuljahrs hätte sie wieder derselben Klasse entgegentreten müssen, also gab es keine andere Lösung, als zu gehen. Vielleicht sollte ich dem Direktor schreiben und ihn bitten, einen engagierten jungen Lehrer zu finden, der ihre Stelle übernimmt.

Naoki muss unbedingt mit diesem Gegrübel aufhören.

Das Einzige, was ihm helfen kann, ist, das Ganze zu vergessen. Und die beste Art, die schmerzlichen Dinge im Leben zu vergessen, ist natürlich, sie in einem Tagebuch wie diesem hier aufzuschreiben.

Gerade fällt mir ein, dass es ja meine Lieblingslehrerin in der Mittelschule war, die mich darauf gebracht hat. Warum hatte ich das Glück, eine so wunderbare Lehrerin zu haben, während Naoki sich mit einer so wertlosen Person wie Moriguchi herumplagen muss? Genau das ist sie nämlich: wertlos.

Der arme Kerl hat einfach ein bisschen Pech gehabt. Aber nun wird alles gut, da bin ich mir sicher.

3. April

Heute war ich im Schreibwarengeschäft und habe ein Tagebuch mit Schloss und Schlüssel gekauft. Das Schloss gibt einem das Gefühl, dass man all das, was man da so auf die Seiten herausfließen lässt, für immer wegschließen kann.

Eben habe ich es ihm raufgebracht und ihm gesagt, ich wüsste, dass er so einiges an Bedrückung in sich aufgestaut habe.

»Aber du musst das nicht alles für dich behalten«, erklärte ich ihm. »Und du musst es auch mir nicht sagen. Schreib es einfach hier drin auf.«

Er ist ein halbwüchsiger Junge, darum fürchtete ich, er

könnte so ein Tagebuch zu mädchenhaft finden, doch er nahm es mir wortlos ab. Dann fing er wieder an zu weinen.

»Danke, Mama. Ich bin nicht besonders gut im Schreiben, aber ich kann's ja mal versuchen.«

Inzwischen weinte ich auch, aber jetzt geht's mir schon besser bei dem Gedanken, dass er bald wieder auf die Beine kommen wird. Bestimmt kann ich ihm helfen, diese schreckliche Geschichte hinter sich zu lassen.

Ganz bestimmt.

8. April

Meistens schreibe ich hier nur Dinge auf, die ich lieber vergessen möchte, aber heute muss ich etwas notieren, das mich sehr glücklich macht.

Mariko war da und hat erzählt, dass sie schwanger ist! Sie ist erst im dritten Monat, und man sieht noch nichts, aber man kann es von ihrem Gesicht ablesen – sie strahlt so zuversichtlich, so gelassen, bereit für die Mutterschaft.

Sie hatte Naokis Lieblingssüßigkeit mitgebracht, Windbeutel, und wir wollten die gute Nachricht feiern, nur wir drei, doch als ich ihn holen ging, wollte er nicht mit runterkommen. Er behauptete, er sei erkältet und wolle seine Schwester nicht anstecken.

Mariko schien ein bisschen enttäuscht, aber sie meinte, Naoki sei wesentlich rücksichtsvoller als ihr Mann, und dann fing sie an sich zu beklagen, dass er in ihrem Beisein rauche, obwohl er wüsste, dass es nicht gut für eine Frau in ihrem Zustand sei.

Sie maulte die ganze Zeit vor sich hin, aber ich hörte nur mit halbem Ohr zu. Mir war aufgegangen, dass ich Naoki Unrecht getan hatte. Ich war so sehr auf sein seltsames Verhalten fixiert gewesen, dass ich ihn selbst aus den Augen verloren hatte. Er war nicht nur mein lieber Junge; er war zu einem jungen Mann herangereift, der seiner Schwester echte Rücksicht entgegenbringen konnte. Das machte mich wirklich froh.

Noch mehr freute es mich, als er sich aus dem Fenster beugte und ihr zum Abschied zuwinkte. »Meinen herzlichen Glückwunsch, Mariko!«, rief er.

»Danke, Naoki«, rief Mariko und winkte zurück, während sie sich auf den Weg machte.

Als ich die beiden so sah, verschwanden alle meine Ängste, als Mutter versagt zu haben. Die Kinder waren doch wohlgeraten.

Ich bin in der wunderbarsten Familie aufgewachsen. Mein Vater war streng, meine Mutter die ideale Hausfrau, und sie hatten meinen Bruder und mich – die perfekte Familie. Alle unsere Nachbarn und Verwandten betonten immer, wie sehr sie uns vier bewunderten und beneideten. Mein Vater ließ meine Mutter den Haushalt führen und schuftete Tag und Nacht wie ein Tier, um für uns zu sorgen; und dank seiner Mühen waren wir ein bisschen bessergestellt als die anderen Familien in der Nachbarschaft.

Meine Mutter erzog mich sorgfältig und achtete darauf, dass ich die Art von Schliff bekam, die es mir ermöglichte, mit erhobenem Haupt durchs Leben zu gehen, egal, wo ich landen oder wen ich heiraten würde. Mein Bruder dagegen wurde verhätschelt und stets in den Himmel gelobt. Er wuchs zu einem sehr selbstbewussten Jungen heran, der sich in allem, was er tat, nur von seinen Vorlieben leiten ließ. Meine Mutter setzte alles daran, uns ein Familienleben zu bieten, das es meinem Vater erlaubte, sich voll und ganz auf die Arbeit zu konzentrieren. Tauchten Probleme auf, so kümmerte sie sich selbst darum.

Aber vielleicht lag es an diesem Übermaß des Glücks, dass uns nach und nach so viele Tragödien heimsuchten. Als ich in der Mittelschule war, starb mein Vater bei einem Autounfall, und meine Mutter wurde krank und folgte ihm bald darauf. Mein Bruder war acht Jahre jünger als ich, also war er noch ein Junge, als wir von Verwandten aufgenommen wurden – und wegen unseres Altersunterschieds war ich wie eine Ersatzmutter für ihn. Dem Beispiel meiner Mutter folgend, war ich streng zu mir selbst und ging überaus sorgsam und nachsichtig mit meinem Bruder um. Ich gefalle mir in dem Gedanken, dass er es deswegen auf eine Elitehochschule geschafft und Anstellung in einer renommierten Firma gefunden, ein schönes Haus für sich gebaut und es im Leben zu etwas gebracht hat.

Ich hatte stets das Gefühl, dass nichts schiefgehen kann, wenn ich dem Beispiel meiner Mutter folge.

Naoki zeigt immer noch Symptome einer Zwangsstörung, verbunden mit der Vernachlässigung seines Äußeren – doch seit ich ihm das Tagebuch geschenkt habe, scheint sich seine Stimmung langsam zu bessern.

Mir ist eingefallen, dass meine beiden Mädchen früher auch mal solche Phasen durchgemacht haben. Mariko war in der Mittelschule, als sie plötzlich verkündete, sie habe keine Lust mehr auf ihre Klavierstunden, und Kiyomi war etwa im gleichen Alter, als sie sich plötzlich weigerte, die Kleider anzuziehen, die ich ihr kaufte.

Naoki hatte das Pech, gerade in diesem sensiblen Moment seiner Entwicklung in so ein grausames Schlamassel zu geraten, und ich glaube, er zerbricht sich immer noch den Kopf darüber, was er als Nächstes tun soll und was überhaupt aus ihm werden soll. Das muss ich mir vor Augen halten und versuchen, Ruhe zu bewahren. Wenn ich ihn weiterhin für jede Kleinigkeit lobe und mit bedingungsloser Liebe umgebe – wie meine Mutter es bei meinem Bruder getan hat –, dann werde ich meinen lieben kleinen Naoki bestimmt wieder zurückbekommen, nur etwas erwachsener.

Er muss sich einfach nur ausruhen und erholen, solange er noch Ferien hat.

14. April

Vor ein paar Jahren hörte man viel von jungen Leuten, die sich ins gesellschaftliche Abseits begeben, sogenannte Hikikomori, »die sich Verschließenden« – mit anderen

Worten, Aussteiger. Angeblich soll es Jahr für Jahr mehr von ihnen geben, das wird langsam zu einem Problem.

Aber wenn ich so etwas höre, dann frage ich mich, ob das wahre Problem nicht vielmehr darin liegt, dass man die Jugendlichen, die nicht mehr zur Schule gehen oder Arbeit suchen wollen, mit solchen Bezeichnungen ausgrenzt. Meiner Ansicht nach finden wir unsere innere Stabilität, unseren Platz im Leben, indem wir an der Gesellschaft teilhaben, irgendwohin gehören und uns mit unserer vorgegebenen Funktion identifizieren – als Mutter, Lehrer, Doktor. Nirgendwohin zu gehören, keinerlei Funktion zu haben, bedeutet im Endeffekt, kein vollwertiges Mitglied der Gesellschaft zu sein. Und so scheint es mir, dass die meisten normalen Leute, die sich in dieser Situation wiederfinden – ohne Funktion, ohne Stellung –, vor Angst vergehen und alles tun würden, um sich so schnell wie möglich wieder einen Platz in der Welt zu sichern.

Aber kaum fängt man an, diese jungen Leute *Aussteiger* oder *Verweigerer* zu nennen, bezeichnet dies sozusagen ihre Funktion, mit der sie sich identifizieren. Sie können sich geborgen fühlen in dem Bewusstsein, dass dies nun ihre anerkannte Rolle in der Gesellschaft ist. Warum sollten sie sich dann noch die Mühe machen, zur Schule zu gehen oder einen Arbeitsplatz zu finden?

Sobald die Gesellschaft diese Art von Zuordnung akzeptiert, lässt sich nicht mehr viel dagegen machen – aber ich muss sagen, ich kann Eltern nicht verstehen, die ihre eigenen Kinder als Hikikomori bezeichnen. Wie können sie überhaupt noch mit erhobenem Kopf herumlaufen? Es gibt nur eine Erklärung: Sie sind entschlossen, die Gesellschaft oder die Schule für den Zustand ihres Kindes verantwortlich zu machen, alles und jeden, nur nicht die Bedingungen in ihrer eigenen Familie.

Aber sie machen sich etwas vor. Die Schule und die Gesellschaft mögen zwar etwas damit zu tun haben, aber die Persönlichkeit eines Kindes wird nun mal in erster Linie zu Hause geprägt, weshalb man doch annehmen möchte, dass die Wurzeln des Übels auch dort zu finden sind.

Ein Kind wird zu einem Hikikomori, weil irgendwas in seiner Familiensituation es dazu treibt. So gesehen ist Naoki ganz bestimmt kein Hikikomori.

Das neue Trimester hat vor einer Woche begonnen, aber er geht nach wie vor nicht in die Schule. Am ersten Tag hat er sich fiebrig gefühlt, also habe ich ihn zu Hause behalten und kein weiteres Aufhebens darum gemacht. Als ich in der Schule anrief, meldete sich ein junger Mann und erklärte, er sei der neue Klassenlehrer. Es war mir eine Genugtuung zu hören, dass der Direktor sich endlich meiner Sicht der Dinge angeschlossen hat, und ich ging sofort zu Naoki hinauf, um es ihm zu erzählen.

»So ein junger Mann ist sicher viel verständnisvoller«, versuchte ich, ihm Mut zu machen.

Doch am nächsten Tag fühlte er sich immer noch fiebrig, ebenso am übernächsten. Er hatte überhaupt kein Interesse mehr daran, zur Schule zu gehen. Als ich versuchte, seine Stirn zu fühlen, wischte er meine Hand weg und knurrte mich zornig an, und als ich ihm das Thermometer gab, kam er mir mit einer neuen Ausrede.

»Es ist nicht richtig Fieber. Mehr wie Kopfweh.«

Ich bin überzeugt, dass er gar nicht krank ist. Aber schwänzen kann man es auch nicht nennen. Die Aussicht, zur Schule zu gehen, wühlt die ganze Geschichte in ihm wieder auf, und ich glaube, das ist es, was ihn zu Hause hält.

Naoki ist nervlich erschöpft. Er braucht Ruhe. Darum werde ich ihn zum Arzt bringen und ein Attest besorgen. Wenn er ohne Diagnose zu Hause bleibt, werden die Nachbarn ihn bald einen Hikikomori nennen.

Ob es ihm passt oder nicht, einen Doktor sollten wir unbedingt aufsuchen. Da werde ich mich durchsetzen müssen.

21. April

Heute habe ich Naoki zu einem Psychologen im Nachbarort gebracht.

Ich wusste, er würde sich sträuben. Aber ich wollte nicht die Art von Mutter sein, die ihr Kind nicht mehr unter Kontrolle hat – die Art von Mutter, die sich damit abfindet, es einen Hikikomori zu nennen.

»Wenn du nicht zum Arzt mitkommst«, sagte ich zu ihm, »dann will ich, dass du augenblicklich zur Schule gehst. Aber wenn du dir ein ärztliches Attest geben lässt, werde ich dich nicht weiter drängen. Es ist dir vielleicht nicht klar, aber psychologische Probleme gelten heutzutage als echte Krankheiten. Geh einfach hin und rede mit ihnen, dann sehen wir weiter.«

Er überlegte einen Moment.

»Die nehmen mir auch bestimmt kein Blut ab?«, wollte er wissen. Er hat schon immer Angst vor Spritzen gehabt, und es rührte mich, dass dies seine größte Sorge war. Er ist wirklich noch ein Kind.

»Keine Angst, ich werde ihnen sagen, sie sollen dir keine Spritzen geben«, beruhigte ich ihn, und tatsächlich stand er auf und begann sich anzuziehen. Erst da fiel mir ein, dass er seit dem letzten Tag des vorigen Trimesters nicht mehr das Haus verlassen hatte.

In der Klinik haben sie ihn kurz durchgecheckt, und dann bekam er eine knapp einstündige Beratungssitzung. Doch egal, was sie fragten, er saß die ganze Zeit mit hängendem Kopf da und sagte kein Wort. Er schien unfähig zu schildern, wie er sich fühlte, egal, ob körperlich oder seelisch, also musste ich eingreifen und dem Doktor berichten, was passiert war.

Ich sagte, Naoki sei von seiner letztjährigen Lehrerin fälschlich eines Verbrechens bezichtigt worden, und jetzt könne er sich nicht mehr aufraffen, zur Schule zu gehen. Außerdem erwähnte ich auch das Problem mit der zwanghaften Putzerei und so weiter.

Der Doktor erklärte, Naoki leide an »autonomer Ataxie«. Ich solle ihn nicht zum Schulbesuch zwingen, das Wichtigste sei, jegliche Form von Stress von ihm fernzuhalten und für Entspannung zu sorgen. Ich erhielt strikte Anweisung, ihn zu Hause zu behalten.

Auf dem Heimweg fragte ich Naoki, ob er etwas

essen wolle. Er meinte, er hätte nichts gegen einen Hamburger, und erwähnte eine Fastfoodkette, die ihm zusagt. Ich halte nicht viel von solchen Örtlichkeiten, aber in seinem Alter ist es wohl normal, ab und zu Lust auf diese Art von Essen zu haben. Wir gingen in ein Lokal gegenüber vom Bahnhof.

Ich wickelte eine Papierserviette um den Burger, damit ich ihn nicht anfassen musste, und während ich hineinbiss, ging mir auf, dass Naoki sich wegen seines Hygienefimmels für Fastfood entschieden hatte. In solchen Lokalen muss man keine Teller benutzen, die andere schon benutzt haben, und wenn man fertig ist, wird der eigene Teller weggeworfen.

Ein etwa vierjähriges Mädchen und seine Mutter saßen am Nebentisch. Ich missbilligte es, dass die Frau ein kleines Kind in so ein Lokal mitnahm, aber dann sah ich, dass das Mädchen Milch trank, und war schon etwas beruhigt. Aber nur so lange, bis sie den Karton fallen ließ und Milchspritzer auf Naokis Schuhen und Hosenbeinen landeten. Er wurde weiß wie die Wand und stürzte zum Waschraum. Ich glaube, er hat sein ganzes Mittagessen wieder von sich gegeben; er war aschfahl, als er an den Tisch zurückkam.

Sicher ist er psychisch labil, aber ich fürchte, er ist auch körperlich in schlechtem Zustand. Morgen werde ich das ärztliche Attest in die Schule schicken und ihn vorerst noch eine Weile zu Hause lassen.

4. Mai

Naoki verbringt inzwischen den Großteil seiner Zeit mit Putzen und Waschen.

Seine Fingernägel sind peinlich lang geworden, aber das Geschirr schrubbt er wie besessen. Ständig wäscht und trocknet er seine Sachen, obwohl sie immer zerknittert und verkrumpelt aussehen. Täglich schrubbt er mehrmals das Klo, die Badezimmerkacheln, sogar die Türklinke.

Wenn ich ihm sage, er solle mich das doch machen lassen, reagiert er nicht, und wenn ich versuche, ihm zu helfen, schreit er mich an. Ich darf nichts von seinen Sachen anfassen. Sicherlich ist das alles nicht so schlimm, und ich sollte ihn wohl einfach in Ruhe lassen. Aber es hat sicher etwas mit dem zu tun, was in der Schule passiert ist, und ich habe das Gefühl, ich müsste irgendetwas unternehmen.

Natürlich sollte er wenigstens einmal in der Woche ein Bad nehmen, aber da er nicht rausgeht, schwitzt er nicht und macht sich nicht schmutzig, darum ist es noch im Bereich des Erträglichen.

Die Teezeit ist mein Lieblingsmoment des Tages, und wenn Naoki in guter Stimmung ist, bereite ich ihm etwas Süßes zu – ein Trick, den ich mir angeeignet habe, seit die Nachbarin mit den Bohnenküchlein vorbeikam. Die Süßigkeiten essen wir dann zusammen, und manchmal sagt er sogar, er hat Appetit auf meine tollen Pfannkuchen. Zum Einkaufen kommt er nicht mehr mit, aber wenigstens bleibt mir die Freude, Leckerbissen für ihn auszusuchen.

Ich weiß nicht recht, was er den Rest der Zeit treibt – am Computer spielen, schlafen –, doch er hält sich dauernd in seinem Zimmer auf und macht so gut wie keine Geräusche.

Vielleicht nimmt er sich einfach eine Auszeit vom Leben.

23. Mai

Naokis neuer Klassenlehrer, Yoshiteru Terada, war so freundlich, uns heute einen Besuch abzustatten.

Ich hatte schon ein paarmal mit ihm telefoniert, doch als ich ihn persönlich traf, war ich überaus beeindruckt von seiner Energie und Gewissenhaftigkeit. Naoki wollte nicht aus seinem Zimmer kommen, aber Terada-sensei hörte sich sehr aufmerksam an, was ich ihm zu sagen hatte.

Außerdem hatte er Mitschriften von allen Unterrichtsstunden dabei, die Naoki versäumt hat. Dafür war ich ihm besonders dankbar, da ich mir schon Sorgen gemacht hatte, was aus Naokis Lernpensum werden sollte. Auch wenn er Zeit braucht, um sich zu Hause zu erholen, möchte ich doch nicht, dass er dann in der Schule hinterherhinkt. Dieser Terada scheint mir ein sehr um seine Schüler bemühter Lehrer zu sein.

Ein wenig befremdlich fand ich es allerdings, dass er

Mizuki Kitahara mitbrachte. Vielleicht dachte er, eine Klassenkameradin würde Naoki irgendwie auflockern, aber ich wünschte, er hätte jemanden ausgesucht, der nicht in unserer Nachbarschaft wohnt.

Ich hatte mich wegen Naokis Zustand in der Schule gemeldet, aber ich weiß nicht, was Terada-sensei seiner Klasse darüber gesagt hat. Wenn Mizuki heimgeht und ihren Eltern erzählt, Naoki sei ein Hikikomori geworden, und sie erzählen es ihren Freunden weiter, dann weiß es bald die ganze Stadt.

Aber ich werde morgen in der Schule anrufen, um mich bei Terada zu bedanken, und ihm vorschlagen, Naoki eine Karte von der ganzen Klasse schreiben zu lassen, um ihn aufzumuntern.

Als ich dann zu ihm hinaufging, um ihm die Mitschriften zu geben, hat er ein Lexikon nach mir geworfen und mich als blöde alte Kuh beschimpft, die immer alles ausplaudern muss. Ich dachte, mir bleibt gleich das Herz stehen. So ungehörig hat er sich noch nie benommen. Ich kann nicht mal sagen, was ihn eigentlich so in Rage brachte. Später habe ich ihm sein Lieblingsessen gemacht, einen Hamburger, doch er ist nicht zum Essen runtergekommen.

Trotzdem glaube ich, dass Terada-sensei Naoki helfen könnte, und das stimmt mich zuversichtlich.

12. Juni

Naokis obsessives Verhalten dauert an, aber anscheinend ist er das Geschirrspülen leid. Heute hat er mich gebeten, ihm sein Essen in Zukunft auf Papptellern anzurichten. Er will auch Pappbecher und wegwerfbare Stäbchen. Es klingt furchtbar verschwenderisch, aber wenn er das braucht, um zur Ruhe zu kommen, dann gehe ich gleich morgen los und besorge das alles.

Jetzt hat er schon seit über drei Wochen nicht gebadet und trägt Tag für Tag dieselben Sachen. Seine Haare sind fettig, und er dünstet einen säuerlichen Geruch aus. Am Ende hielt ich es nicht mehr aus und kam mit einem warmen Lappen, um ihm das Gesicht abzuwischen, obwohl ich wusste, dass er ungehalten reagieren würde. Er schubste mich weg, und ich fiel und schlug mit dem Kopf ans Treppengeländer.

Er kommt nicht mehr zu Tee und Törtchen herunter.

Aber das Klo schrubbt er immer noch.

Eine Zeit lang schien er ruhiger geworden zu sein, aber nun ist er wieder furchtbar nervös. Warum nur? Ich fürchte, es liegt an den Besuchen von seinem Lehrer und Mizuki. Sie kommen jeden Freitag her, und mir ist aufgefallen, dass Naoki sich dann immer noch mehr einigelt. Obwohl ich ihm erlaubt habe, zu Hause zu bleiben, fragt er sich wahrscheinlich, ob er mir da wirklich vertrauen kann, oder ob ich ihn heimlich dazu bringen möchte, dass er wieder zur Schule geht.

Was Terada-sensei betrifft, so hatten seine Energie und

sein Enthusiasmus mich anfangs mit Hoffnung erfüllt, doch im Lauf der Zeit ist mir klar geworden, dass er mit seinen Besuchen nichts erreicht. Er liefert die Mitschriften ab, doch er scheint keine Ahnung zu haben, was er ansonsten noch tun könnte, überhaupt keinen Plan, keine Strategie. Sicher bespricht er Naokis Fall mit dem Direktor und dem Beratungslehrer der Jahrgangsstufe, aber was sie davon halten, bleibt ein Geheimnis.

Ich habe schon daran gedacht, in der Schule anzurufen und um Hilfe zu bitten, aber ich fürchte, wenn Naoki Wind davon bekommt, wird er sein Zimmer überhaupt nicht mehr verlassen. Darum will ich vorerst lieber nichts mit der Schule zu tun haben.

3. Juli

Wir leben unter einem Dach, aber Naoki habe ich seit Tagen nicht gesehen. Er kommt gar nicht mehr aus seinem Zimmer.

Wenn ich ihm sein Essen auf Papptellern hinaufbringe, muss ich es vor seiner Tür abstellen, und er kommt erst heraus und holt es sich, wenn ich wieder weg bin. Er hat ewig kein Bad mehr genommen, und nichts deutet darauf hin, dass er je die Wäsche wechseln würde.

Natürlich muss er manchmal raus, um aufs Klo zu gehen, aber offenbar wählt er immer gerade die Momente, wenn ich anderweitig beschäftigt bin. Und wenn ich dann heimkomme, finde ich das Klo oft frisch geschrubbt vor, und in der Luft hängt ein säuerlicher Geruch, kein Klomief, mehr wie von verrottendem Essen.

Naoki scheint sich selbst als eine Art Krieger zu sehen – seine Rüstung ist der Schmutz an seinem Körper, und sein Zimmer ist seine belagerte Burg.

Ich hatte gedacht, er würde darüber hinwegkommen, wenn ich nur geduldig abwartete. Aber nun scheint er sich Tag für Tag mehr abzuschotten. Ich fürchte, ich werde mich selbst mit seinen Ängsten auseinandersetzen müssen.

11. Juli

Eingepanzert in Schmutz liegt Naoki in seinem beängstigend ordentlichen Zimmer. Wenn alles gut geht, wird er bis heute Abend durchschlafen.

Ich bin nicht stolz darauf, dass ich ihm eine Schlaftablette ins Mittagessen gemogelt habe, aber mir ist keine andere Möglichkeit eingefallen, um ihn endlich sauber zu kriegen. Ich bin überzeugt, dass sein Schmutzpanzer – ein Produkt seiner Schuldgefühle – ihn daran hindert, mit der Welt in Kontakt zu treten.

Die Vorhänge waren zugezogen, und das Zimmer war dunkel, sodass ich – trotz des Gestanks – dicht an ihn herantreten musste, um sein Gesicht zu sehen. Seine Haut ist immer so schön gewesen, aber jetzt blühten dicke

Eiterpickel in der Dreckschicht, und sein Haar war stumpf und schuppig. Trotzdem konnte ich dem Bedürfnis nicht widerstehen, ihm sanft die Wange zu streicheln.

Dann setzte ich die Schere – dieselbe, die ich verwendet hatte, um ihm in der ersten Klasse ein Täschchen für seine Schulsachen zu nähen – an dem struppigen Büschel überm Ohr an. Es klickte laut, als ich die erste fettige Strähne abschnitt, und ich hatte Angst, er könnte wach werden, aber irgendwie schaffte ich es, ihm eine Art Haarschnitt zu verpassen.

Eigentlich hatte ich ihm gar nicht die Haare schneiden wollen. Ich wollte es nur so schlimm aussehen lassen, dass er freiwillig zum Frisör gehen würde. Ich wollte ihm sozusagen eine Delle in die Rüstung schlagen.

Die Haarschnipsel waren über das ganze Bett verstreut, aber vielleicht würden sie einen Juckreiz auslösen, sodass er sich gezwungen sähe, ein Bad zu nehmen. Also schüttelte ich nur kurz die Decke auf und ließ ihn schlafend zurück.

Ein Aufschrei wie das Heulen eines wilden Tiers ertönte von oben, als ich gerade das Abendessen zubereiten wollte. Das Geräusch war so unmenschlich, dass ich es erst gar nicht mit Naoki in Verbindung brachte. Dann aber rannte ich die Treppe hinauf und spähte durch seine Tür, nur um augenblicklich mit seinem Laptop beworfen zu werden. Das Zimmer, eben noch so penibel aufgeräumt, war jetzt ein einziges Chaos, und die Kreatur, die mein Sohn gewesen war, brüllte wie am Spieß und schleuderte alles, was sie nur zu fassen bekam, gegen die Wände.

»Hör auf, Naoki!«, brüllte ich nun auch, so laut, dass es mich selbst überraschte. Und er hörte tatsächlich auf. Er erstarrte, dann drehte er sich langsam zu mir um.

»Raus«, sagte er mit tonloser Stimme.

Und ich begriff, dass er wahnsinnig geworden war. Vielleicht hätte ich mein Leben in die Waagschale werfen und ihn einfach umarmen sollen, ihn fest in meine Arme schließen, egal, wie er sich aufführte. Aber zum ersten Mal im Leben hatte ich Angst vor meinem eigenen Kind und konnte es nicht ertragen, mit ihm im selben Raum zu sein. Ich rannte hinaus, so schnell ich konnte.

Alleine wurde ich damit nicht mehr fertig, so viel war klar, und ich nahm mir vor, mit meinem Mann zu reden. Aber dann erhielt ich eine SMS, er müsse heute länger arbeiten und komme über Nacht vielleicht gar nicht heim.

Ich kann nichts anderes tun, als all das meinem Tagebuch anzuvertrauen.

Naokis Zimmer liegt genau über mir, und jetzt ist es wieder still; er ist wohl wieder eingeschlafen.

12. Juli

Ich muss im Wohnzimmer eingenickt sein, doch gegen Morgen wachte ich vom Geräusch der Dusche auf. Ich dachte, mein Mann sei heimgekommen, aber stattdessen fand ich Naokis Sachen im Ankleidezimmer.

Er hatte ganz von allein beschlossen, ein Bad zu nehmen. Kaum vorstellbar nach der Szene am Vorabend, aber vielleicht hatte der Schlaf ihm gutgetan, und er hatte sich endlich besonnen.

Also hatte meine Strategie, ihm die Rüstung zu beschädigen, tatsächlich funktioniert!

Die Dusche lief über eine Stunde, und ich befürchtete schon, er habe etwas Radikales im Sinn – womöglich gar Selbstmord –, und so schlich ich immer wieder zur Badezimmertür, um zu horchen. Doch ich hörte immer nur das Scharren des Schemels auf den Fliesen und das klatschende Schrubben des Waschlappens, also kehrte ich ins Wohnzimmer zurück und fasste mich in Geduld. Es war sein erstes Bad nach fast zwei Monaten, das brauchte natürlich Zeit.

Ich fürchte, ich japste auf vor Schreck, als er aus dem Bad kam. Er hatte sich den Kopf kahl rasiert.

Es war schockierend, aber auch die hygienischste Lösung. Jetzt sah er aus wie ein Mönch, der sich aller weltlichen Belange entledigt hatte. Die Fingernägel hatte er sich ebenfalls geschnitten und die neuen Sachen angezogen, die ich ihm gekauft hatte.

Ehrlich gesagt war der Naoki, der da vor mir stand, aber dennoch kein beruhigender Anblick. Sein Gesicht war vollkommen ausdruckslos – als hätte er mit dem Schmutz auch noch jegliche Spur von menschlichem Gefühl weggewaschen.

Ich wusste nicht, was ich sagen sollte, aber dann kam er mir zuvor.

»Das alles tut mir leid«, sagte er, und seine Stimme war

genauso ausdruckslos wie seine Miene. »Ich geh kurz mal was besorgen.«

Nicht nur, dass er ein Bad genommen hatte, jetzt war er sogar schon bereit, das Haus zu verlassen! Ich schlug ihm vor, ihn zu begleiten, doch er lehnte ab. Natürlich wäre ich ihm am liebsten gefolgt, aber wenn er mich dabei ertappt hätte, dann wäre all meine Mühe umsonst gewesen, also zwang ich mich still zu sitzen und auf seine Rückkehr zu warten.

Während ich ihm hinterhersah, fiel mir zum ersten Mal auf, dass die Jahreszeit gewechselt hatte – der Frühling ist vorüber, und der Sommer ist da.

17. Juli

Das, worüber ich jetzt schreiben will – Naokis Gang in den Laden –, passierte kurz nach dem letzten Eintrag hier. Doch inzwischen sind einige Tage verstrichen, denn ich war zu aufgewühlt, um mein Tagebuch zur Hand zu nehmen.

Als Naoki fort war, fiel mir ein, dass er sicher würde frühstücken wollen, wenn er zurückkam. Ich ging in die Küche und begann, Rührei mit Speck zu machen, eins seiner Lieblingsessen. Da klingelte mein Handy – was praktisch nie vorkommt.

Ich hatte gleich so eine böse Vorahnung, und zu Recht. Es war der Filialleiter des Supermarkts: Er habe Naoki in

Gewahrsam genommen, und ich solle sofort hinkommen.

Aus Angst, er könnte etwas Törichtes anstellen – Ladendiebstahl oder so etwas –, hatte ich ihm reichlich Geld mitgegeben, aber so verstört, wie er war, hätte er auch ganz unabsichtlich etwas einstecken können.

Doch so einfach war es nicht. Dem Filialleiter zufolge war Naoki in den Laden gekommen und eine Weile durch die Gänge gewandert. Der Filialleiter hatte ihn die Hand in die Tasche stecken sehen und angenommen, er würde etwas stehlen, aber dann hatte er sie wieder hervorgezogen und angefangen, mit der Handfläche über die Getränkedosen und Lebensmittel auf den Regalen zu streifen. Es war schon ein sonderbares Verhalten, aber eigentlich kein Grund, ein Kind in Gewahrsam zu nehmen – nur dass Naoki die Waren mit dem Blut beschmiert hatte, das ihm von der Hand tropfte. Seine rechte Hand war mit einem Verband umwickelt, den Naoki offenbar aus einem der Regale genommen und sich selbst angelegt hatte, nachdem er festgenommen worden war. Sie hatten eine Rasierklinge – aus unserem Badezimmer – in seiner Tasche gefunden.

Der Filialleiter meinte, so etwas sei ihm noch nie untergekommen, und da er nicht gewusst habe, was er machen sollte, habe er die erste Nummer angerufen, die er auf Naokis Handy fand – meine. Naoki ließ sich von niemandem ein Wort entlocken, aber da es sich um keine echte Straftat handelte, hatte man davon abgesehen, die Polizei zu verständigen, und ich konnte das alles ungeschehen machen, indem ich einfach sämtliche Sachen kaufte, die er angefasst hatte.

Auf dem Heimweg blieb er ebenfalls stumm. Da ich gerade am Frühstückmachen gewesen war, ging ich wieder in die Küche. Er folgte mir und setzte sich an den Tisch. In sein Zimmer, das nun ein Schlachtfeld war, wollte er wohl nicht so gern zurück. Die Tüten mit all den blutbesudelten Dingen, die ich gekauft hatte, stellte ich auf den Tisch und setzte mich Naoki gegenüber.

Dann fragte ich ihn, warum er so etwas Schreckliches getan habe. Ich erwartete zwar keine Antwort, aber ich konnte mir die Frage nicht verkneifen. Eine Antwort hatte er dann doch für mich.

»Ich wollte verhaftet werden«, sagte er mit einer Stimme, in der keinerlei Gefühl mitschwang.

»Verhaftet? Warum denn? Was meinst du damit? Ist es immer noch wegen der Sache mit Moriguchi-senseis Tochter? Aber du hast doch gar nichts falsch gemacht! Hör auf, dich deswegen zu grämen.«

Er antwortete nicht, aber wenigstens war das Thema endlich einmal angesprochen worden. Ich wollte so positiv und optimistisch klingen wie möglich, denn vielleicht war dieser Moment jetzt seine einzige Chance, umzukehren und auf den rechten Weg zurückzufinden. »Weißt du was? Ich habe einen Bärenhunger!«, sagte ich. »Und ich habe noch nie so ein Fertig-Reisbällchen aus dem Supermarkt gegessen. Da könnte ich ja mal eins probieren, wo wir jetzt so viele davon haben.«

Ich nahm ein Reisbällchen aus einer der Tüten, mit Thunfisch und Mayonnaise, soweit man die Aufschrift durch die bräunlichen Streifen auf dem Etikett noch erkennen konnte.

»Das solltest du lieber nicht essen, sonst könntest du Aids kriegen«, sagte Naoki, nahm mir das Reisbällchen ab, wickelte es aus und biss selbst hinein.

Was das denn jetzt wieder heißen sollte?, wollte ich von ihm wissen.

»Moriguchi-sensei hat mir Milch zu trinken gegeben, die mit dem Aidsvirus infiziert war«, erklärte er, immer noch mit dieser absolut unbewegten Miene. Es überlief mich kalt.

»Das ist nicht wahr!«

»Doch. Sie hat es uns am letzten Schultag gesagt. Dieser missionierende Lehrer, Sakuranomi-sensei, war der Vater ihrer Tochter. Du weißt schon, der mit den Büchern, die du immer gern gelesen hast. Angeblich hatte er Krebs, aber tatsächlich war es Aids, und es war sein Blut, das Moriguchi-sensei uns in die Milch getan hat, in Shūyas und meine.«

Während dieser gruseligen Beichte war seine Miene ebenso ausdruckslos wie zuvor, nur am Ende schlich sich ein Hauch von Heiterkeit ein. Ich sprang auf, stürzte zum Spülbecken und erbrach mich wieder und wieder.

Was musste Moriguchi für ein Ungeheuer sein, wenn sie meinen lieben, guten Naoki mit HIV angesteckt hatte! Und er hatte dieses entsetzliche Geheimnis ganz allein mit sich herumschleppen müssen, ohne sich jemandem anzuvertrauen – nicht einmal mir. Sein obsessives Verhalten, seine Verwahrlosung, seine Tränen, als er die Bohnenküchlein aß … das ergab jetzt plötzlich alles einen Sinn. Mich überkam tiefe Dankbarkeit, dass er überhaupt noch am Leben war.

»Ich möchte, dass du mit mir ins Krankenhaus fährst«, bat ich ihn. »Ich werde ihnen da alles erklären.«

Sie sollten sofort etwas unternehmen, auf der Stelle, vielleicht Naoki sogar einer Blutwäsche unterziehen. Ich wurde immer panischer, Naoki dagegen blieb völlig gelassen, und seine nächsten Worte verschlimmerten den ganzen Albtraum nur noch mehr.

»Ich brauche keine Klinik«, sagte er. »Wir sollten besser zur Polizei gehen.«

»Wieso zur Polizei? Ach so, natürlich, damit sie Moriguchi festnehmen.«

»Nein, nicht sie, mich sollen sie festnehmen.«

»Aber wieso denn dich?«

»Weil ich ein Mörder bin«, sagte er.

»Erzähl nicht solchen Unsinn! Du hast doch keinen umgebracht! Ich weiß nicht, ob ich dir glauben soll, dass du das tote Mädchen ins Schwimmbecken geworfen hast, aber selbst wenn, wäre das noch lange kein Mord.«

»Moriguchi-sensei hat gesagt, sie war nur ohnmächtig, und sie ist gestorben, weil ich sie ins Wasser geworfen habe.«

»Aber das ist doch absurd! Und selbst wenn es stimmen sollte, kannst du nichts dafür, du wusstest es ja nicht, also ist es trotzdem ein Unfall.«

»Nein«, sagte er. »Da irrst du dich.« Ein Lächeln zog über sein Gesicht. »Sie hat die Augen aufgemacht, als ich sie in den Armen hielt. Und dann habe ich sie fallen und ertrinken lassen.«

Ich kann heute nichts mehr schreiben.

19. Juli

Terada, dieser Idiot, war schon wieder da und hat sich noch dümmer benommen als üblich. Er stand vor der Tür und schrie so laut zu Naokis Fenster hinauf, dass es in der ganzen Nachbarschaft zu hören war. Und dann war er auch noch so dreist, eine Riesenkarte mitzubringen, die Naokis Klasse für ihn gebastelt hatte – mit einer grauenvollen Botschaft, die obendrein fett markiert war.

> *__N__ur keine __A__ngst! __O__ den__k__ an das Glück! W__i__r gewinnen!*
> *Du v__i__elleicht auch? Oder nicht? Be__s__inn dich jetz__t__!*
> *V__e__rgiss es n__i__e! Alle wisse__n__ es! Wirklich alle!*
> *Den__k__ __i__mmer dran! A__ll__e wissen es! Erinn__er__e dich!*

Sie dachten wohl, sie hätten einen großartigen Code erfunden, den zu knacken Terada anscheinend zu beschränkt war, aber ich begriff augenblicklich, dass die markierten Buchstaben den Satz »Naoki ist ein Killer« ergaben. Naoki ist also ein Mörder … ein Mörder, und dem Hohn dieser grässlichen Kinder ausgesetzt, denen nichts Besseres einfällt, um sich die Zeit zu vertreiben.

Aber sie haben mir geholfen, eine Entscheidung zu treffen.

Vorher war ich zu dem Entschluss gekommen, dass Naoki Moriguchis Tochter ins Schwimmbecken geworfen hatte, nachdem Watanabe sie getötet hatte – und nichts weiter. Eigentlich war ich mir ziemlich sicher gewesen, dass Moriguchi sogar das noch erfunden hatte. Aber die

Wahrheit war noch wesentlich schrecklicher. Er hatte sie ins Becken geworfen, als sie schon wieder zu sich gekommen war. Mit anderen Worten, der Mord war absichtlich passiert.

Als Moriguchi kam und Naoki ausfragte, bis er es zugab, war ich überzeugt, dass er log, und dass Moriguchi ihn zu der Lüge genötigt hatte. Für mich stand fest, dass er unschuldig war. Aber jetzt begreife ich, dass er ständig gelogen hat, und zwar in vollem Bewusstsein.

Ich wollte die schreckliche Wahrheit nicht hören, die er mir schließlich gestand, aber ich glaubte auch nicht mehr, dass er log. Ich bin Naokis Mutter, und eine Mutter erkennt es, wenn ihr eigener Sohn die Wahrheit sagt.

»Aber sicher ist es doch nur passiert, weil du Angst hattest. Du hast sie ins Becken geworfen, als sie die Augen aufschlug, weil du dich gefürchtet hast.« Das sagte ich ihm immer wieder. Ich wusste, wie albern ich klang, wie eine Mutter, die blind vor Liebe zu ihrem Kind ist, doch sobald ich mir eingestehen musste, dass Naoki einen Mord begangen hatte, suchte ich nach einem letzten Rest Hoffnung – dass er diese entsetzliche Tat nur begangen hatte, weil er vor Angst nicht mehr ein noch aus wusste.

Doch selbst das verweigerte er mir.

»Wenn du das unbedingt glauben willst«, sagte er. Selbst jetzt hatte er nicht vor, mir zu erklären, warum er dieses kleine Mädchen getötet hatte. Und dennoch wirkte er erleichtert, als ob er sich alles von der Seele geredet hätte. Und während ich ihn ein ums andere Mal fragte, ob er denn keine Angst gehabt hätte, wiederholte er beharrlich, dass wir »es der Polizei sagen« sollten, als ob ich schwer von Begriff sei.

Als er den Schmutz runterwusch, wusch er wohl gleichzeitig auch alles Süße ab, das er an sich gehabt hatte, seit er ein Baby war. Das ist nicht mehr der Naoki, den ich liebe. Er hat jede Spur von Menschlichkeit verloren und ist zum Mörder geworden – und ein widerspenstiger Sohn. Und in dem Fall gibt es nur eins, was eine Mutter zu tun hat.

Yoshihiko, ich bin dir dankbar für all die Jahre, die wir zusammen verbracht haben.

Mariko, es tut mir leid, dass es mir nicht vergönnt ist, dein Baby zu sehen. Gib gut acht auf mein Enkelkind.

Kiyomi, bleib stark und folge deinen Träumen.

Ich werde zu meinen Eltern gehen und Naoki mitnehmen.

Ich dachte, wenn ich es nur über mich brächte, im Finstern zu stochern, würde ich die Wahrheit ans Licht bringen und vielleicht einen Ausweg finden. Aber nun, da ich das Tagebuch meiner Mutter gelesen habe, ist die Dunkelheit undurchdringlicher als zuvor.

Meine Mutter hat versucht, meinen Bruder zu töten, bevor sie sich das Leben nehmen würde. Als ich hörte, dass er ein Hikikomori geworden war, hatte ich das gleich angenommen. Mutter war so besessen von ihrem heilen Familienleben, dass es ihr wohl als der einzige Ausweg erschien, Naoki zu töten, um sich nicht der Zerstörung ihrer Ideale stellen zu müssen.

Doch ganz so einfach war es nicht. Immerhin war sie

bereit gewesen, Naoki zu Hause zu behalten, nachdem sie sich eingeredet hatte, er bräuchte eine Auszeit vom Leben. Sie war eine Frau, die nicht still sitzen konnte – ständig am herumpusseln –, und es muss sie viel Willenskraft gekostet haben, nur zuzusehen und abzuwarten, während mein Bruder sich in seinem Zimmer verschanzte.

Ich glaube nicht, dass es die Schlaftablette und der Haarschnitt waren, die meinen Bruder um den Verstand gebracht haben. Er war ohnehin schon auf der Kippe, und es war nur eine Frage der Zeit, bevor er seine Tat eingestehen musste.

Trotzdem hätte alles noch anders ausgehen können. Hätten sie nur noch ein paar Wochen länger durchgehalten, wäre ich von der Uni heimgekommen. Nachdem ich das Tagebuch gelesen habe, bin ich mir nicht sicher, was ich getan hätte, wie ich Naoki hätte helfen können, aber zumindest wären wir zu zweit im Haus gewesen. Vielleicht wären wir zusammen auf eine Lösung gekommen.

Zu zweit im Haus … Ich verstehe immer noch nicht, wie das alles so völlig an meinem Vater vorbeigehen konnte. Oder ob er Bescheid wusste und nur so tat, als hätte er keine Ahnung.

Meine Mutter wäre sicherlich sehr wütend auf mich, dass ich so denke, aber ich habe den Verdacht, mein Vater gab sich immer leicht depressiv, um sich nicht mit Naokis Problemen auseinandersetzen zu müssen – oder vielleicht war er wirklich deprimiert wegen der Schwierigkeiten mit Naoki. Allerdings ist Naokis Hauptproblem – seine grundlegende Schwäche – wahrscheinlich etwas, das er von Vater geerbt hat.

Vermutlich hätte unsere Familie, so wie sie in Wirklichkeit war, nie an das Ideal heranreichen können, das Mutter sich ausmalte. Im Rückblick aber wird mir bewusst, dass wir eigentlich eine ganz normale, glückliche Familie waren … bis all dies passierte.

Der Schock führte dazu, dass meine Schwester eine Fehlgeburt hatte. Sie ist immer noch im Krankenhaus. Die Reporter und Fotografen schnüffeln beharrlich herum – sie sind ihr sogar bis in die Klinik gefolgt –, und es ist nur eine Frage der Zeit, bis sie eins und eins zusammenzählen und darauf kommen, dass Naoki in die schlimme Sache damals in der Schule verwickelt war. Lange wird es nicht mehr dauern.

Sie haben versucht, Naoki zu befragen, doch er sagt kein Wort.

Mutters Tagebuch werde ich wohl dem Gericht übergeben müssen, und wenn sich herausstellt, dass sie Naoki hatte töten wollen – und dass er bereits in psychologischer Behandlung gewesen ist –, dann wird er wohl freigesprochen werden.

Was wir uns natürlich alle erhoffen. Mutter, Mariko, mir selbst und sogar Vater zuliebe möchte ich, dass sie Naoki für nicht schuldig erklären.

Aber das kann nur geschehen, wenn sie herausfinden, was wirklich in ihm vorging.

4

Der Suchende

Vor mir eine weiße Wand. Hinter mir auch. Rechts und links, oben und unten, weiße Wände.

Wie lange bin ich schon hier? Allein in diesem kleinen weißen Raum. Egal, wohin ich schaue, auf der Wand spielt sich immer die gleiche Szene ab.

Wie oft habe ich sie schon angesehen? Und nun geht es schon wieder los…

Schniefnasig und betreten – der erste Tag.

Ich gehe mit gesenktem Kopf durch den kalten Wind, als das Tennisteam, in Shorts und T-Shirts, an mir vorbeijoggt. Dann kommen noch ein paar Kids, die zum Bahnhof rennen, weil sie zur Paukschule müssen. Ich habe nichts falsch gemacht – ich gehe bloß nach Hause –, aber irgendwie fühle ich mich schuldig und mache den Rücken noch krummer, schaue zu Boden, um ihren Blicken auszuweichen, gehe schneller. Obwohl es nichts zu tun gibt, wenn ich nach Hause komme…

Ich habe einfach keinen Anschluss gefunden. Seit ich

auf die Mittelschule gehe, finde ich keinen Anschluss – zu wem? Zu den anderen. Besonders zu den Lehrern. Der Tennistrainer, die Betreuer in der Paukschule, meine Klassenlehrerin – immer waren sie alle streng zu mir, strenger als zu den anderen. Und die anderen in der Klasse haben das natürlich bemerkt, und jetzt machen sie sich alle über mich lustig.

Beim Mittagessen sitze ich mit den zwei größten Deppen der Klasse zusammen – ein Zugfanatiker und einer, der die ganze Zeit nur Pornos guckt. Was anderes bleibt mir nicht übrig: Seitdem der Ärger im Unterricht anfing, sind die beiden die Einzigen, die überhaupt noch mit mir reden. Aber das heißt nicht, dass wir Freunde sind oder sie nett zu mir sind. Sie interessieren sich ja für nichts außer Züge und Pornos. Sie reden mit mir, also antworte ich. Das ist alles. Immer noch besser als ganz allein sein. Aber ich geniere mich, mit ihnen gesehen zu werden, besonders vor den Mädchen in unserer Klasse.

Ich mag nicht zur Schule gehen. Aber ich kann meiner Mutter nicht sagen, warum. Sie wäre zu enttäuscht. Die Wahrheit ist, alles an mir kann nur eine Enttäuschung für sie sein. Sie möchte immer, dass ich in allem der Beste bin – wie ihr Bruder, Onkel Kōji.

Also gibt sie vor den Nachbarn und Verwandten damit an, was ich doch für ein »guter Junge« bin. Gut? Was soll das überhaupt heißen? Ich kann mich nicht erinnern, je etwas getan zu haben, das man als gut bezeichnen könnte – freiwilligen Sozialdienst geleistet oder irgend so was. An mir gibt es nichts, womit sie prahlen könnte, und so heißt es dann, ich sei ein »guter Junge«. Wenn ihr nichts Besseres einfällt, sollte sie lieber den Mund halten. Ich bin nicht scharf darauf, der Schlechteste zu sein, aber ich habe auch keinen Komplex, weil ich nichts Besonderes bin.

Früher habe ich immer geglaubt, ich wäre richtig schlau und richtig gut im Sport – weil meine Mutter mir das immer eingeredet hat, von klein auf. Aber schon in der dritten Klasse wusste ich, dass sie mich die ganze Zeit nur lobte, weil sie hoffte, ich würde irgendwann ihrem Wunschbild entsprechen. Wenn ich mich richtig anstrengte, würde ich vielleicht ein bisschen über dem Durchschnitt landen, aber nie würde ich auch nur annähernd in irgendwas der Beste sein.

Die ganze Grundschule über zog sie dieses Theater mit mir ab. Zum Beispiel rahmte sie die Urkunde für den einzigen Preis, den ich je bekam, und hängte sie im Wohnzimmer an die Wand, um sie allen Besuchern zu zeigen. Es war sowieso nur der dritte Preis in Kalligrafie. Ich weiß noch, wie ich das Wort *Auszeichnung* kursiv schrieb und die Lehrerin meinte, so sähe es »viel natürlicher« aus.

Seit ich in der Mittelschule war, blieben meiner Mutter nicht mal mehr solche kleinen Triumphe, also war ich nur noch der »gute Junge«. Aber das reichte ihr nicht, sie fing an, Briefe an die Schule zu schreiben. Erst nach der Halbjahresprüfung kriegte ich mit, was sie da trieb.

Moriguchi-sensei sagte uns bei der Vergabe der Zwischenzeugnisse, wer die drei Besten der Klasse waren. Man sah es denen an, dass die richtige Schlauköpfe waren, und ich machte gern mit beim allgemeinen Applaus. Es störte mich nicht weiter, dass ich es nicht zu solchen Noten brachte. Das war einfach nicht mein Level. Mizuki, die in unserer Nachbarschaft wohnt, war die Zweitbeste, doch als ich das meiner Mutter beim Abendessen erzählte, schaute sie bloß gelangweilt. »Tatsächlich?«, sagte sie, aber ich sah ihr an, dass es ihr egal war.

Ein paar Tage später fand ich dann einen Brief von ihr im Papierkorb. Sie hatte sich wohl verschrieben und noch mal neu angefangen.

Nachdem nun schon seit Langem allgemein bekannt sein dürfte, wie wichtig es ist, jedes Kind nach seinen individuellen Begabungen wertzuschätzen, finde ich es doch sehr bedenklich, wenn eine Lehrkraft sich so ausgrenzend verhält, vor der ganzen Klasse zu verkünden, wer die besten Noten erzielt hat.

Ich wusste natürlich, dass es Moriguchi war, über die sie sich beschweren wollte, also nahm ich den Brief und ging zu ihr in die Küche.

»So etwas kannst du denen nicht schicken«, erklärte ich, »sonst sieht es so aus, als ob ich irgendeinen Komplex hätte, weil ich ein schlechter Schüler bin.«

»Aber nein, Naoki«, säuselte sie, »so ist es nicht. Es hat gar nichts mit dir zu tun. Ich bin nur dagegen, dass dermaßen viel Wert auf Noten gelegt wird. Ich beschwere mich, weil es das Einzige ist, worüber sie redet. Gibt es denn nichts Wichtigeres als gute Noten? Zum Beispiel, ein guter *Mensch* zu sein? Darauf scheint sie keinen Wert zu legen. Sie denkt nicht dran, die nettesten Schüler der Klasse aufzuzählen, nicht wahr? Oder die ordentlichsten, die nach dem Unterricht am fleißigsten aufräumen. Ich will nur, dass sie fair ist und sich ausgleichend verhält.«

Ich hätte kotzen können. Was sie sagte, klang ganz vernünftig, aber wenn ich einer der Klassenbesten gewesen wäre, hätte sie nie so einen Brief geschrieben. Mit anderen Worten, sie war enttäuscht von mir.

Seitdem fühle ich mich immer mieser, je öfter sie betont, wie lieb und nett ich bin. Mieser und mieser.

Hinter mir schrillte eine Fahrradklingel. Ich drehte mich um und sah ein Mädchen aus meiner Klasse, das mich gerade überholte. Bis vor Kurzem war sie immer halbwegs freundlich zu mir gewesen, vielleicht hätte sie mir im Vorbeifahren sogar einen Gruß zugerufen. Aber damit war jetzt Schluss. Ich zog mein ewig stummes Handy hervor und tat so, als ob ich meine Nachrichten checkte, vor mich hin schniefend, als ob ich erkältet wäre. Dann setzte ich mich wieder in Bewegung.

Bis mir jemand ziemlich heftig auf die Schulter schlug.

Watanabe. Noch einer aus meiner Klasse.

»Hey, Shitamura, hast du Zeit? Ich hab ein tolles neues Video, willst du das mit mir anschauen?«

Was war das denn? Seit wir im Februar alle die Plätze gewechselt hatten, waren er und ich Banknachbarn, aber wir redeten praktisch nie miteinander. Wir waren nicht in dieselbe Grundschule gegangen, und nach dem Unterricht waren wir auch noch nie zum gleichen Putzdienst eingeteilt worden.

Außerdem war er mir nicht so ganz geheuer. Wir lagen wohl einfach in unseren Leistungen zu weit auseinander. Obwohl er nicht zur Paukschule ging, hatte er praktisch in allen Fächern die besten Noten, und im Sommer hatte er beim landesweiten Wissenschaftswettbewerb irgendeinen Preis gewonnen. Aber das war es nicht, was mich am meisten an ihm störte.

Watanabe war fast immer allein. Vor dem Unterricht oder in den Pausen saß er über ein dickes Buch gebeugt, und nach der Schule verschwand er immer sofort. Da ich selber auch ein Einzelgänger war, hätte man meinen können, dass wir beide uns ähnlich waren, aber ihm schien das Alleinsein überhaupt nichts auszumachen.

Es war nicht so, dass er keine Freunde hatte – er vermied nur einfach den Kontakt mit den anderen, weil er mit ihnen nicht zusammen sein wollte. Als ob es ihn anödete, mit einem Haufen Idioten rumzuhängen. Das fand ich ziemlich fies von ihm. Er erinnerte mich an Onkel Kōji.

Dennoch bewunderten die meisten Jungs in der Klasse Watanabe, und manche versuchten sogar, sich bei ihm einzuschleimen. Aber nicht, weil er schlauer war als sie – das bringt einem in der Mittelschule nicht sonderlich viel Respekt ein –, sondern weil er seine Schlauheit dazu nutzte, die zensurbedingte Verpixelung in den Pornos fast ganz aufzulösen und ein megascharfes Bild hinzubekommen. Behaupteten die anderen zumindest.

Ich hatte davon nur gerüchteweise gehört und war natürlich auch an solchen Videos interessiert, aber ich mochte ihn nicht einfach so fragen, ob er mir mal eins ausborgen könnte – schließlich redeten wir ja kaum miteinander.

Aber dann kam *er* plötzlich und sprach *mich* darauf an. Was zum Teufel …?

»Wieso fragst du mich das?«

Ich dachte, er wollte mich bloß verarschen. Vielleicht lauerten ein paar der Mitschüler im Gebüsch, um zu sehen, wie ich reagieren würde. Ich sah mich um, konnte aber niemanden entdecken.

»Ich wollte schon längst mal mit dir reden«, sagte er. »Hab aber nie den richtigen Moment gefunden. Ich seh doch, dass du anders drauf bist als der Rest der Klasse. Es spricht einiges zu deinen Gunsten, weißt du – da könnte ich glatt ein bisschen neidisch werden.«

Er lachte, fast verlegen. Ich hatte ihn zuvor noch nie lächeln sehen.

Aber ich traute ihm immer noch nicht so ganz über den Weg. Er neidisch? Auf mich? Ich hätte neidisch auf ihn sein können, aber das Gegenteil war schwer vorstellbar.

»Wieso?«, fragte ich.

»Alle halten mich doch für einen Streber. Sie denken, ich reiß mir den Arsch auf, um gute Noten zu kriegen. Es ist ziemlich peinlich, wenn alle einen so sehen.«

»Meinst du? Ich seh dich gar nicht so.«

»Na ja, aber die anderen. Ich fühle mich total als Außenseiter. Du dagegen kriegst alles so locker auf die Reihe. Im ersten Trimester hast du dir erst mal die Leute angesehen und alles in Ruhe abgecheckt, und im zweiten Trimester sind deine Noten sehr viel besser geworden.«

»Na, vielleicht ein bisschen«, sagte ich. »Aber so gut wie deine sind sie noch lange nicht.«

»Aber dafür schiebst du eine ruhige Kugel – mehr so auf die lockere Tour. Cool, Mann.«

Cool? Ich? Keiner, von meiner Mutter ganz zu schweigen, hatte mich je cool genannt. Ich spürte, wie mein Herz schneller klopfte, meine Backen brannten.

Es stimmte, dass meine Noten erst mal hochgeschnellt waren, seit ich in die Paukschule ging, aber sie hatten sich inzwischen wieder auf Mittelmaß eingependelt. Der Nachhilfelehrer hatte mich auf dem Kieker und versuchte mit allen Mitteln, mir das Leben zu vermiesen, und nachdem mir klar geworden war, dass ich immer ein mittelmäßiger Schüler bleiben würde, egal, wie sehr ich mich reinhängte, war ich letzten Monat halt wieder aus der Paukschule ausgeschieden.

Doch als ich jetzt Watanabe hörte, hatte ich fast das Gefühl, er könnte recht damit haben: Ich war tatsächlich einer, der es locker angehen ließ. Sicher könnte ich mehr Gas geben, wenn ich wollte. Vielleicht besaß ich Qualitäten, die mir nie bewusst gewesen waren – die nur Watanabe erkennen konnte.

Auf einmal wollte ich nichts lieber als sein Freund sein.

Das nächste Mal trafen wir uns in seiner Werkstatt – einem Zimmer in einer Bruchbude unten am Fluss. Ich hatte Karottenkekse dabei, die meine Mutter gebacken hatte. Auf einem neuen Flachbildfernseher schwärmten kreischende Zombies bei Nacht durch eine Stadt. Was die Pornos betraf, so meinte er, es habe ihn einfach gereizt herauszukriegen, wie man die verschwommenen Stellen auf dem Bildschirm loswerden könnte, doch was dahinter zum Vorschein kam, das interessiere ihn nicht die Bohne. Er ließ mich ein bisschen reinschauen, aber statt des üblichen Zeugs gab es bloß nackte Blondinen zu sehen, die sich in einem Boxring prügelten. Als es richtig krass wurde, schalteten wir ab.

Wir wollten lieber was anderes gucken, also fuhren wir zu einem Videoshop am Bahnhof und holten uns einen echt amerikanischen Action-Horror. Meine Mutter erlaubt mir nie solche brutalen Ballerfilme, und deshalb bin ich total auf diese coole Frau abgefahren, die ganze Armeen von Zombies mit ihrem Maschinengewehr niedermähte. Was das für ein Spaß wäre!

Irgendwie muss ich wohl gemurmelt haben, dass ich so was auch gern mal machen würde, denn als ich kurz zu Watanabe hinschaute, sah ich, dass er mich beobachtete.

»Okay«, sagte er. »Gibt es denn jemanden, mit dem du das besonders gern machen würdest?«

»Wie meinst du das?«

»Lass uns erst den Film zu Ende sehen.« Er wandte sich wieder dem Bildschirm zu. Ich dachte, er meinte »wenn du die Frau in dem Film wärst« oder so was in der Art. Wir schauten weiter. Die Zombies, die gerade niedergemäht worden waren, richteten sich taumelnd wieder auf, wie in einem grausigen Albtraum, und am Ende hatte die Frau immer noch nicht alle erledigen können. Wahrscheinlich gab es noch eine Fortsetzung.

»Was würdest du machen, wenn die ganze Stadt voller Zombies wäre?«, fragte ich Watanabe, während wir die Kekse meiner Mutter aßen. Statt zu antworten, trat er an den Arbeitstisch und holte etwas aus der Schublade. Eine längliche schwarze Geldbörse.

»Ist das die Schockbörse?«, wollte ich wissen.

»Ja, genau, und ich hab's geschafft, die Voltzahl zu erhöhen. Ich hab nur noch keinen gefunden, an dem ich sie ausprobieren kann. Möchtest du vielleicht der Erste sein?« Ich schüttelte den Kopf und versteckte die Hände hinterm Rücken. »War nur Spaß!«, sagte er. »Nein, die ist nur für die Leute gedacht, die ich nicht leiden kann. Aber an einem von denen muss ich sie mal ausprobieren.«

Dann legte er die Börse vor mir auf den Tisch. Sie sah aus wie eine ganz gewöhnliche Geldbörse mit Reißverschluss.

»Funktioniert sie denn wirklich?«, fragte ich.

»Wenn du den Reißverschluss anfasst, kriegst du ordentlich einen gewischt – das haut dich glatt um. Ich meine, nicht dich … irgendwen, den wir nicht mögen. Würdest du das nicht mal gern sehen?«

»Na klar. Aber wen willst du denn dafür hernehmen?«

»Tja, das ist die Frage. Ich war so damit beschäftigt, dieses Ding zu entwickeln und gute Noten zu schreiben, dass mir keine Zeit geblieben ist, mich näher mit den Menschen zu befassen – weißt du, für mich sind sie alle gleich, und ich hasse sie sowieso alle. Darum habe ich gehofft, dass du ein Versuchskaninchen aussuchen würdest.«

»Ich?« Mir blieb vor Schreck fast die Luft weg. Wir sollten seine Erfindung nutzen, um jemand Fiesem eins auszuwischen, und ich sollte entscheiden, wen es treffen würde! Ich kam mir plötzlich vor wie in einem Film – Watanabe war der verrückte Erfinder und ich sein Assistent.

Aber wen auswählen? Ich zermarterte mir das Hirn.

Nicht *meinen* Feind – *unseren* Feind. Es musste also ein Lehrer sein. Einer von diesen besonders selbstgerechten Ärschen.

»Wie wär's mit Tokura?«

»Hm … nicht schlecht, aber ich glaube, mit dem will ich mich lieber nicht anlegen.«

Na gut, dann jemand anders. Vielleicht Moriguchi, die sich immer mehr um ihr eigenes Kind kümmerte als um ihre Schüler?

»Moriguchi?«, schlug ich vor.

»An der hab ich's schon ausprobiert … Ich glaube nicht, dass sie noch mal drauf reinfällt.«

Also auch gestrichen. Watanabe seufzte und fing an, in dem Werkzeug auf dem Tisch zu kramen, als ob er sich langweilte. Wahrscheinlich tat es ihm schon leid, mich eingeladen zu haben. Wenn ihm mein nächster Vorschlag auch nicht passte, würde er vielleicht sogar den ganzen Plan sausen lassen. Oder jemand anders zu Hilfe holen – und dann würden sie *mich* als Versuchskaninchen wählen. Ich hörte sie schon reden … »Der? Voll die Niete!«

Was konnte schlimmer sein? Nichts … außer vielleicht, im Winter ganz allein ein dreckiges altes Schwimmbad putzen zu müssen, obwohl ich gar nichts verbrochen hatte. Es war nicht so sehr das Saubermachen, das mich ankotzte, als vielmehr die Tatsache, vor aller Augen derart bestraft zu werden. Weshalb ich mich schleunigst im Umkleideraum versteckt hatte, als ich jemanden kommen hörte. Aber es war dann ja bloß …

Ha! Warum nicht die?

»Wie wär's denn mit Moriguchis kleiner Tochter?«,

sagte ich. »Sie kümmert sich nicht um uns, nur immer um dieses blöde Balg. Könnte man sie auf die Weise nicht am härtesten treffen?«

Watanabes Hand erstarrte über dem Werkzeug.

»Nicht schlecht! Ich hab sie noch nie gesehen, aber anscheinend kommt sie manchmal in die Schule.«

Er hatte angebissen. Ein Glück! Die erste Hürde war genommen. Um die Abmachung zu besiegeln und mich als wirklich nützlich zu erweisen, erzählte ich ihm, dass ich gesehen hatte, wie die Kleine im Shoppingcenter unbedingt ein Täschchen von ihrer Mutter hatte haben wollen, es aber nicht bekommen hatte.

»Na super! Ein Täschchen würde Platz für noch mehr Stromstärke bieten. Ich wusste doch, dass ich mich auf dich verlassen kann, Shitamura. Dank dir wird die Sache noch besser klappen, als ich dachte.«

»Dann lass uns gleich das Täschchen besorgen gehen. Nicht, dass es plötzlich ausverkauft ist.«

Wir sprangen auf die Räder und fuhren zum Shoppingcenter. Es war kurz vor dem Valentinstag und entsprechend voll. Ich schlängelte mich durch die Massen von Frauen und Schulmädchen direkt zu den Spielwaren.

»Da ist es. Sieht aus, als ob es das letzte ist.« Ich strich den verknitterten Plüsch glatt und hielt Watanabe den Kuschelhasenbeutel hin.

»Na, dann soll es wohl so sein«, meinte Watanabe. Genau – wären sie ausverkauft gewesen, dann hätte man den ganzen Plan knicken können. Es war Schicksal, dass wir noch das letzte Exemplar erwischt hatten.

Wir legten zusammen und kauften das Täschchen,

dann gingen wir in den zweiten Stock zum Domino-Burgershop, um eine Strategiesitzung abzuhalten.

»Wie funktioniert denn diese Börse eigentlich?«, fragte ich ihn, während ich in meinen Burger biss.

»Ganz einfach. So setze ich den Reißverschluss unter Strom – er ordnete die Pommes auf seinem Tablett in Form der Schaltkreise an –, und dann gibt er bei Berührung einen Schlag ab, siehst du?« Aber ich konnte der Erklärung nicht folgen, der Schaltplan war mir viel zu kompliziert.

»Okay, hab's kapiert«, sagte ich aufs Geratewohl, um ihn nicht zu enttäuschen. Und während ich nickte und so tat, als ob ich alles mitbekommen hätte, glaubte ich fast, ich würde es wirklich verstehen.

Aber eigentlich war es sowieso egal – auf jeden Fall hatte ich noch nie so viel Spaß gehabt wie jetzt. Mit meiner Schwester war ich schon mal im Domino gewesen, aber das hier war das erste Mal mit einem Freund. Ich erinnerte mich, Kids aus der Mittel- und Oberschule hier gesehen zu haben, als ich noch Grundschüler war. Damals waren sie mir irre cool vorgekommen. Nun war ich selber hier, und obendrein redeten wir nicht über irgendwelchen Quatsch, wie die anderen um uns her, sondern hielten eine wichtige Besprechung ab. Eine geheime Strategiesitzung.

»Aber warum kommt sie denn überhaupt zum Schwimmbad?«, fragte Watanabe und aß eine der Pommes aus seinem Schaltplan. Das war mein Stichwort.

»Um den Hund zu besuchen. Hast du den schwarzen Hund hinter dem Zaun schon mal gesehen?«

»Den struppigen?«

»Genau. Den kommt sie füttern. Ich glaube, sie versteckt ihr Pausenbrot unter dem Mantel.«

»Wirklich? Wieso macht sie das? Was ist denn mit den Leuten, die da wohnen?«

»Jetzt, wo du's sagst – ich hab da seit bestimmt einer Woche keinen mehr gesehen. Vielleicht sind sie verreist. Besser, wir checken das erst mal ab.«

»Aber wie?«

»Ich hab's! Könnten wir nicht einen Ball über den Zaun werfen und dann in den Garten gehen, um ihn wiederzuholen?« Die Ideen überschlugen sich nur so in meinem Kopf. So toll hatte ich mich in meinem ganzen Leben noch nicht gefühlt. Watanabe war der Projektleiter, aber ich war zuständig für die Taktik! Ich war nicht mehr nur sein Hiwi – das war echtes Teamwork!

Ich schlug ihm folgenden Plan vor:

1. Ich würde vorgehen und die Lage peilen, um unliebsame Überraschungen zu vermeiden.

2. Ich würde ihn am Schwimmbad treffen, und wir würden uns in der Umkleide verstecken.

3.Wenn das Mädchen kam, würde ich es als Erster ansprechen, da Watanabes Lächeln so unheimlich aussieht.

4. Dann würde Watanabe ihr das Täschchen um den Hals hängen (und behaupten, ihre Mutter habe uns aufgetragen, es für sie zu besorgen).

5. Dann würde ich sie auffordern hineinzuschauen.

»Klingt gut!«, nickte Watanabe zufrieden.

Ich musste lachen bei der Vorstellung, wie Moriguchis kleine Tochter auf ihren Hintern plumpste.

»Glaubst du, sie wird anfangen zu heulen?«

Watanabe kicherte jetzt auch. »Nee, ich glaub nicht.«

»Wirklich? Ich glaub schon. Wollen wir wetten? Der Verlierer muss nächstes Mal im Domino einen ausgeben.«

»Abgemacht.«

Darauf stießen wir mit unserer Cola an.

Spannendes Treffen am Schwimmbad – eine Woche nach dem ersten Tag.

Seit jenem Vormittag war ich total aufgekratzt. Zum ersten Mal, seit ich auf die Mittelschule gekommen war, fühlte ich mich richtig wohl in meiner Haut.

Nach der zweiten Stunde flüsterte ich Watanabe zu: »Hast du alles dabei?«

»Startklar«, flüsterte er zurück, ohne mich anzusehen. Obwohl wir nun Freunde waren, ließen wir uns in der Schule nichts anmerken, damit keiner drauf kommen konnte, dass wir irgendwas ausheckten.

Vom Unterricht bekam ich nicht mehr viel mit, und in der fünften Stunde, Chemie bei Moriguchi, musste ich mir dauernd das Kichern verkneifen. Der Tag verging wie im Flug.

Nach der Schule ging ich direkt zum Schwimmbad. Ich blickte mich um und vergewisserte mich, dass sonst keiner da war. Zum Glück hatte nach mir noch niemand Putzdienst aufgebrummt gekriegt.

Der Hund steckte die Schnauze durch den Zaun, aber es sah immer noch nicht danach aus, als ob jemand zu Hause wäre. Aber Vorsicht ist besser als Nachsicht, also holte ich den Baseball hervor, den ich an der Sporthalle gefunden hatte, und warf ihn in den Garten. Dann tat ich so, als ob ich mich ärgerte, dass ich ihn zurückholen musste, und kletterte über den Zaun. Ich ging ums Haus herum und drückte auf die Klingel, aber keiner machte auf, und es gab keinerlei Anzeichen, dass jemand im Haus war.

Alles bestens.

Ich kletterte wieder über den Zaun und ging zurück zum Becken. Der Hund hatte mich die ganze Zeit beobachtet, aber kein einziges Mal gebellt. Vielleicht war er zu alt – oder zu blöd.

Ich schickte Watanabe eine SMS. »Phase eins« sei beendet, und fünf Minuten später tauchte er am Becken auf.

»Grünes Licht auf der ganzen Linie!« Ich reckte beide Daumen hoch. Wir gingen in die Umkleide, die nie abgesperrt war. Phase zwei nahm ihren Lauf. Im Umkleideraum war es dunkel und muffig, ein bisschen wie unter den Zeltdecken, aus denen wir uns als Kinder Ritterburgen gebaut hatten – damals, als ich noch dachte, mir könnte alles gelingen. Aber vielleicht war jetzt alles anders, vielleicht konnte mir jetzt wirklich alles gelingen mit einem Freund wie Watanabe.

Er hatte das Täschchen hervorgeholt und prüfte noch mal, ob es einsatzbereit war. Das plüschige Ding sah total harmlos aus, aber ich wusste es besser. Endcool, dass es richtige Stromschläge austeilen konnte!

»Magst du nicht mal mit zu mir nach Hause kommen?«, sagte ich. »Meine Mutter würde dich gern kennenlernen. Sie will extra einen Kuchen backen. Ich glaube, sie ist froh, dass ich so einen schlauen Freund gefunden habe. Letztes Trimester hat sie sich noch beim Direktor beschwert, dass Moriguchi immer unsere Noten bekannt gibt, aber als ich ihr erzählt hab, dass wir Freunde sind, wusste sie gleich, dass du der Klassenbeste bist. Komisch, was? Ich hab natürlich keine so tolle Werkstatt wie du, aber ihr Kuchen ist auch nicht so übel. Hey, wenn du kommst, können wir gleich den Erfolg von unserem Plan hier feiern. Was magst du lieber, Sahnetorte oder Schokoladenkuchen?«

Statt einer Antwort hob er nur die Hand, damit ich den Mund hielt. Durch den Türspalt konnten wir das kleine Mädchen durch das Tor schlüpfen sehen.

»Sie ist es«, flüsterte ich, und wir beobachteten, wie sie um das Becken herumging, direkt zu dem Hund hinter dem Zaun. Anscheinend hatte sie uns nicht gesehen.

»Abendessen, Muku«, sagte sie. Dann hockte sie sich vor ihn, holte Brot aus ihrer Jacke und fing an, Stücke davon abzubrechen, um sie ihm zu geben. Er wedelte mit dem Schwanz und schlang die Bissen hinunter, während sie ihm mit breitem Lächeln zuschaute. In wenigen Sekunden war alles aufgefressen.

»Bis bald«, sagte sie, wischte sich die Krümel von der Jacke und stand auf.

Ich sah zu Watanabe, und er nickte. Dann gingen wir langsam zu ihr hinüber. Phase drei war angelaufen. Ich sprach sie an.

»Hallo«, sagte ich. »Du bist Manami, stimmt's?« Wir hatten sie wohl erschreckt, denn sie fuhr zu uns herum. Ich lächelte sie an. »Wir gehen in die Klasse von deiner Mutter. Weißt du noch, du hast mich neulich im Shoppingcenter gesehen.«

Alles lief nach Plan. Außer dass sie doch ziemlich verängstigt wirkte. Sie beäugte uns alles andere als vertrauensvoll.

»Magst du Hunde?«, fragte Watanabe sie. »Wir auch. Darum kommen wir auch manchmal her – um das Hundchen zu füttern.« Damit wich er zwar vom Drehbuch ab, doch das Mädchen fing sofort an zu lächeln. Watanabe hielt das Täschchen hinter dem Rücken versteckt, aber sobald sie sich etwas entspannte, streckte er es ihr hin. Phase vier.

»Kuschelhäschen!«, krähte sie. Watanabe grinste nun ebenfalls auf seine schiefe Art und bückte sich, um ihr in die Augen zu sehen.

»Deine Mutter hat es dir doch neulich nicht gekauft, stimmt's?«, fragte ich sie. »Oder hast du es später doch noch bekommen?« Sie schüttelte den Kopf.

»Nein?«, sagte Watanabe. »Eben darum hat deine Mutter uns aufgetragen, es für dich zu besorgen. Auch wenn es noch ein bisschen zu früh ist, möchte sie es dir zum Valentinstag schenken.« Dann legte er ihr die Kordel um den Hals.

»Von Mama?« Sie strahlte noch glücklicher als vorher. Ich fand nicht, dass sie Moriguchi ähnlich sah, bis sie lächelte; dann sah sie genauso aus wie sie.

»Ja, klar. Da ist Schokolade drin. Mach mal auf.« Das war der Schluss, und eigentlich wäre es mein Satz gewesen, aber Watanabe preschte einfach vor und sagte ihn selbst, was mich ein bisschen ärgerte. Andererseits, was machte es schon? Wir näherten uns dem Höhepunkt. Eine Sekunde lang streichelte das Mädchen noch über den Plüsch, dann fasste es an den Reißverschluss.

Das war der Moment, wo sie den Schlag abbekam und auf dem Po landete. Außer dass es ganz anders ablief.

Es gab einen matten Knall, sie zuckte heftig zusammen, erschlaffte plötzlich und fiel langsam um, wie in Zeitlupe. Dann lag sie nur noch reglos da, die Augen geschlossen.

Was war passiert? War sie etwa … tot?

Ich fing an zu zittern und hielt mich krampfhaft an Watanabe fest.

»Was ist los? Sie … sie bewegt sich nicht mehr!«

Watanabe antwortete nicht, doch als ich zu ihm aufsah, lächelte er glücklich. Als ob alles, was er sich je gewünscht hatte, gerade in Erfüllung gegangen wäre. Er sah mich an.

»Na, mach schon. Lauf los und erzähl es allen«, sagte er.

Was? Was denn erzählen? Bevor ich überhaupt noch etwas sagen konnte, wischte er mich von sich ab wie einen Schmutzfleck. »Bis dann«, sagte er und ging davon.

Warte! Was hast du getan?, wollte ich ihm nachrufen, aber ich brachte keinen Ton heraus. Er blieb stehen, als ob ihm gerade etwas eingefallen sei, und drehte sich zu mir um.

»Ach, fast hätte ich's vergessen. Du brauchst keine Angst haben, dass jemand denken könnte, du hättest was damit zu tun. Wir sind nie Freunde gewesen. Ich kann so Typen wie dich eh nicht ab – wehleidige, wertlose Wichser. Gegen ein Genie wie mich bist du doch ein ziemlicher Versager.«

Ein Versager? Warte! Lass mich hier nicht so stehen! Ich wollte ihm nachlaufen, weglaufen, aber meine Beine gehorchten mir nicht. Seine Worte hallten verzerrt in meinem Kopf. Dann wurde mir schwarz vor Augen.

Es dämmerte, als das Abendläuten mich wieder zur Besinnung brachte. Mir war, als hätte ich Stunden im Dunkeln gestanden, dabei waren nur ein paar Minuten vergangen, seit Watanabe fort war. Seine Abschiedsworte klangen immer noch in mir nach.

Er hatte die ganze Zeit vorgehabt, sie zu töten. Mich hatte er nur benutzt. Aber wozu?

Damit es alle erfahren. War es das, was er eigentlich beabsichtigte? Wenn ich zur Polizei ginge und ihnen alles erzählte, dann würden sie ihn festnehmen. War es *das*, was er wollte? *Wollte* er ein Mörder sein? Aber wenn sie ihn festnahmen, würden sie mich dann so einfach davonkommen lassen? Was, wenn er die Polizei anlog? Wenn er behauptete, nichts davon zu wissen? Oder dass ich das Ganze geplant und *ihn* da mit reingezogen hätte? Dann wäre ich geliefert.

Ich blickte zu Boden, in die Glasaugen des Plüschhasen. Ich war derjenige, der gesehen hatte, wie die

Kleine ihre Mutter um das Täschchen anbettelte. Ich bückte mich, nahm es ihr ab und schleuderte es so weit von mir, wie ich konnte.

Reichte das? Würden sie mich trotzdem verdächtigen? Wenn ich einfach weglief und keinem was sagte, würden sie mich dann in Ruhe lassen? Nein, sicher nicht. Wenn jemand einen Stromschlag verpasst bekommt, werden sie doch nach einem Schuldigen suchen. Watanabe würden sie schnell geschnappt haben, und wenn er mich verpfiff...

Und wenn ich es nun so aussehen ließ, als ob sie ins Schwimmbecken gefallen wäre? Das würde hinhauen! Sie war halt einfach reingefallen!

Ich hob sie hoch und gab mir alle Mühe, ihr nicht ins Gesicht zu schauen. Sie war schwerer, als ich dachte. Ich wankte mit ihr zum Beckenrand, wäre um ein Haar selbst reingefallen. Das Wasser war schmutzigbraun und mit Laub bedeckt. Ich streckte die Arme aus.

Nein, so ging das nicht. Bloß keinen lauten Platscher.

Ich ging in die Hocke, nur darauf bedacht, nicht aus dem Gleichgewicht zu geraten, doch auf einmal zuckte sie ein bisschen, dann schlug sie die Augen auf. Ich schrie und hätte sie fast ins Wasser fallen lassen.

Sie ist am Leben!

Ich war so erleichtert, dass ich nicht wusste, ob ich lachen oder weinen sollte.

Ein Versager.

Mitten in meine Erleichterung drängten sich Watanabes Worte. Er hatte mich die ganze Zeit verachtet, mich bloß als Werkzeug benutzt. Er wollte ein Mörder sein, und mich hatte er zu diesem Zweck missbraucht. Aber das Mädchen war noch am Leben. Es war Watanabes Plan, der *versagt* hatte.

Du Versager! Du bist ein Versager und weißt es nicht mal! Du blöder Arsch.

Ich weiß nicht, was zuerst geschah: dass Moriguchis kleine Tochter wieder aufwachte und zu mir aufblickte … oder dass ich sie losließ und sie ins Wasser fiel. Aber sobald es passiert war, ging ich weg, ohne mich noch einmal umzusehen. Meine Beine zitterten nicht mehr.

Ich war erfolgreich, wo Watanabe versagt hatte.

Seliges Erwachen – ein Tag nach dem Vorfall.

Meine Mutter briet gerade Eier mit Speck, als ich am nächsten Morgen in die Küche kam. Sie drehte sich um, als sie mich hörte.

»Naoki, es ist was Furchtbares passiert«, sagte sie. Die Zeitung lag auf dem Tisch. Mitten auf der Seite prangte die Schlagzeile: »Vierjährige in Schulschwimmbad ertrunken.«

Tod durch Unfall. So stand es bereits in der Zeitung. Ich hatte es geschafft!

»Mir tut Moriguchi-sensei so leid«, sagte meine Mutter. »Auch wenn ich nie verstanden habe, wieso sie das Kind immer in die Schule mitbringen musste. Ich frage mich, was das für Auswirkungen auf eure Klasse haben wird, wo in ein paar Wochen schon die Prüfungen anfangen … Moment, fast hätte ich was vergessen!« Sie ging zum Geschirrschrank und nahm eine Schachtel heraus, die mit rotem Papier und goldenem Band umwickelt war. »Hier – Pralinen zum Valentinstag.«

Sie lächelte mich an, und ich grinste breit zurück.

Da meine Schwester nicht mehr bei uns wohnte, dachte ich, würde ich sonst auch nichts weiter geschenkt bekommen. Aber auf dem Schulweg traf ich Mizuki, und sie gab mir noch eine kleine Schachtel Pralinen – wenn auch wahrscheinlich nur aus Pflichtgefühl, weil meine Schwester so nett zu ihr gewesen war. Nicht, dass ich die Pralinen deswegen verschmäht hätte.

»Hast du schon gesehen, was in der Zeitung steht?«, fragte sie plötzlich, und ich hätte fast die Schachtel fallen lassen. Irgendwie brachte ich es fertig, irgendwas Passendes zu stammeln. Nachher in der Klasse war von nichts anderem mehr die Rede.

Offenbar hatte man alle Schüler, die nach dem Unterricht noch dageblieben waren, auf die Suche nach Moriguchis kleiner Tochter geschickt. Es war Hoshino aus unserer Klasse, der sie schließlich gefunden hatte, aber ein paar Mitschüler hatten die Leiche auch im Wasser treiben sehen. Alle waren irre aufgeregt. Ein paar Mädchen heulten, aber die meisten schienen es einfach spannend zu finden herauszubekommen, was genau passiert war. Am Ende überboten sie sich gegenseitig, und alle gaben damit an, was sie angeblich gesehen oder getan hatten.

Ich war dabei, mir das alles von der Tür aus anzusehen, als mich plötzlich jemand von hinten beim Ärmel packte und in den Flur hinauszog. Watanabe.

»Was hast du getan?« Er näherte sich drohend. Aber

irgendwie fürchtete ich mich gar nicht vor ihm. Mir war mehr zum Lachen zumute. Ich lachte nicht, aber ich wischte seine Hand weg.

»Lass mich in Ruhe«, sagte ich. »Wir sind schließlich keine Freunde, oder? Wegen gestern werde ich keinem was sagen. Wenn du was erzählen willst, bitte sehr.«

Ich drehte mich um, ging in die Klasse zurück und setzte mich an meinen Platz, ohne die anderen noch weiter zu beachten. Ich schlug ein Buch auf, einen alten Krimi, den Onkel Kōji mir gegeben hatte. Ich war jetzt ein anderer. Nicht mehr der, der ich vorher gewesen war.

Ich war erfolgreich gewesen, wo Watanabe versagt hatte. Doch im Gegensatz zu ihm hatte ich nicht vor, mich damit zu brüsten. Moriguchis kleine Tochter war durch einen Unfall ums Leben gekommen, und auch wenn sie herausfanden, dass es Mord gewesen war, würden sie es Watanabe in die Schuhe schieben. Ich hatte ja selbst gesehen, wie scharf er auf die Sache gewesen war. Wenn die Polizei in der Schule aufkreuzte, würde er bestimmt gleich alles gestehen.

Was für ein Idiot. Er hatte das Ganze verbockt und wusste es nicht mal.

Moriguchi nahm eine Woche frei und kam dann wieder in die Schule. Sie verlor kein Wort über das, was passiert war, entschuldigte sich nur bei der Klasse, dass sie so lange weggeblieben war. Als ob sie erkältet gewesen wäre oder so was.

Wenn ich ums Leben käme, würde meine Mutter wahrscheinlich sehr krank werden. Oder den Verstand verlieren. Vielleicht würde sie sich sogar umbringen. Moriguchi verhielt sich so normal, dass sie nicht mal traurig wirkte. Aber das zeigte uns nur umso mehr, wie verzweifelt sie in Wirklichkeit war.

Ich war mir ziemlich sicher, dass Watanabe durchschaute, was mit ihr los war, und sich jedes Mal ins Fäustchen lachte, wenn er sie sah – was *mich* noch mehr zum Lachen brachte. Wenigstens das lief also planmäßig.

Im Unterricht war es eine Weile richtig angenehm. Die Lehrer taten so, als würden sie uns so behandeln wie immer und uns ebenso oft aufrufen, aber das war alles nur Show. Ich weiß nicht, ob sie uns schonen wollten oder sich einfach noch mehr Stress ersparen, aber endlich achteten sie mal darauf, dass die besten Schüler die kniffligsten Aufgaben bekamen.

Watanabe musste sich nie anstrengen, egal, wie schwierig die Frage war, und wenn der Lehrer ihn lobte, tat er so, als wäre es ihm gleichgültig. Aber jetzt konnte ich über ihn lachen, wenn er einen auf großartig machte.

Man sah ihm an, was er dachte – *Sie glauben vielleicht, Sie könnten mich mit dieser lächerlichen Aufgabe drankriegen; ich habe schon viel schwerere gelöst.* Der Blödmann wusste ja nicht mal, dass er sie gar nicht gelöst hatte – sondern ich.

Die Aufgaben, die sie Watanabe stellten, fingen sogar an, mir leichter vorzukommen. Letzte Woche hatten wir ein Quiz mit chinesischen Schriftzeichen, und ich konnte auch die schwierigsten entziffern. Der Lehrer war ziemlich von den Socken.

Und das mit Recht. Auch wenn es bei den nächsten

Prüfungen vielleicht noch nicht so weit war, würde ich über kurz oder lang womöglich noch bessere Noten als Watanabe erreichen. Von da an kamen mir meine Mitschüler alle wie die letzten Idioten vor.

Ich musste mich echt schwer zusammenreißen, um ihnen nicht ins Gesicht zu lachen.

—

Geständnis mit Bibberstimme – einen Monat nach dem Vorfall.

Am letzten Prüfungstag rief Moriguchi mich mittags auf meinem Handy an, als ich schon wieder zu Hause war. Sie wollte mich am Schwimmbad treffen, um etwas mit mir zu besprechen.

Sie weiß Bescheid, dachte ich. *Deswegen hat sie das Schwimmbad als Treffpunkt gewählt.* Meine Hand fing an zu zittern, und das Herz klopfte mir bis zum Hals. *Ruhig bleiben, ganz ruhig bleiben …*

Watanabe war der Mörder. Ich hatte Angst, im Schwimmbad nicht cool genug bleiben zu können, also lud ich sie zu uns nach Hause ein. Ich beschloss, eine Frage zu riskieren, bevor ich auflegte.

»Und was ist mit Watanabe?«

»Ich habe gerade mit ihm gesprochen«, sagte sie, und ihre Stimme klang so gelassen, dass ich mich selbst etwas entspannte. Es würde schon alles gut gehen. Watanabe war der Mörder, und er hatte mich da gegen meinen Willen mit reingezogen.

Moriguchis plötzlicher Besuch überraschte meine

Mutter. Ich bat sie, bei dem Gespräch dabei zu sein. Es war ohnehin besser, da sie sicher die ganze Geschichte würde hören wollen. Ich wusste, sie würde mir glauben und zu helfen versuchen.

Moriguchi begann mit einer ganz allgemeinen Frage. »Wie ist es Ihnen bisher in der Mittelschule ergangen?«, wollte sie wissen. Das hatte offensichtlich nichts mit dem Vorfall zu tun, doch ich hatte beschlossen, dass ich die Wahrheit sagen würde, egal, was sie fragte. Also erzählte ich ihr vom Tennisclub und von der Paukschule und von meinem Zusammenstoß mit den Oberschülern in der Videospielhalle und wie es sich für mich angefühlt hatte, als sie mich nicht von der Polizeiwache abgeholt hatte. Ich erzählte, wie es war, immer das Opfer zu sein und trotzdem die Strafe zu kassieren – den ganzen blöden Mist, der mir passiert war.

Sie hörte sich alles von Anfang bis Ende an, ohne ein Wort zu sagen. Als ich innehielt, um einen Schluck Tee zu trinken, stellte sie ihre nächste Frage, immer noch mit dieser leisen, halb erstickten Stimme, die trotzdem durch das Wohnzimmer hallte.

»Naoki«, sagte sie. »Was haben Sie mit Manami gemacht?«

Ich setzte ganz langsam die Tasse ab, doch meine Mutter schrie auf. Sie hatte keinen blassen Schimmer von der Sache, geschweige denn davon, dass ich etwas damit zu tun hatte, aber sie war sowieso schon ziemlich aufgescheucht. Ich musste sie unbedingt davon überzeugen, dass Watanabe mich ausgenutzt hatte – dass ich auch bloß ein Opfer war.

Also erzählte ich Moriguchi, was passiert war. Von dem Moment an, als Watanabe mich auf dem Heimweg angesprochen hatte, bis zu dem Moment, als ich mit ihrer Tochter in den Armen am Becken stand. Ich erzählte ihr alles: die ganze Wahrheit, bis ins letzte Detail. Watanabe hatte mich erst verleitet und dann hintergangen. Ich hatte nie vorgehabt, jemanden zu verletzen. Ich sagte die Wahrheit, bis auf die Sache ganz am Ende. Nur eine kleine Lüge zum Schluss.

Ich war mir ziemlich sicher, dass meine Version mit dem übereinstimmte, was sie von Watanabe gehört hatte. Sie hatte mich kein einziges Mal unterbrochen, und als ich fertig war, sagte sie immer noch nichts. Sie starrte nur auf den Tisch und umklammerte ihre Knie. Aber ich sah ihr an, wie zornig sie war. Arme dumme Frau. Meine Mutter schwieg ebenfalls.

Fünf Minuten saßen wir so da, dann drehte Moriguchi sich schließlich zu meiner Mutter um.

»Um ehrlich zu sein, als Mutter möchte ich Ihren Sohn und Watanabe am liebsten umbringen. Aber ich bin auch Lehrerin, und das stellt mich vor ein Dilemma. Meine Pflicht als Erwachsene und als Bürgerin ist es, der Polizei zu melden, was die Jungen getan haben, aber meine Pflicht als Lehrerin ist es, meine Schüler zu beschützen. Da die Polizei Manamis Tod jedoch als Unfall ansieht, habe ich beschlossen, es dabei zu belassen. Ich werde Ihnen also keinen Ärger machen.«

Was? Sie wollte nicht zur Polizei gehen? Meine Mutter brauchte ein paar Sekunden, bis sie es fassen konnte, aber dann verbeugte sie sich ganz tief. »Ich weiß gar nicht, wie ich Ihnen danken soll«, sagte sie. Ich verbeugte mich ebenfalls. So würde alles doch noch gut ausgehen.

Wir begleiteten sie zur Tür. Die ganze Zeit, die sie da war, sah sie mich kein einziges Mal an – wahrscheinlich, weil sie so wütend auf mich war –, aber das machte mir nicht viel aus.

Kreidebleich und beklommen am Pult sitzend – eine Woche nach dem Besuch der Lehrerin.

Der letzte Schultag. Nachdem wir alle unsere Milch getrunken hatten, eröffnete uns Moriguchi, dass sie die Schule verlassen würde. Ich muss zugeben, ich war froh, das zu hören. Es war mir gelungen, sie glauben zu machen, dass Watanabe ihre Tochter getötet hatte, aber ich fürchtete immer noch, als sein Komplize beschuldigt zu werden.

»Ist es wegen dem, was passiert ist, dass Sie uns verlassen werden?«, fragte Mizuki.

Ich warf ihr einen bösen Blick zu. Was musste sie das jetzt wieder zur Sprache bringen? Aber Moriguchi schien es gar nicht zu stören. Sie begann mit einem endlos langen Vortrag, als hätte sie uns die ganze Zeit schon mitteilen wollen, was sie auf dem Herzen hatte.

Sie erzählte uns, warum sie überhaupt Lehrerin geworden war. Dann redete sie von Sakuranomi-sensei und all den Dingen, die er gemacht hatte. Mich interessierte das alles nicht, ich wartete nur darauf, dass sie endlich fertig wurde und den Mund hielt.

Dann ging es plötzlich um das gegenseitige Vertrauen zwischen Lehrern und Schülern. Angeblich hatte sie öfter mal Hilferufe von Schülern per SMS erhalten. Sie sagte, an der Schule gebe es den Grundsatz, auf Hilferufe von Jungen hin immer einen Lehrer zu schicken und auf Hilferufe von Mädchen eine Lehrerin. Das war also der Grund, warum sie nicht gekommen war, als ich im Videocenter angegriffen worden war! Tja, die Erkenntnis kommt allerdings ein bisschen spät.

Sie redete davon, wie es als alleinerziehende Mutter sei, und dann noch irgendwas von Aids und von ihrer Tochter, die ins Schwimmbecken gefallen war – und die ganze Zeit hatte ich das Gefühl, als zöge sich eine Schlinge immer enger um meinen Hals.

»Wie von ungefähr tauchte Herr Shitamura auf…« Plötzlich erwähnte sie meinen Namen, und ich erstickte fast, als wäre mir die Milch, die ich gerade getrunken hatte, wieder hochgekommen. Sie redete weiter, und ich hatte mich gerade erst wieder eingekriegt, als die Bombe platzte.

»Weil Manamis Tod kein Unfall war. Sie wurde ermordet, und zwar von Schülern aus dieser Klasse.«

Es war, als ob man mich in dieses kalte, schmutzige Schwimmbecken geschubst hätte. Ich konnte nicht mehr atmen. Ich sah nichts mehr. Ich ruderte verzweifelt mit Armen und Beinen, aber da war nichts, woran ich mich festhalten konnte.

Mir drehte sich alles, doch irgendwie war mir bewusst, dass es keine gute Idee wäre, jetzt in Ohnmacht zu fallen. Wie viel würde sie noch ausplaudern? Ich holte tief Luft und versuchte, mich zu beruhigen.

Endlich nahm ich auch wieder wahr, was um mich her geschah – und ich merkte, dass alle in der Klasse Moriguchi anstarrten. Eben hatten sie noch angeödet dagesessen und kaum zugehört, aber nun waren sie ganz Ohr.

Doch anstatt zur Sache zu kommen, redete sie plötzlich über Jugendstrafrecht und diese alte Geschichte, die als der Lunacy-Fall bekannt geworden war. Ich hatte keine Ahnung, worauf sie hinauswollte. Sie hielt einen Moment inne, und ich betete schon, sie möge zum Ende gekommen sein, aber nein, jetzt ging es um die Beerdigung ihrer Tochter. Dann kam etwas Überraschendes: Sie sagte, der Vater des Mädchens sei Sakuranomi-sensei, sie habe ihn aber nicht geheiratet, weil er Aids habe.

Ich weiß noch, wie unheimlich es mir vorkam, dass Sakuranomi bald sterben musste – ausgerechnet an Aids –, und wie ich mich wunderte, überhaupt an etwas anderes denken zu können als an das, was mit mir passieren würde. Ich fing an, krampfhaft mit den Händen über den Tisch zu reiben, um das Gefühl loszuwerden – das Gefühl, immer noch das Mädchen festzuhalten. Wenn sie Aids hatte, dann hatte sie mich vielleicht angesteckt.

Im Klassenzimmer nebenan hörten wir Stuhlbeine über den Boden scharren. Der Unterricht war zu Ende. Moriguchi schien es auch gehört zu haben, und ich hoffte, sie würde uns jetzt gehen lassen. Was sie auch tat. Jeder, der wolle, könne jetzt gehen, sagte sie. Meine Gebete waren erhört worden! Aber keiner rührte sich. Wenn irgendjemand aufgestanden wäre, hätte ich mich schnell verdrücken können, aber man sah gleich, dass niemand gehen wollte.

Eine Minute lang wartete sie, als wollte sie sich vergewissern, ob alle dablieben, dann legte sie wieder los.

Sie würde keine Namen nennen, sagte sie – sie würde die Mörder A und B nennen. Aber das machte keinen Unterschied, denn sobald sie anfing, von A zu sprechen, wusste jeder, dass es sich nur um Watanabe handeln konnte. Ich glaube, sie wollte damit extra die Spannung steigern – und es funktionierte: Alle drehten sich um und schauten ihn an.

Dann war B an der Reihe. Die Geschichte war praktisch die, die ich ihr bei uns zu Hause erzählt hatte. Sie hatte nur dagesessen und geschwiegen, aber als sie nun Wort für Wort wiederholte, was ich gesagt hatte, fügte sie immer wieder kleine Kommentare an, die mich als Volltrottel dastehen ließen – als hätte ich es nicht deshalb getan, weil ich schlau war und etwas beweisen wollte, sondern weil ich dumm war und nicht anders konnte. Aber wozu sich jetzt noch darüber ärgern. Das Spiel war sowieso gelaufen.

Jetzt sah die ganze Klasse mich an. Ein paar kicherten, aber manche warfen mir auch richtig hasserfüllte Blicke zu.

Sie würden mich lynchen! So viel war klar.

Es war alles ganz einfach: Ich ging ins Videocenter – mein erster Fehltritt – und wurde bestraft; ich dachte, meine Lehrerin würde mich ignorieren, und so wurde ich zum Mittäter bei einem Mord. Wer würde mich da nicht umbringen wollen? Aber in Wirklichkeit war doch alles Watanabes Schuld. Und ich war sein Opfer. A = Mörder; B = Opfer. A = Mörder; B = Opfer. Das sagte ich mir immer wieder.

Ogawa hatte auch eine Frage an Moriguchi: »Was, wenn Wata… ich meine, A noch jemand tötet?« Er schien sich da richtig reinzusteigern.

»Aber nein, Sie irren sich«, sagte Moriguchi. »A hat niemanden getötet. Es war B, der Manami getötet hat.« Ich spürte, wie ich tief hinabgezogen wurde auf den Boden des Schwimmbeckens. Der Stromschlag, sagte sie, sei nicht stark genug gewesen, um zu töten; Manami sei nur ohnmächtig gewesen.

Jetzt war es heraus. Sie war zu uns nach Hause gekommen, um sich Gewissheit zu verschaffen, und jetzt wusste sie es. Sie war sich nur noch nicht im Klaren, ob ich es mit Absicht getan hatte, aber darauf kam es jetzt auch nicht mehr an. Es änderte nichts daran, dass ich ihre kleine Tochter getötet hatte.

Alle schauten mich an. Was Watanabe wohl dachte? Aber ich konnte nicht zu ihm hinsehen. Ich war überzeugt, die Polizei würde mich bald holen kommen. Aber dann sagte Moriguchi, sie vertraue nicht darauf, dass die Justiz uns bestrafen werde. Was sollte das nun wieder heißen?

Alles verschwamm mir vor den Augen. Ich war in etwas hineingefallen, aber nicht in ein Schwimmbecken – ein Morast sog mich in die Tiefe, und nur Moriguchis ruhige Stimme flüsterte mir noch zu.

»Ich habe den Milchkartons, die heute Morgen an A und B ausgeteilt wurden, ein wenig Blut beigemischt«, sagte sie. »Nicht mein Blut. Das Blut des edelsten Menschen, den ich kenne, Manamis Vater, der heilige Sakuranomi.«

Sakuranomi-senseis Blut – Aids-Blut – in der Milch? In dem Karton, den ich bis auf den letzten Tropfen ausgetrunken hatte? Ich mochte vielleicht blöd sein, aber selbst ich konnte mir vorstellen, was das bedeutete.

Tod. Ich würde sterben. Sterbensterbensterbensterben.

Ich würde sterben.

Tiefer und tiefer sank ich hinunter in den eisigen Sumpf.

Der Junge starrt aus seinem Fenster in den Himmel – kurz nach der Rache.

Wir hatten Schulferien. Ich verbrachte die Tage in meinem Zimmer und tat nichts, als in den Himmel starren.

Wie gern wäre ich aus dem Sumpf herausgeklettert und weggelaufen. Irgendwohin, wo mich keiner kennt. Wo ich neu hätte anfangen können.

Weiße Kondensstreifen ziehen sich quer über den blauen Himmel. Wie weit sie wohl reichen? Während ich mich das frage, fällt mir plötzlich etwas ein, das ich mal gehört habe.

Schwache Menschen suchen sich noch schwächere Menschen als ihre Opfer. Und denen, die zum Opfer geworden sind, bleibt oft nichts anderes übrig, als die Qual zu ertragen oder sie durch den Tod zu beenden. Aber sie befinden sich im Irrtum. Denn die Welt, in der man lebt, bietet viel mehr Raum, als man glaubt. Wenn man sich in einer allzu qualvollen Situation befindet, sollte man wenigstens frei genug sein, sich ihr zu entziehen und an einen anderen Ort zu flüchten. Es ist keine Schande, eine Zuflucht zu suchen. Glaubt mir, irgendwo in dieser weiten Welt gibt es einen Platz für euch, einen sicheren Ort.

Dann erinnerte ich mich, wer das gesagt hatte: Sakuranomi-sensei. Ich hatte ihn vor ein paar Monaten im Fernsehen gesehen. Komisch, dass mir das gerade jetzt wieder einfiel. Er hatte so überzeugend geklungen, aber wie sollte ein Mittelschüler wie ich denn allein in der großen weiten Welt überleben? Wo sollte ich schlafen? Was essen? Wer würde denn einen Jungen mit durchfüttern, der von daheim weggelaufen war? Oder ihm einen Job geben? Ohne Geld kam man da draußen nicht weit. Es war immer dasselbe: Die Erwachsenen erteilten einem all diese Ratschläge, aber sie begriffen die Welt nur aus ihrer Sicht – sie konnten sich nicht erinnern, wie es ist, ein Jugendlicher zu sein.

… Als ich in eurem Alter war, bin ich dauernd von zu Hause ausgerissen. Meine Freunde und ich bauten ständig Mist und wurden dafür bestraft. Aber wir haben nie daran gedacht, uns umzubringen … Warum denn? Wo wir uns doch gegenseitig hatten.

Vielleicht war das damals so, als er jung war, aber heute ist es anders. Keiner hat mehr richtige »Freunde« – ich weiß gar nicht genau, was das überhaupt bedeutet. Wenn ich also weiterleben will, muss ich es wohl oder übel hier in diesem Haus tun. Mein Vater geht zur Arbeit, meine Mutter sorgt für mich, und ich bleibe einfach hier. Das ist die einzige Zuflucht, die ich habe.

Aber was würde passieren, wenn ich meine Eltern mit HIV anstecke? Und wenn sie dann womöglich noch vor mir krank werden und sterben? Was würde dann aus mir werden?

Ich muss sichergehen, dass sie es nicht kriegen.

Das ist mein einziges Ziel, während ich meine letzten Tage hier in diesem Sumpf verbringe.

Offenbar weine ich viel in diesem Sumpf, aber nicht, weil ich traurig bin. Wenn ich morgens aufwache und merke, dass ich noch am Leben bin, weine ich vor Freude. Ich ziehe die Vorhänge auf und lasse die Sonne herein, und obwohl ich weiß, dass ich nichts zu tun habe, weine ich vor Freude über jeden neuen Tag.

Ich weine, weil das Essen, das meine Mutter für mich zubereitet, so köstlich ist. Sie füllt den Tisch mit meinen Lieblingsspeisen, und dann muss ich noch mehr weinen bei dem Gedanken, dass ich vielleicht nicht mehr lange da sein werde, um das alles zu genießen. Sogar die Bohnenküchlein habe ich probiert, die ich nie gemocht habe, weil ich dachte, ich sollte die Gelegenheit vielleicht noch ergreifen, und ich musste weinen, weil ich es nie für möglich gehalten hätte, dass sie so köstlich sein könnten. Warum nur hatte ich ihnen vorher nie eine Chance gegeben?

Als ich erfuhr, dass meine Schwester schwanger ist, weinte ich bei dem Gedanken, dass ein neues Leben auf die Welt kommt. Gern hätte ich ihr persönlich gratuliert, weil sie immer so nett zu mir gewesen ist, aber ich konnte ja nicht riskieren, das Baby anzustecken, also musste ich ganz allein in meinem Zimmer weinen.

Trotzdem bin ich gar nicht so unglücklich. Ich kann nicht behaupten, dass ich es hasse, wie ich jetzt bin. Ich dachte, es müsste grauenvoll sein, mit dem Tod vor Augen zu leben, aber eigentlich ist mein Leben jetzt friedlicher als zuvor.

Ich hätte gar nichts dagegen gehabt, wenn es ewig so weitergegangen wäre.

Aber dann waren die Ferien zu Ende.

Ich kam in die achte Klasse, und ich musste zur Schule gehen, darum heißt es ja »Schulpflicht.« Das wusste ich alles, und trotzdem konnte ich mich nicht dazu aufraffen. Ich bin ein Mörder. Wenn ich mich in der Schule blicken ließ, würden die anderen in der Klasse mich bestrafen. Sie würden mich schikanieren, mich am Ende vielleicht sogar umbringen. Wie konnte ich da noch zur Schule gehen?

Abgesehen davon aber quälte mich die Sorge, dass meine Mutter es mir nicht so ohne Weiteres erlauben würde, einfach zu Hause zu bleiben. Seit die Schule wieder angefangen hat, erfinde ich täglich neue Wehwehchen, aber das kann nicht ewig so weitergehen. Irgendwann wird sie doch ärgerlich werden oder zu heulen anfangen und mir vorwerfen, wie sehr ich sie enttäuscht habe. Das hasse ich alles, aber den eigentlichen Grund kann ich ihr doch nicht verraten.

Was würde wohl passieren, wenn sie alle Einzelheiten über Moriguchis Tochter wüsste?

Ich habe sie ins Becken geworfen, nachdem Watanabe sie getötet hat – glaubt meine Mutter, und selbst das war ein schwerer Schock für sie. Doch wie würde sie reagieren, wenn sie wüsste, dass ich das Mädchen getötet habe, und zwar mit Absicht? Und dass Moriguchi sich gerächt hat, indem sie mich mit dem Aids-Virus infiziert hat?

Ich konnte mir denken, wie sie reagieren würde. Sie würde komplett durchdrehen. Aber was sollte ich machen, wenn sie mich nicht mehr im Haus haben wollte? Am meisten Angst hatte ich davor, von ihr rausgeworfen zu werden. Für mich bedeutete das soviel wie sterben.

Dann kam sie eines Tages hoch in mein Zimmer.

Ich wunderte mich, dass sie mich immer noch nicht drängte, endlich wieder zur Schule zu gehen. Stattdessen wollte sie mich zum Arzt schleppen. Sie sagte, ich dürfte eine Weile zu Hause bleiben und mich ausruhen, wenn sie mir ein psychisches Problem attestierten.

Vielleicht war ich ja krank.

Aber wenn ich zum Arzt ging, würden sie vielleicht auch das mit dem HIV rauskriegen – und dann würde meine Mutter es erfahren. Das machte mir Angst, doch ich sagte mir, ich könnte ja immer noch abhauen, wenn sie irgendwelche Test mit mir machen wollten. Schließlich war alles besser, als gezwungen zu werden, wieder zur Schule zu gehen – wo meine Mitschüler mich sicherlich töten würden.

Am Ende hätte ich mir gar nicht so viele Sorgen zu machen brauchen. Der Doktor hatte gleich einen Namen für meinen Zustand – »autonome Ataxie«, was auch immer das heißen soll. Aber anscheinend bleiben viele Jugendliche in Japan der Schule fern, weil sie das haben. Meine Mutter wirkte nicht sehr besorgt, als sie das hörte. Eher erleichtert. Wenigstens hatte ich jetzt eine gute Ausrede, um zu Hause zu bleiben, und so war ich auch gleich viel gelassener.

Als wir aus der Klinik kamen, blickte ich mich um, als würde ich die Welt mit neuen Augen sehen. Vor lauter Anspannung war mir am Morgen gar nicht bewusst gewesen, dass ich ja zum ersten Mal seit Wochen wieder draußen war. Ich war überrascht, ganz normal atmen zu können wie alle anderen. Auch wenn ich nicht zur Schule zurück konnte, wäre ich von jetzt an vielleicht in der Lage, wieder rauszugehen.

Ich holte tief Luft, als wollte ich ausprobieren, ob ich wirklich aus dem Sumpf rausgekrochen war, wenigstens ein bisschen – und prompt fiel mein Blick auf das Domino am Bahnhof. Es war nicht gerade mein Lieblingslokal – Watanabe und ich waren mal dort, als ich noch glaubte, dass wir Freunde wären –, aber als meine Mutter mich fragte, ob ich noch was essen wolle, bevor wir wieder heimgingen, meinte ich, ein Hamburger wäre nicht schlecht. Erstens wusste ich, dass sie da Pappteller und Plastikbesteck hatten, sodass keine Gefahr bestand, das Virus zu verbreiten, vor allem aber wollte ich mir selbst etwas beweisen. Ich wusste, dass ich noch nicht soweit war, mich ins Shoppingcenter zu trauen, aber wenn ich es in einem Burgerschuppen wie dem Domino aushielt, dann würde ich irgendwann wohl aus dem Sumpf herauskommen.

Vor lauter Angst davor, dass ich bald sterben musste, hatte ich gar nicht mehr an Watanabe gedacht – bis mir das Domino aufgefallen war. Plötzlich fragte ich mich, was er wohl machte. Bestimmt hatte er sich in seine

Werkstatt in dem Abbruchhaus verkrochen und fürchtete sich ebenfalls davor, bald sterben zu müssen. Ehrlich gesagt gefiel mir die Vorstellung – es geschah ihm ganz recht, dachte ich, während ich in meinen Burger biss.

Aber dann spritzte plötzlich etwas über mein Bein.

Milch! Milch! Milch! … Sie saßen direkt neben uns … Moriguchi und ihre Tochter!

Sie verfolgten mich, sie stießen mich wieder hinunter, als ich mich gerade ein bisschen aus dem Sumpf herausgehievt hatte. Halt, hier geblieben! Schon tauchte mein Kopf wieder in den Morast ein. Sie sahen mir zu, sie wollten sichergehen, dass ich nie wieder herauskam. Der Morast quoll mir in Mund und Nase, lief mir in die Kehle.

Ich rannte in den Waschraum und kotzte, versuchte, den ganzen grässlichen Morast herauszukotzen.

Der Junge späht durch die Vorhänge auf die Besucher hinunter – etwa zwei Monate nach der Rache.

Seit dem Arztbesuch habe ich mich nicht mehr rausgetraut, aber hier drin komme ich auch ganz gut klar. Es ist schön ruhig. Mein Zimmer ist meine Zuflucht, denn hier muss ich keine Angst davor haben, das Virus zu verbreiten.

Fast jeden Tag lese ich Mangas im Internet und denke mir dann Fortsetzungen aus, die ich in mein neues Schulheft schreibe. Viel waschen und putzen muss ich auch, was mich nervt, aber es ist immer noch besser, als den ganzen Tag nur rumzuhängen.

Terada, der neue Klassenlehrer, ist heute hier aufgetaucht, zusammen mit Mizuki – angeblich, um mir die Unterrichtsmitschriften zu bringen. Mutter hat sie reingelassen und sich im Wohnzimmer mit ihnen unterhalten. Also direkt unter meinem Zimmer. Ich konnte jedes Wort hören. Mutter ließ sich lang und breit darüber aus, wie unmöglich Moriguchi gewesen ist.

Dann meinte Terada, Mutter könne ganz beruhigt sein, er werde sich um alle meine Probleme kümmern. Und dabei hat er so arrogant geklungen, dass ich am liebsten laut durch den Boden geschrien hätte.

Lasst mich in Ruhe!

Ich konnte mich gerade noch beherrschen, doch jetzt hatte ich erst richtig Angst.

Lehrern kann man nicht trauen. Dieser da tat so nett und hilfsbereit, und dabei versuchte er nur, mich wieder in die Schule zurückzulocken, damit sie mich dort umbringen konnten. Terada ist vermutlich mal Moriguchis Schüler gewesen. Vielleicht war sie sogar sein Guru. Er tat so besorgt um mich, aber sicher war er uns nur auskundschaften gekommen, um Moriguchi dann alles zu berichten. Selbst Mizuki konnte ich nicht trauen. In der Schule wurde schon lange gemunkelt, dass sie Moriguchis Spionin ist. Vielleicht ist Moriguchi immer noch nicht zufrieden; vielleicht hat sie beschlossen, mich doch lieber gleich zu töten, und das hier war alles Teil ihres Plans. Meine Mutter schien Terada ganz nett zu finden. Was sollte ich tun, wenn sie ihn zu mir raufkommen ließ? Sicher käme er doch nur, um mich zu töten. Und nun hat Mutter ihm all die schlimmen Dinge über Moriguchi erzählt! Was, wenn er es ihr weitersagt?

Als Mutter dann hochkam, sah sie aus, als würde sie gleich platzen vor Stolz. Ich schrie sie an und warf ein Lexikon nach ihr. Warum konnte sie nicht einfach den Mund halten? Sie wirkte richtig geschockt – wahrscheinlich, weil es das erste Mal war, dass ich mich so benahm. Sobald die Tür zugefallen war, fing ich wieder an zu heulen. Aber ich weiß einfach keinen anderen Weg, mich zu schützen.

Terada und Mizuki kommen jetzt jede Woche vorbei, und jedes Mal habe ich schreckliche Angst. Mutter lässt sie nicht mehr ins Haus, aber sie hat ihnen nicht gesagt, dass sie nicht mehr herkommen sollen. Wie lange soll das noch so weitergehen?

Ich traue mich kaum noch aus meinem Zimmer. Was, wenn mir draußen jemand auflauert? Moriguchi oder Terada oder Mizuki – oder sogar der schreckliche Tokura vom Tennisclub? Vor lauter Angst bin ich wie gelähmt.

Sie alle wollen mich umbringen.

Wenn sie rauskriegen, dass ich im Internet Mangas lese, werden sie mich dafür umbringen wollen. Bestimmt weiß Moriguchi schon, welche Webseiten ich anklicke, bevor ich überhaupt drin bin. Was, wenn Terada irgendeine Wanze im Wohnzimmer angebracht hat und Moriguchi alles belauscht, was ich sage? Wenn sie hört, wie ich das Essen lobe oder mich sonst wie wohlfühle, wird sie mich erst recht umbringen wollen.

Sie beobachten mich. Und ich kann nichts dagegen machen. Ich hocke in meinem Zimmer und starre die weißen Wände an, auf denen immer wieder das Bild von dem Schwimmbecken und dem kleinen Mädchen auftaucht. Ich will gar nicht hinschauen, doch ich weiß irgendwie, dass ich hinschauen *muss.*

Moriguchi hat mich verflucht.

Ich verbringe den ganzen Tag damit, an die Wand zu starren. Ich weiß nicht, wie spät es ist, welchen Tag wir haben. Ich kann das Essen nicht mehr schmecken. Ich fürchte mich vor dem Tod, aber ich habe gar nicht mehr das Gefühl zu leben. Vielleicht lebe ich gar nicht mehr.

Zum ersten Mal seit Langem habe ich mich im Spiegel angesehen. Ich sah trostlos aus, verdreckt, verkommen, aber irgendwie konnte ich auch Anzeichen von Leben erkennen. Meine Haare sind gewachsen, meine Fingernägel sind ganz lang, meine Haut ist eklig. Aber ich bin noch am Leben. Ich fing an zu heulen – ich konnte gar nicht wieder aufhören.

Ich bin am Leben! Am Leben! Am Leben!

Da war der Beweis – die langen Haare und Fingernägel, die Dreckschicht auf der Haut. Das Haar fällt mir über die Augen und Ohren und verdeckt mein Gesicht; es schützt mich und zeigt mir, dass ich noch lebe.

Der Junge starrt auf das Schwarze –
etwa vier Monate nach der Rache.

Ich erwachte aus tiefem Schlaf, als wäre ich aus dem Sumpf gekrochen, in den ich hinabgesunken war, und auf meinem Kissen fand ich lauter schwarzes Zeugs.

Was lief hier ab?

Ich schüttelte den Kopf, um ihn klar zu kriegen, und

griff in das schwarze Zeugs, doch es löste sich in meiner Hand auf. Vor Schreck griff ich mir an den Kopf – und fühlte meine Ohren.

Das Zeugs auf dem Bett, das waren meine Haare. Meine Haare! Mein Leben!

Der Morast zog mich wieder nach unten, quoll mir in Mund und Nase. Ich kriege keine Luft mehr …

Tod, Tod, Tod, Tod, Tod, Tod …

Ich will nicht sterben. Ich will nicht sterben. Ich will nicht sterben. Ich will nicht sterben …

Nein! Nein! Ich habe Angst, Angst, Angst, Angst, Angst …

Hilfe! Ich gehe unter!

Aber ich war in meinem Zimmer, auch wenn es irgendwie chaotisch aussah, und ich atmete noch. Ich konnte die Arme und Beine noch bewegen. Ich war am Leben. Oder etwa nicht?

Ich verließ das Zimmer und ging nach unten. Meine Mutter war mit dem Kopf auf der Schreibtischplatte eingeschlafen. Doch ja, ich war zu Hause. Ich ging ins Bad und guckte mich im Spiegel an.

Natürlich war ich nicht tot – wie konnte ich tot sein, wenn ich noch Haare auf dem Kopf hatte?

Ich nahm die elektrische Haarschere aus der Schublade. Meine Mutter hat mir damit immer die Haare geschnitten, bis ich in die Mittelschule kam. Als ich sie einschaltete, machte sie ein freundliches, ruhiges, summendes Geräusch. Ich setzte sie an der Stirn an, und ein kleines fettiges Büschel fiel mir vor die Füße – und mit ihm fühlte ich einen kleinen Teil von mir sich auflösen.

Das war es also? Der Beweis des Lebens war die Angst vor dem Tod. Also gab es nur noch eine Art und Weise für mich, aus diesem Sumpf hervorzukriechen …

Ich drückte die Schere fester an und schob sie mir quer über den Kopf. Mit jedem Summen fühlte ich, wie ein Streifen meines Lebens sich ablöste.

Als ich die Haare los war, schnitt ich mir die Nägel. Dann nahm ich eine Dusche und wusch den ganzen Dreck weg. Ich rieb Seife auf den Waschlappen und schrubbte mich wieder und wieder von Kopf bis Fuß, und ich konnte den Dreck in Schuppen abfallen sehen wie Radiergummikrümel. Der Beweis des Lebens wurde in den Abfluss gespült.

Warum war ich dann immer noch am Leben?

Das verstand ich nicht. Ich hatte doch alle Beweisspuren vernichtet – alle Belege meiner Existenz –, und trotzdem atmete ich noch. Dann erinnerte ich mich an ein Video, das ich vor ein paar Monaten gesehen hatte.

Das war es! Ich hatte mich in einen Zombie verwandelt. Man konnte mich töten, so oft man wollte, aber ich würde nicht sterben. Besser noch: mein Blut war sogar eine biologische Waffe. Vielleicht würde es Spaß machen, alle anderen in der Stadt auch in Zombies zu verwandeln.

Ich beschloss, auszugehen und alle Waren auf den Regalen im Supermarkt anzufassen – und dank der Rasierklinge in meiner Tasche würde alles, was ich anfasste, mit frischem Blut beschmiert sein.

Mission beendet! Die biologische Waffe ist erfolgreich zum Einsatz gekommen.

Ich ging durch die Reihen und strich mit der Hand

über alle Saftflaschen und Frühstücksflocken und Reisbällchen, als würde ich ihnen meinen Stempel aufdrücken.

Alle sollten die gleiche Angst haben wie ich.

Jemand tippt mir auf die Schulter – ein Typ mit gebleichten Haaren, der hier wahrscheinlich in Teilzeit angestellt ist. Er starrt mir auf die Hand und macht so ein richtig angeekeltes Gesicht. Das Blut tropft mir von der Handfläche … leuchtend rot …

Vorher hat es gar nicht wehgetan, aber jetzt, wo ich draufschaue, brennt und pocht es plötzlich. Also schnappe ich mir eine Verbandspackung aus dem Regal und wickele sie mir um die Hand.

Meine Mutter kam mich abholen. Sie verbeugte sich endlos und entschuldigte sich bei dem Filialleiter und dem Angestellten. Dann kaufte sie alles, was ich mit Blut vollgeschmiert hatte.

Die Sonne stand noch tief am Himmel, als wir nach Hause gingen, aber sie stach schon mächtig, und ich hatte das Gefühl, als steche sie mir ins Herz. Während ich da so ging und mir blinzelnd den Schweiß aus den Augen wischte, war mir plötzlich alles egal. Die Angst vor dem Tod, der Beweis des Lebens – das alles war von mir abgefallen. Meine Hand tat weh, und ich hatte Hunger.

Und müde war ich, wahnsinnig müde …

Ich sah zu meiner Mutter, die neben mir herging. Sie hatte sich nicht geschminkt, und sie trug dieselben Sachen wie gestern Abend. Wenn sie zur Elternsprechstunde in die Schule kam, war es ihr immer peinlich, dass sie älter war als die anderen Mütter, was mich aber nie gestört hatte. Sie war hübscher als sie alle. Aber dies war das erste Mal, dass ich sie ungeschminkt außer Haus sah, und sie konnte nicht mal den Schweißtropfen wegwischen, der ihr die Nase hinunterlief, weil sie beide Hände voller Tüten mit all dem Zeug hatte, das ich im Supermarkt angefasst hatte. Ich musste heftig blinzeln, um die Tränen zurückzuhalten.

Ich habe meine Mutter wohl unterschätzt. Ich dachte, sie wäre nicht imstande, einen Sohn zu lieben, der ihren Erwartungen, ihren Idealen nicht entsprach. Aber ich habe mich geirrt. Sie ist immer noch für mich da, obwohl ich ein Zombie geworden bin.

Ich beschloss, ihr alles zu gestehen – damit sie mich anschließend gleich zur Polizei brachte. Wenn sie auf mich wartete, bis sie mich wieder gehen ließen, würde ich jede Strafe ertragen können. Wenn sie mich annehmen konnte, obwohl ich ein Mörder war, dann würde es mir vielleicht gelingen, noch einmal ganz neu anzufangen.

Nur hatte ich keine Ahnung, wie ich ihr das alles sagen sollte. Natürlich hätte ich ihr einfach die Wahrheit erzählen sollen, aber ich hatte doch auch noch Angst davor, dass sie mich verstoßen würde, sobald sie alles wusste.

Aber wem versuche ich da eigentlich was vorzumachen?

Letztlich wollte ich mir ja doch nur ein Hintertürchen offen halten – weshalb ich beschloss, ihr alles zu gestehen, gleichzeitig aber immer noch so zu tun, als wäre ich ein Zombie.

Während ich ihr erklärte, was Moriguchi mir mit der Aids-Milch angetan hatte, wurde mir auf einmal etwas sehr Wichtiges klar. Ich konnte ja gar nicht wissen, ob ich infiziert war oder nicht. Oder, falls ich infiziert war, ob ich tatsächlich schon die Krankheit hatte. Wovor hatte ich mich eigentlich die ganze Zeit so gefürchtet?

Ich sah, wie der Morast sich vor meinen Augen in klares Wasser verwandelte.

Plötzlich fühlte ich mich unendlich frei, und vielleicht schaffte ich es deshalb nicht, meiner Mutter zu gestehen, dass ich Moriguchis kleine Tochter umgebracht hatte – und zwar mit Absicht. Dieses Gefühl, das ich damals am Beckenrand gehabt hatte – dass ich besser war als Watanabe, besser als alle anderen –, überkam mich erneut, noch während ich redete.

Als ich mein Geständnis beendet hatte, sah ich ihr an, wie geschockt sie war. Ich hatte gehofft, sie würde mir darin zustimmen, dass ich mich der Polizei stellen müsse, aber sie saß einfach nur da. Andererseits schrie sie auch nicht los oder stieß mich zurück. Sie ließ mich nicht fallen, und das machte mich glücklicher als jemals irgendetwas zuvor.

Aber dann wollte sie wissen, wieso ich das Mädchen ins Becken hatte fallen lassen, nachdem es die Augen geöffnet hatte. »Das war doch nur, weil du Angst hattest, oder nicht?«, fragte sie immer wieder. Am liebsten hätte ich ihr gesagt, dass ich nur zu Ende gebracht hatte, was Watanabe – die Art von Musterschüler, wie sie ihn sich stets als Sohn ersehnte – nicht geschafft hatte. *Ich* war erfolgreich gewesen, wo er versagt hatte. Aber mich damit zu brüsten, brachte ich doch nicht fertig.

Ich wollte sie nicht noch mehr aufregen, darum sagte ich ihr nur, ich sei gern bereit, zur Polizei zu gehen.

Sie kamen immer wieder. Terada und Mizuki. Aber sie machen mir jetzt keine Angst mehr. Sollen sie doch kommen.

Aber dann fing Terada draußen plötzlich an zu brüllen: »Naoki! Wenn du da bist, hör mir zu!« Also setzte ich mich ans Fenster, obwohl es mir ziemlich egal war, was er sagte.

»Du bist nicht der Einzige, der es es schwer hat! Deine Klassenkameraden haben Shūya ganz schön zugesetzt!« Was? Watanabe war die ganze Zeit in die Schule gegangen? Und er war immer noch am Leben? Wenn ich Terada richtig verstand, hatten die Mitschüler ihn bestraft, aber anscheinend auch wieder damit aufgehört.

Ich musste daran denken, was Watanabe mir am Schwimmbecken gesagt hatte.

Wir sind nie Freunde gewesen. Typen wie dich kann ich sowieso nicht ab – wehleidige, wertlose Wichser. Gegen ein Genie wie mich bist du doch ein ziemlicher Versager.

Und ich konnte förmlich hören, wie er mich auslachte, weil ich ja nichts weiter als ein Hikikomori war.

Ich hatte mich in mein Bett verkrochen. Um mich her war es dunkel. Ich knirschte mit den Zähnen vor Wut. Das war alles Watanabes Schuld, doch er ging weiter zur Schule, als ob nichts passiert wäre. Ich kam mir vor wie der letzte Idiot.

Selbst wenn meine Mutter mich nicht begleiten will, gehe ich morgen zur Polizei, um ihnen alles zu gestehen. Gut möglich, dass sie ihn mit einer leichteren Strafe davonkommen lassen, aber wenigstens wird er auf die Weise erfahren, dass ich sie getötet habe – und zwar aus freiem Willen. Das wird ihn echt umhauen. Ich würde gern sein

Gesicht sehen, wenn er es erfährt. Wahrscheinlich würde ich mich kaputtlachen.

Auf einmal hörte ich jemanden die Treppen heraufkommen. Wahrscheinlich meine Mutter, die mir sagen wollte, dass sie morgen zur Polizei mitkommen würde. Voller Erleichterung stürzte ich aus dem Zimmer, ihr entgegen, aber …

Als sie oben an der Treppe auftauchte, sah ich, dass sie ein Messer in der Hand hatte. Ein Küchenmesser.

Was zum Teufel wollte sie damit?

»Was machst du da?«, fragte ich sie. »Wollten wir denn nicht zur Polizei gehen?«

»Nein, Naoki«, sagte sie. »Das würde doch nichts ändern. Das würde mir meinen lieben guten Naoki auch nicht wieder zurückbringen.« Sie brach in Tränen aus.

»Willst du mich töten?«

»Ich will dich zu den Großeltern bringen.«

»Du willst mich wegschicken.«

»Nein, ich komme mit.«

Sie nahm mich in die Arme, und zum ersten Mal wurde mir bewusst, dass ich größer war als sie. Plötzlich machte sich eine große Ruhe in mir breit. Es wäre sogar okay, wenn ich jetzt sterben würde, wenn sie nur mit mir käme.

Mutter war die Einzige, die mich je verstanden hat.

»Naoki, mein lieber Junge. Verzeih mir. Es ist meine Schuld, dass du so bist. Es tut mir leid, dass ich keine bessere Mutter gewesen bin. Es tut mir leid, dass ich als Mutter versagt habe.«

Da war es wieder: versagt, versagt, versagt, versagt …

Sie ließ mich los und fuhr mir über den Kopf. Sie war

immer so gut zu mir gewesen, hatte mich immer verwöhnt. Jetzt sah sie mich voller Mitleid an.

»Es tut mir so leid, dass ich versagt habe«, wiederholte sie.

Hör auf! *Ich* habe nicht versagt! *Ich* bin kein Versager!

Etwas Warmes spritzte mir ins Gesicht.

Blut, Blut, Blut. Mutters Blut … Hatte ich wirklich auf sie eingestochen?

Ihr Körper sah so dünn und zerbrechlich aus, als sie die Treppe hinunterfiel.

Mutter, warte! Verlass mich nicht! Mutter, Mutter, Mutter! Nimm mich mit …

Hier enden die Bilder an der Wand jedes Mal. Aber wer ist denn bloß der Blödmann, der hier immer auftaucht? Und wieso weiß ich immer genau, was er denkt?

Und dann ist da noch dieses Mädchen, das sich als meine Schwester ausgibt.

»Naoki!«, hat sie mir von draußen hinter der Tür zugerufen. »Du hast gar nichts getan. Es war alles ein böser Traum.«

»Naoki« hat sie mich genannt. Ich will nicht denselben Namen tragen wie dieser Idiot in dem Film an der Wand. Aber wenn ich wirklich dieser Idiot bin, dann ist der »böse Traum« das, was sich in dem Film abspielt.

Und wenn es ein Traum war, was ist dann dies hier?

Könnte ich doch bloß aufwachen, Mutters Rührei mit Speck essen und zur Schule gehen …

5

Der Gläubige

LETZTER WILLE UND TESTAMENT

Klar ist es ziemlich gruselig, als Achtklässler sein Testament zu machen, aber das Glück kann nun mal so schnell zerplatzen wie eine Seifenblase.

Der einzige Mensch auf der Welt, den ich liebte, war gestorben, und dann war abends im Bad auch noch das Shampoo alle. So ist das Leben. Doch als ich ein bisschen Wasser in die Flasche laufen ließ und sie schüttelte, füllte sie sich mit lauter schillernden Bläschen.

Da ging mir auf: Das war ja ich. Die letzten Reste des Glücks verwässern und sie in Seifenblasen verwandeln, um die Leere zu füllen. Auch wenn es nur eine Illusion war – immer noch besser als das Nichts.

Heute, am einunddreißigsten August, habe ich eine Bombe in der Schule versteckt.

Sie ist darauf programmiert zu explodieren, wenn ich auf meinem Handy die Anruftaste drücke. Ich habe ein anderes Handy als Auslöser in die Bombe eingebaut. Wenn es klingelt, zündet die Vibration den Sprengsatz.

Man könnte die Bombe also von jedem Telefon aus hochgehen lassen, dazu muss man nur die Nummer kennen – oder jemand verwählt sich, dann hat man noch fünf Sekunden, bevor es RUMS! macht.

Die Bombe ist unter dem Podium auf der Bühne in der Turnhalle angebracht.

Morgen versammelt sich dort die ganze Schule zu einem Festakt am Ende des zweiten Trimesters, und dann werden sie verkünden, dass mein Aufsatz beim Aufsatzwettbewerb den ersten Preis gewonnen hat. Mein Klassenlehrer, Terada, hat mir gestern eröffnet, wie das Programm ablaufen soll.

Ich werde auf die Bühne steigen, um eine Urkunde überreicht zu bekommen, und dann trete ich ans Mikrofon auf dem Podium und lese meinen Aufsatz vor. Aber dann werden sie eine Überraschung erleben. Statt des Aufsatzes bekommen sie nur ein paar Abschiedsworte zu hören, und dann werde ich die Bombe zünden …

Ich werde in Fetzen gerissen, und all diese wertlosen Idioten nehme ich bei der Gelegenheit gleich mit.

Solch ein schweres Verbrechen hat bis zum heutigen Tag noch kein Jugendlicher verübt, und es wird ein gefundenes Fressen für die Medien. Was sie wohl über mich sagen werden? Wahrscheinlich werden sie von meinen »inneren Dämonen« schwafeln und mit den üblichen Klischees um sich werfen. Aber selbst wenn die Berichterstattung in den Medien nichts mit der Realität zu tun hat, hoffe ich doch, dass diese Webseite hier allgemein zugänglich bleibt, und zwar ganz genauso, wie ich sie schreibe. Schade nur, dass die Zeitungen meinen richtigen Namen nicht drucken dürfen, weil ich noch minderjährig bin.

Ich frage mich, was die Öffentlichkeit wirklich von einem Verbrecher wissen will. Seinen familiären Hintergrund oder seine psychischen Probleme? Oder sein Tatmotiv? Nun, wenn sie das wollen, dann fange ich damit mal an.

Ich verstehe, warum Mord als Verbrechen angesehen wird. Dagegen verstehe ich nicht unbedingt, warum Mord an und für sich schon als böse gilt. Der Mensch ist doch nur eine von unendlich vielen Arten, die auf der Erde existieren. Wenn ein Wesen Nutzen daraus ziehen kann, dass es ein anderes vernichtet, dann war es wohl so vorgesehen.

Aber dieser Glaube hat mich nicht davon abgehalten, einen Aufsatz über den Sinn des Lebens zu schreiben, der besser als der irgendeines anderen in der Klasse war – und auch besser als der irgendeines anderen Mittelschülers in der ganzen Präfektur. Ich begann mit einem Zitat aus Dostojewskis *Schuld und Sühne*: »Außergewöhnliche Menschen haben das Recht, der althergebrachten Moral zuwiderzuhandeln, um etwas Neues in die Welt zu setzen.« Doch ich argumentierte gegen diesen Standpunkt: das Leben sei in jedem Fall kostbar, und Mord könne unter keinen Umständen als gerechtfertigt gelten. Ich formulierte es sogar naiv genug, dass es wie das Werk eines Mittelschülers klang. Das Ganze war in weniger als einer halben Stunde aus dem Ärmel geschüttelt.

Aber was bringt es schon? Die althergebrachte Moral ist doch nichts weiter als eine Schulweisheit.

Sicher gibt es Leute, die eine instinktive Abneigung gegen das Morden hegen. Aber in einem Land wie Japan, wo die Religion keine große Rolle spielt, ist den meisten Leuten beigebracht worden, das Leben über alles andere wertzuschätzen. Und doch sind diese Leute bei besonders schlimmen Verbrechen für die Todesstrafe, ohne sich der Inkonsequenz ihrer Haltung bewusst zu sein.

Selten genug tritt jemand dieser Art von Logik entgegen und gibt zu bedenken, das Leben eines Mörders sei genauso viel wert wie das jedes anderen, unabhängig von Stand oder Stellung. Fragt sich nur, was für eine Erziehung zu so einer Sensibilität führt? Vielleicht eine Kindheit, in der einem jeden Abend Gutenachtgeschichten über die »unendliche Kostbarkeit des Lebens« ins Ohr gesäuselt wurden (falls es solche Gutenachtgeschichten gibt). Wenn das der Fall wäre, könnte ich so eine Einstellung vielleicht verstehen – auch wenn sie in radikalem Gegensatz zu der meinen steht.

Meine Mutter hat mir nämlich kein einziges Mal im Leben eine Gutenachtgeschichte erzählt. Sie hat mich zwar ins Bett gebracht, aber statt mir Geschichten zu erzählen, sprach sie von Elektrotechnik. Strom, Voltzahl, Ohm'sches Gesetz, Kirchhoff'sches Gesetz, Thévenin-Theorem, Norton-Theorem … Ich träumte davon, Erfinder zu werden, eine Maschine zu konstruieren, die etwas Neues zuwege brachte – Krebszellen aus dem Körper holen, irgend so etwas. Denn so sah das Happy End bei den Geschichten meiner Mutter aus.

Unsere Wertvorstellungen werden durch das Umfeld bestimmt, in dem wir aufwachsen; und wir lernen Menschen nach einem Maßstab zu beurteilen, der uns von unserer ersten Bezugsperson vermittelt wurde – in den meisten Fällen also von der Mutter. So könnte jemand, der von einer grausamen Mutter erzogen wurde, einen anderen – nennen wir ihn A – ganz nett finden, während jemand, der von einer liebevollen Mutter erzogen wurde, A grausam finden würde.

Jedenfalls hat meine Mutter mir immer als Grundlage dafür gedient, wie ich andere Leute beurteile, und ich habe noch nie jemanden getroffen, der so außergewöhnlich war wie sie. Weshalb ich den Tod aller anderen Leute um mich her auch nicht bedauern würde. Leider schließt das auch meinen Vater mit ein. Er ist nett und von eher heiterem Gemüt – sehr vorteilhaft für den Inhaber eines Elektronikladens in einer Kleinstadt –, aber mehr gibt es über ihn nicht zu sagen. Nicht, dass ich ihn hasse, ich finde nur, es ist nicht weiter von Belang, ob er lebt oder stirbt.

Auch der klügste Mensch kann im Leben mal eine schwache Phase haben, wo er ohne eigenes Verschulden auf jemanden reinfällt. So ging es meiner Mutter, als sie meinen Vater traf.

Sie war im Ausland gewesen und dann zurückgekehrt, um an einer Top-Universität ihren Doktor in Technischer Physik zu machen, doch in der Endphase ihres Forschungsprojekts war sie auf ein unlösbares Problem gestoßen. Und zur gleichen Zeit hatte sie auch noch einen Unfall.

Auf dem Rückweg von einem Vortrag an unserer heimischen Hochschule saß sie in einem Nachtbus, dessen Fahrer am Steuer einschlief und gegen die Straßenböschung krachte. Es gab ein Dutzend Tote und sehr viel mehr Verletzte. Meine Mutter wurde aus dem Bus geschleudert und erlitt eine schwere Gehirnerschütterung. Sie wurde in den ersten Krankenwagen verladen, der am Unglücksort eintraf, und der Patient auf der Trage neben ihr war mein Vater. Er war auf dem Weg zur Hochzeit eines befreundeten Kollegen gewesen.

Bald darauf heirateten sie und bekamen mich. Oder vielleicht auch umgekehrt. Obwohl sie ihr Promotionsstudium beendet hatte, gab meine Mutter die Forschung auf, ließ ihr Genie versanden und zog für den Rest ihres Lebens in dieses öde Nest.

Die Zeit, die sie hier verbrachte, kann man sich als eine Art Krankenstand vorstellen; Tag für Tag saß sie in einem Winkel des Elektronikladens meines Vaters – in einer heruntergekommenen Einkaufsmeile am Stadtrand – und fand dort Mittel und Wege, ein wenig von ihrem Wissen an ihren kleinen Jungen weiterzugeben. Mal schraubte sie die Rückwand von einem Wecker ab, mal nahm sie einen Fernseher auseinander – und die ganze Zeit erzählte sie mir von den unbegrenzten Möglichkeiten technischer Entdeckungen in der Zukunft.

»Du bist ein sehr kluger Junge, Shūya, ich verlasse mich darauf, dass du alles erreichen wirst, wozu ich nicht in der Lage war.« Das sagte sie oft, wenn sie versuchte, ihr aufgegebenes Forschungsprojekt einem Kind zu erklären, das gerade erst in die Grundschule ging – und vielleicht animierte es sie sogar dazu, es so anschaulich wie möglich in allen Details auszuführen. Jedenfalls schrieb sie dann eine neue wissenschaftliche Abhandlung, ohne meinem Vater etwas davon zu sagen, und reichte sie bei einer Konferenz in den Vereinigten Staaten ein. Ich war damals neun.

Nicht lange darauf kam ein Professor aus ihrem früheren Forschungslabor und überredete sie, wieder an die Universität zurückzukehren. Ich belauschte ihre Unterredung vom Nebenzimmer aus, und ich erinnere mich noch, wie froh ich war, dass endlich jemand, der meine Mutter verstand und wertschätzte, den Weg zu uns gefunden hatte. Ich war nicht mal besonders besorgt, dass sie weggehen könnte.

Aber sie lehnte ab. Sie sagte, sie wäre gegangen, wenn sie ohne Anhang gewesen wäre, aber als Mutter könne sie ihr Kind nicht zurücklassen, um sich der Forschung zu widmen.

Es war ein Schock für mich, dass ich der Grund für ihre Ablehnung sein sollte. Ich war es, der sie zurückhielt. Nicht nur war ich ein wertloses Kind, ich entzog sogar noch der Person, die ich am meisten liebte, ihren eigenen Wert.

Wen man von »überwältigender Reue« spricht, ist es meist nur eine Redensart, aber ich glaube, genau das war es, was meine Mutter empfand. All ihre unterdrückten Gefühle brachen sich Bahn, und ausschließlich in meine Richtung.

»Wenn du nicht gewesen wärst«, sagte sie immer, wenn sie mich schlug, und das war fast jeden Tag. Der nichtigste Anlass genügte – ich hatte mein Gemüse nicht aufgegessen, ich hatte eine Aufgabe nicht richtig gelöst, ich hatte die Tür zugeknallt… Am Ende war es allein schon die Tatsache meiner Existenz, die sie nicht ertragen konnte. Aber jedes Mal, wenn sie mich schlug, spürte ich eine Leere, die sich immer weiter auftat.

Nie kam es mir in den Sinn, meinem Vater davon zu erzählen. Wie gesagt, ich hasste ihn nicht, aber ich hatte mich mit der Sichtweise meiner Mutter abgefunden, und je länger ich ihn hinters Licht führte und so tat, als wäre alles in Ordnung, desto mehr fühlte ich mich ihm überlegen.

Andererseits empfand ich aber auch keinen Hass gegen meine Mutter, ganz gleich, wie geschwollen meine Backen, wie grün und blau geprügelt meine Arme und Beine waren. Wenn sie am Tag wieder mal einen heftigen Wutanfall gehabt hatte, kam sie am Abend stets in mein Zimmer und strich mir über den Kopf, während ich so tat, als ob ich schlief. Mit Tränen in den Augen flüsterte sie, wie leid es ihr tue. Wie hätte ich sie da hassen können?

Wenn sie mein Zimmer verlassen hatte, weinte ich mich in den Schlaf, das Gesicht ins Kissen gedrückt, um mein Schluchzen zu ersticken. Es tat einfach zu weh, mir immer wieder bewusst zu werden, dass der einzige Mensch auf der Welt, den ich liebte, so sehr unter der bloßen Tatsache meiner Existenz litt.

Es war während dieser Zeit, dass ich zum ersten Mal anfing, an den Tod zu denken.

Wenn ich tot wäre, würde meine Mutter endlich ihr Genie entfalten und ihren Traum verwirklichen können. Alle Arten von Selbstmord, die mir nur einfielen, begannen mir durch den Kopf zu geistern. Auf der Straße vor einen Lastwagen springen. Mich vom Dach unserer Grundschule stürzen. Mir ein Messer ins Herz rammen. Aber all das schien mir hässlich und abstoßend. Ich erinnerte mich, wie meine Großmutter voriges Jahr im Krankenhaus gestorben war, fast so, als wäre sie bloß eingeschlafen, und ich begann, mir eine tödliche Krankheit zu wünschen.

Während ich verzweifelt versuchte, die passende Todesart zu ersinnen, ließen meine Eltern sich scheiden. Ich war zehn Jahre alt. Mein Vater hatte schließlich doch gemerkt, dass meine Mutter mich misshandelte. Anscheinend hatte es ihm einer der Nachbarn erzählt. Meine Mutter brachte nichts zu ihrer Verteidigung vor und versprach auszuziehen, sobald die Scheidung rechtskräftig war. Ich verstand, dass ich nicht mit ihr mitgehen konnte, und trotzdem weinte ich, als würde es mich zerreißen, und als ich mich ausgeweint hatte, war ich endlich vollkommen leer.

Nachdem meine Eltern beschlossen hatten, sich scheiden zu lassen, schlug meine Mutter mich nie wieder. Ganz im Gegenteil, nun streichelte sie mir plötzlich immer wieder über den Kopf. Sie kochte mir alle meine Lieblingsspeisen – Kohlrouladen, Kartoffelauflauf, Reisomelett –, und ihr Genie zeigte sich auch in der Küche. Ihre Gerichte schmeckten besser als in jedem Restaurant.

An dem Tag, bevor sie uns verließ, gingen wir zum letzten Mal zusammen aus dem Haus. Sie fragte mich, wo ich gern hinwollte, worauf ich prompt in Tränen ausbrach. Am Ende gingen wir in ein Shoppingcenter, das gerade neu eröffnet hatte.

Sie kaufte mir Dutzende von Büchern und die neueste Playstation. Ich durfte mir alle Spiele aussuchen, die ich wollte, vielleicht in der Hoffnung, dass sie mir über die einsame Zeit, die vor mir lag, hinweghelfen würden. Aber die Bücher suchte sie selber aus.

»Die sind jetzt wahrscheinlich noch nichts für dich, aber ich möchte, dass du sie liest, wenn du in die Mittelschule kommst. Jedes davon hat in meiner Jugend großen Eindruck auf mich gemacht. Und da das gleiche Blut in deinen Adern fließt wie in meinen, bin ich mir sicher, dass sie auch für meinen Shūya wichtig sein werden.« Dostojewski, Turgenjew, Camus … keins davon sah zu jener Zeit verlockend aus, aber egal, mir genügte es schon, dass sie »das gleiche Blut in deinen Adern« gesagt hatte.

Bei unserem letzten gemeinsamen Essen gab es Hamburger in einem Fastfoodladen. Sie hatte ein gutes Restaurant vorgeschlagen, aber ich dachte, da, wo es grell beleuchtet und laut war, lief ich weniger Gefahr, wieder loszuheulen.

Wir ließen uns die Einkäufe nach Hause liefern, sodass wir trotz der Entfernung zu Fuß heimgehen konnten. Sie hielt mich bei der Hand; der Hand, die so gut mit dem Schraubenzieher umgehen, so köstliche Burger braten, so heftig ohrfeigen konnte – aber auch so sanft streicheln. Bis zu diesem Moment war mir nicht bewusst gewesen, wie viel durch Hände vermittelt werden konnte. Aber jetzt war ich mit meiner Beherrschung am Ende.

Meine Tränen flossen mehr und mehr mit jedem Schritt, und ich wischte sie mit der freien Hand weg.

»Shūya, du weißt, ich hab versprechen müssen, dass ich dich nicht besuchen werde, auch nicht anrufen – nicht mal schreiben darf ich dir. Aber ich werde die ganze Zeit an dich denken. Obwohl wir getrennt sein werden, bist und bleibst du mein Ein und Alles. Wenn dir etwas zustoßen sollte, würde ich das Versprechen vergessen und sofort zu dir eilen. Und, Shūya, ich hoffe, du wirst mich nicht vergessen …« Sie weinte jetzt auch.

»Würdest du wirklich kommen?«

Statt zu antworten, blieb sie stehen und nahm mich in die Arme. Das war der letzte Augenblick des Glücks für ihren leeren Jungen.

Mein Vater heiratete im nächsten Jahr wieder. Ich war gerade elf geworden.

Seine neue Frau, die er schon aus der Mittelschule kannte, war hübsch genug, aber auch unglaublich beschränkt. Da heiratete sie den Inhaber eines Elektronikladens, und sie kannte nicht mal den Unterschied zwischen den AA- und den AAA-Batterien.

Trotzdem war sie mir nicht wirklich zuwider. Vor allem, weil sie nicht versuchte, irgendjemandem was vorzumachen. Sie wusste genau, wie dumm sie war. Wenn sie etwas nicht wusste, dann gab sie es einfach zu. Wenn ein Kunde ihr eine schwierige Frage stellte, machte sie sich gewissenhaft eine Notiz und fragte dann meinen Vater, bevor sie ihm die Antwort zukommen ließ. Diese Art von Dummheit hatte fast etwas Bewundernswertes.

Ich nannte sie Miyuki-san und hatte echten Respekt vor ihr. Nie war ich frech zu ihr oder behandelte sie wie eine böse Stiefmutter, wie es die Kinder in diesen bescheuerten Fernsehserien tun. Im Gegenteil, als Stiefsohn war ich ein Musterknabe, besorgte ihr billig eine Designerhandtasche im Internet und trug ihr die Tüten, wenn sie fürs Abendessen einkaufte.

Es machte mir nicht mal was aus, dass sie zum Elterntag in der Schule auftauchte. Ich hatte ihr nichts davon gesagt, aber sie musste es wohl von irgendwem in der Nachbarschaft gehört haben. Jedenfalls war sie da, fein herausgeputzt thronte sie mitten in der ersten Reihe. Als ich an der Tafel stand und eine Matheaufgabe löste, die zu schwer für die anderen in der Klasse war, fotografierte sie mich mit ihrem Handy, und dann zeigte sie meinem Vater das Bild, als wir nach Hause kamen – aber mich störte es nicht. Ehrlich gesagt freute es mich sogar.

Manchmal gingen wir zu dritt zum Bowling oder zum Karaoke, und allmählich hatte ich das Gefühl, genauso blöd zu werden wie sie – und es auf eigenartige Weise auch noch zu genießen. Vielleicht, sagte ich mir, wäre es sogar ein Glück, nichts weiter zu sein als ein Mitglied dieser Familie von Dummköpfen.

Etwa ein halbes Jahr, nachdem mein Vater und sie geheiratet hatten, wurde Miyuki-san schwanger. Da Mutter und Vater beide dämlich waren, würde das Kind es ziemlich sicher auch werden. Trotzdem war ich gespannt zu sehen, was für eine Art von Baby dabei herauskommen würde – immerhin war es zur Hälfte auch mit mir verwandt. Mittlerweile hatte ich das Gefühl, nichts weiter zu sein als ein zufriedenes Mitglied dieser unterbelichteten Familie. Doch leider ging mir bald auf, dass ich der Einzige war, der damit zufrieden war. Einen Monat vor dem Geburtstermin, als sie gerade die Wiege für das Baby bestellt hatte, verkündete Miyuki-san mir Folgendes:

»Ich habe das mit deinem Vater besprochen, und wir haben beschlossen, dass wir dir ein Arbeitszimmer im Haus deiner Großmutter einrichten wollen. Sonst wird es schwer für dich, deine Schularbeiten zu machen, wenn das Baby schreit. Keine Sorge, du kriegst einen eigenen Fernseher und eine Klimaanlage. Du wirst schon sehen, es wird ganz prima.«

Offenbar war alles schon entschieden, da gab es keine Diskussion. In der nächsten Woche kam ein Lieferwagen und transportierte alles aus meinem Zimmer zu dem alten Haus am Fluss. Und ehe der Tag zu Ende ging, stand eine nagelneue Wiege in dem sonnigen Eck am Fenster, das einmal meins gewesen war.

Und mit einem leisen Plopp zerplatzte eine weitere kleine Seifenblase.

Hier bei uns in der Provinz gibt es keine wettbewerbsorientierten Schulen. Ich sollte die örtliche Mittelschule besuchen und brauchte nicht für irgendwelche Aufnahmeprüfungen zu lernen. Und was die Grundschule anging – da genügte es in jedem Fach, mir das Schulbuch einmal durchzulesen, um den Stoff fast im Handumdrehen zu beherrschen. Weiter reichte mein Ehrgeiz nicht.

Mit anderen Worten, ich brauchte eigentlich kein »Arbeitszimmer«, aber nun hatte ich eben doch eins zur Verfügung. Um den Raum zu nutzen und weil ich ohnehin so viel Zeit hatte, beschloss ich, die Bücher zu lesen, die meine Mutter mir gekauft hatte, auch wenn es dafür noch etwas zu früh war.

Ich weiß nicht, was meiner Mutter *Schuld und Sühne* oder *Krieg und Frieden* bedeutet hatte, aber ich hatte das Gefühl, meine Gedanken beim Lesen müssten wie die ihren gewesen sein, da wir doch das gleiche Blut in den Adern hatten. Mir gefielen alle Bücher, die sie ausgesucht hatte, und ich las sie immer wieder. Beim Lesen kam es mir vor, als würde ich Zeit mit meiner Mutter verbringen, obwohl sie weit weg war, und das waren einige der wenigen Glücksmomente in dieser einsamen Zeit.

Mein Arbeitszimmer war früher als Lagerraum für unser Geschäft genutzt worden, und während ich da so saß, allein mit den Erinnerungen an meine Mutter, fing ich an, mich umzusehen – und zu entdecken, was für eine Schatztruhe es war. Ich hatte dort alles, was es an Elektrikerwerkzeug gab, und dazu noch etliches an kaputten oder ausgemusterten Elektronikgeräten. Darunter fand ich auch den alten Wecker, den meine Mutter einst auseinandergenommen hatte, um mir seinen Mechanismus zu erklären.

Ich ersetzte die Batterien, aber er ging immer noch nicht, also machte ich mich daran, ihn zu reparieren. Als ich die Rückwand abgeschraubt hatte, sah ich sofort, dass es nur an einem fehlerhaften Kontakt lag, aber das brachte mich plötzlich auf eine Idee. Meine erste Erfindung: die Rückwärtsuhr. Ich verdrahtete die Stunden-, Minuten- und Sekundenzeiger neu, sodass sie sich verkehrt herum drehten und die Illusion erweckten, die Zeit laufe rückwärts. Ich stellte die Uhr auf Mitternacht, und von dem Moment an begann ich, das Arbeitszimmer mein »Labor« zu nennen.

Ich war beglückt von meiner Rückwärtsuhr, aber viel Anklang fand ich damit nicht bei meinem Publikum. Das bestand sowieso nur aus den Idioten in meiner Klasse, die mir ihre Pornovideos brachten, in der Hoffnung, ich würde den Mosaikeffekt an den krassesten Stellen wegkriegen können. Sie starrten auf die Uhr, ohne zu merken, dass die Zeiger rückwärts liefen, und wenn ich es ihnen schließlich sagte, dann zuckten sie nur mit den Achseln. »Ach, stimmt ja«, war alles, was ihnen dazu einfiel. Ein paar schienen etwas interessierter, aber auch die dachten gar nicht dran, mich zu fragen, wie ich die Umkehrung hinbekommen hatte. Solche Idioten glauben immer, dass die Welt sich auf das beschränkt, was sie mit eigenen Augen wahrnehmen können. Nie versuchen sie dahinterzukommen, wie die Dinge funktionieren. Darum sind sie ja Idioten – und entsetzlich langweilig.

Als ich die Uhr meinem Vater zeigte, fragte er nur, ob sie kaputt sei. Er hatte nur noch Augen für das neue Baby, das genauso aussah wie er – und genauso unterbelichtet war.

Meine arme Uhr, meine erste Erfindung, blieb vollkommen unbeachtet. Aber was würde meine Mutter wohl sagen, wenn ich sie ihr zeigte? Sie allein wäre in der Lage, das Geniale daran zu sehen und meine Leistung anzuerkennen. Bei dem Gedanken konnte ich mich vor Aufregung kaum zurückhalten.

Aber wie konnte ich ihr die Uhr zeigen? Ich kannte ja

weder ihre Adresse noch ihre Telefonnummer, nur den Namen der Universität, an der sie angeblich eine Stelle hatte. Also beschloss ich, mir eine eigene Website einzurichten, die ich »Das Labor des genialen Professors« nannte. Wenn ich meine Erfindungen dort vorstellte, würde meine Mutter sie vielleicht sehen und irgendwann mal einen Kommentar hinterlassen. Klar, die Chancen waren gering, dass meine Hoffnung in Erfüllung gehen würde, aber für alle Fälle trug ich meine Web-Adresse auf der Kommentarseite der Universitäts-Website ein und hinterließ eine Botschaft:

Brillanter Grundschüler und Elektrotechnik-Fan
stellt seine faszinierenden Erfindungen vor.
Bitte hereinschauen!

Aber ganz gleich, wie lange ich wartete, nie kamen irgendwelche Kommentare, die so aussahen, als könnten sie von meiner Mutter stammen. Die einzigen Besucher meiner Website waren meine idiotischen Mitschüler, und als sie erwähnten, dass ich den Mosaikeffekt bei zensierten Pornofilmen rückgängig machen könne, wurde die Website zunehmend von Perversen angeklickt. Nach drei Monaten war das Labor des genialen Professors nur mehr ein Tummelplatz für kranke Idioten. Um sie abzuschrecken, postete ich ein paar Bilder von einem toten Hund, den ich am Fluss gefunden hatte, aber das gefiel ihnen sogar noch besser, und die Kommentare wurden immer abgedrehter. Trotzdem wollte ich die Website nicht aufgeben, denn das hätte mich um meine einzige Chance gebracht, doch noch mit meiner Mutter Kontakt aufzunehmen.

Nachdem ich in die Mittelschule gekommen war, arbeitete ich weiter an meinen Erfindungen. Unsere Klassenlehrerin in der Siebten unterrichtete Physik und Chemie. Sie war mir irgendwie sympathisch, weil sie zurückhaltend war und nie versuchte, einen auf kumpelhaft zu machen. Diese Haltung ist bei Lehrern heutzutage eher selten.

Ich führte ihr meine neueste Erfindung vor, auf die ich ziemlich stolz war – meine Schockbörse. Wie sie wohl darauf reagieren würde? Ich war so gespannt – aber leider führte sie sich auf wie eine hysterische alte Schachtel.

»Wie kommen Sie bloß darauf, so was Gefährliches zu erfinden? Was haben Sie damit vor? Kleine Tiere töten?«

Einer meiner Mitschüler hatte ihr wohl von meiner Website erzählt, und sie war tatsächlich so blöd, auf die Bilder von dem Hund reinzufallen. Ganz schön enttäuschend.

Bald danach aber landete ich einen Glückstreffer beim Wissenschaftswettbewerb der Mittelschulen. Der Wettbewerb wurde durch ein Plakat an der Rückwand des Klassenzimmers angekündigt, und die Namen und Titel der Preisrichter standen auch mit drauf. Einer war ein Science-Fiction-Autor, ein anderer ein bekannter Politiker, doch was mir ins Auge fiel, war der Name Yoshikazu Seguchi. Das heißt, der Name war mir egal – es war der Titel, der mir auffiel: »Professor für Technische Physik an der Keiō-Universität.« Dieselbe Uni, an der meine Mutter angeblich eine Stelle angenommen hatte.

Wenn ich meine Erfindung bei dem Wettbewerb vorstellte und der Professor darauf aufmerksam wurde, konnte es doch sein, dass meine Mutter davon erfuhr. Würde sie überrascht sein, wenn sie meinen Namen hörte? Würde sie sich freuen, dass ihr Sohn mit dem von ihr erworbenen Wissen einen Preis gewonnen hatte? Und würde sie ihrem lang vermissten Jungen dann nicht gratulieren wollen?

Der Gedanke spornte mich wahnsinnig an. Ich konnte mich immer schon gut konzentrieren, wenn es drauf ankam, aber so besessen von einer selbst gestellten Aufgabe war ich noch nie im Leben gewesen. Zuerst verbesserte ich den Mechanismus der Börse, indem ich einen Auslöser einbaute. Danach verwandte ich aber noch sehr viel Mühe auf die Präsentation und die Beschreibung, denn mir war klar, dass sie bei einem Mittelschulprojekt auf dieses Drumherum noch mehr Wert legen würden als auf die Erfindung selbst. Würden sie meine Börse am Ende nur als technische Spielerei abtun? Nicht, wenn ich es verhindern konnte. Ich beschloss, sie als Vorrichtung zum Schutz vor Diebstahl auszugeben und achtete penibel darauf, dass die Baupläne und Schaltkreise perfekt waren. Außerdem ließ ich die Erklärung zum »Zweck des Projekts« absichtlich so klingen, wie ein strebsamer Mittelschüler es formulieren würde, und schrieb alles mit der Hand, statt es auszudrucken. Das fertige Produkt sah hundertprozentig nach der Fleißarbeit eines Siebtklässler-Strebers aus.

Nur ein kleines Problem gab es noch: Zur Einreichung bedurfte es der Unterschrift des Lehrers, der einem als

Berater zur Seite gestanden hatte, aber Moriguchi hatte mir ja schon zu verstehen gegeben, was sie von meiner Erfindung hielt. Sie war wohl beeinflusst von dem, was sie auf meiner Website gesehen hatte, weil sie schockiert wirkte, als ich sie um ihre Unterschrift bat. Ich aber hatte meine Antwort parat: »Ich kann Ihnen versichern, ich habe die Börse nur aus den lautersten Motiven angefertigt, auch wenn sie Ihnen zu gefährlich vorkommt. Wollen wir nicht die Experten entscheiden lassen, wer von uns recht hat?« Schließlich unterschrieb sie den Antrag.

Dann lief alles nach Plan. In den Sommerferien wurde die Schockbörse beim lokalen Wissenschaftswettbewerb in Nagoya vorgestellt und nahm anschließend am landesweiten Wettbewerb teil, wo sie eine lobende Erwähnung erhielt, was einem dritten Preis entsprach. Ich war erst ein bisschen enttäuscht, aber für das, worauf ich abzielte, war der dritte Preis sogar noch besser als der erste: Die Preisrichter mussten jede Auszeichnung individuell begründen, und der Richter für den dritten Platz war kein anderer als Professor Seguchi, der Mann von der Universität meiner Mutter.

»Ich nehme an, du bist Shūya Watanabe?«, sagte er auf mich zukommend, wie ich da neben meinem Ausstellungsstück stand. »Das hier ist eine beachtliche Leistung. Ich glaube, ich hätte so etwas nicht hinbekommen. Ich habe deine Ausführungen gelesen, und wie ich sehe, hast du einige Techniken angewandt, die du unmöglich in der Mittelschule gelernt haben kannst. Hat deine Lehrerin dir dabei geholfen?«

»Nein, meine Mutter«, sagte ich.

»Deine Mutter? Da hast du aber Glück. Na, ich bin gespannt, was du uns in Zukunft noch alles präsentieren wirst. Alles Gute.«

Er hatte mich beim vollen Namen genannt, und sicher kannte er auch meine Mutter. Mein Schicksal lag in seinen Händen. Ich konnte nur beten, dass er ihr von dem heutigen Ereignis erzählen würde. Oder wenigstens die Liste mit den Gewinnern irgendwo ablegen, wo sie sie finden konnte.

Nach dem Treffen mit den Preisrichtern wurde ich von einem Reporter unserer Lokalzeitung interviewt. Es war nicht sehr wahrscheinlich, dass ihr ein Artikel in irgendeinem Provinzblatt auffallen würde, aber wenn sie durch Seguchi von dem Preis hörte, würde sie das Ganze vielleicht online nachlesen und auf den Artikel stoßen. Die Hoffnung blieb mir jedenfalls.

Doch ausgerechnet am Tag meines Interviews beging irgendwo in einem namenlosen Drecknest eine Siebtklässlerin ein spektakuläres Verbrechen. Der Fall Lunacy. Sie hatte verschiedene Gifte ins Essen ihrer Familie gemischt und die Wirkung in ihrem Blog beschrieben. Ich muss zugeben, ich war ein bisschen beeindruckt – ab und zu kommt einer von diesen Idioten doch mal auf eine originelle Idee.

Ich wartete die ganzen Sommerferien lang, aber von meiner Mutter kam kein Wort. Da sie meine Handynummer nicht hatte, hing ich den ganzen Tag im Laden herum und lief jedes Mal ans Telefon, sobald es klingelte. Miyuki hatte sich daran gewöhnt, mich aus dem Weg zu haben, seit ich mich die ganze Zeit in meinem Labor aufhielt, und schien nicht gerade erbaut von meiner plötzlichen Anwesenheit. Ständig checkte ich meine Mails auf dem Betriebscomputer, rannte bei jedem Geräusch zum Briefkasten.

Auf sämtlichen Fernsehern im Laden lief eine Nonstop-Reportage zum Fall Lunacy. Das heimische Umfeld des Mädchens, ihr Verhalten in der Schule, ihre Noten, die Schülerclubs, denen sie angehörte, ihre Hobbys, ihre Lieblingsbücher, Lieblingsfilme … Kaum schaltete man den Fernseher ein, wurde man von einer endlosen Flut von Berichten überschwemmt.

Hatte meine Mutter überhaupt von meinem Preis gehört, nachdem der Fall Lunacy nun alles übertönte? Zum Trost stellte ich mir vor, wie sie in der Campus-Cafeteria mit Professor Seguchi Kaffee trank.

»Da war ein Junge neulich beim Wissenschaftswettbewerb … Shūya Watanabe heißt er, glaube ich … der hat eine sehr interessante Erfindung gemacht …«

Aber das war natürlich absurd. Wieso sollten sie denn über mich reden? Wenn schon, dann unterhielten sie sich sicher über den Lunacy-Fall wie alle anderen auch. Während die Berichterstattung über dieses idiotische Verbrechen immer ausufernder wurde, überkam mich wieder das Gefühl, wie kleine Seifenblasen in mir zerplatzten. Ich hatte etwas Tolles geschaffen, mein Name hatte in der Zeitung gestanden, und meine Mutter wusste nichts davon. Aber wer weiß, wenn ich etwas richtig Scheußliches anstellte, dann würde sie vielleicht endlich zu mir zurückkommen.

Das waren sie also, meine »frühen Jahre«, meine

»heimlicher Wahnsinn«, mein Motiv – oder zumindest das Motiv für mein erstes Verbrechen.

Wie alles andere auch treten Verbrechen in den unterschiedlichsten Formen auf. Ladendiebstahl, Raub, Überfall… doch solcher Kleinkram bringt einem nichts weiter ein als eine Standpauke von der Polizei oder dem Lehrer, und am Ende würden sie auch noch meinem Vater oder Miyuki die Schuld in die Schuhe schieben. Wozu sollte das gut sein?

Nichts auf der Welt verachte ich mehr als nutzlose Dinge. Wenn man schon ein Verbrechen begeht, dann eins, über das alle Welt redet, das die Medien in Aufruhr versetzt – und es gibt nur eins, das dafür infrage kommt, nämlich Mord. Ich könnte also ein Messer aus der Küche klauen, wie ein Verrückter brüllend und fuchtelnd durch die Straßen rasen und schließlich eine alte Frau im Supermarkt abstechen. Das würde zweifellos Aufmerksamkeit erregen, aber wenn es dann darum ginge, wer Schuld sei, würden sie es wieder auf die Vernachlässigung durch meinen Vater oder Miyuki schieben. Was hätte ich davon, wenn die Zeitungen über den Einfluss spekulierten, den die beiden auf meine charakterliche Entwicklung hatten? Was könnte demütigender sein, als meinen Vater im Fernsehen sagen hören, wie leid es ihm täte, dass er mich in mein Arbeitszimmer abgeschoben habe, anstatt mich zu Hause zu behalten?

Nein, ich musste sie dazu bringen, meine Mutter dafür verantwortlich zu machen. Nur so konnte ich sicher sein, dass sie wieder zu mir kommen würde. Wenn ich meine

Tat begangen hatte, musste ich es so drehen, dass die Augen der Öffentlichkeit sich auf sie richteten. Aber was hatten wir beide gemein? Unser Genie, natürlich. Mein Verbrechen musste also in irgendeiner Weise die Intelligenz und Begabung unter Beweis stellen, die ich von ihr geerbt hatte … und darum musste es eine meiner Erfindungen einbeziehen.

Sollte ich mir was Neues einfallen lassen? Oder gab es da schon irgendwas, das infrage käme? Die Antwort lag auf der Hand: die Schockbörse. Professor Seguchi hatte auf dieser steifen Preisverleihung die nötige Verbindung schon selbst hergestellt.

»Hat deine Lehrerin dir dabei geholfen?«

»Nein, meine Mutter«, hatte ich ihm geantwortet.

Wenn ein Mord begangen wird, kommt der Mordwaffe natürlich einiges an Aufmerksamkeit zu. Messer oder Schlagstöcke sind langweilig. Selbst das Zyankali von dieser Lunacy konnte online bestellt oder in der Schule gestohlen werden. Das Verbrechen hatte sich also auf diese banalen Hilfsmittel gestützt, ohne dem Mörder genug Spielraum zu lassen, seine kreativen Fähigkeiten unter Beweis zu stellen.

Was würden sie wohl sagen, wenn sie herausfanden, dass ich meine Waffe selbst hergestellt hatte? Ganz abgesehen davon, dass ich damit einen Preis beim Wissenschaftswettbewerb der Mittelschulen gewonnen hatte, der ehrenwertesten Veranstaltung, die man sich nur vorstellen konnte. Das würde ordentlich für Gerede sorgen. Die Richter, die den Preis vergeben hatten, würden einiges zu erklären haben, und an dem Punkt würde Seguchi vielleicht sogar erwähnen, dass es meine Mutter gewesen war, die mich zu meinen technischen Zaubertricks inspiriert hatte.

Aber selbst wenn das ganze Szenario unwahrscheinlich war, würde mein Vater garantiert auf den Einfluss meiner Mutter hinweisen, wenn er meinte, dass es ihm half, sich der Verantwortung für meine Taten zu entziehen. Außerdem brauchte ich mir gar keine Sorgen zu machen; ich konnte den Leuten ja genauso gut selber mitteilen, dass meine Mutter, statt mir Märchen vorzulesen, mich von klein auf in Elektrotechnik unterwiesen hatte.

Ich konnte mir den Aufschrei nur allzu gut vorstellen, der auf mein Geständnis folgen würde. Aber was würde meine Mutter dazu sagen? Dass es ihr leidtäte, würde sie sagen, wie so oft in früheren Zeiten, und dann würde sie mich in die Arme nehmen – ganz bestimmt.

Nun, da ich mich für die Waffe entschieden hatte, brauchte ich nur noch ein Opfer. Als Mittelschüler in einem Provinzkaff kam ich nicht viel herum. Mein Aktionsradius beschränkte sich auf: 1) zu Hause; 2) mein Labor; 3) die Schule. Wie gesagt, wenn ich den Mord zu Hause oder im Laden meines Vaters beging, würde man eher bei ihm die Schuld suchen als bei meiner Mutter, selbst wenn eine meiner Erfindungen als Waffe diente. Natürlich hätte ich eins der Kinder wählen können, die in der Nähe des Labors am Fluss spielten, aber es kamen gar nicht so oft Kinder her, weil die Gegend einen schlechten Ruf hatte; es wäre schwierig, die Sache so exakt zu planen, wie ich es gern getan hätte. Also blieb nur die Schule übrig. Was mir ganz recht war, da Morde in Schulen immer viel Beachtung in den Medien finden.

Gut, aber wer sollte es denn nun sein? Tatsache ist, es war mir gleichgültig. Die Idioten in meiner Klasse konnten mir allesamt gestohlen bleiben – ich kannte ja kaum ihre Namen –, und für die Medien würde es wohl keinen Unterschied machen, ob ich einen Schüler oder einen Lehrer aussuchte. Sie würden auf jeden Fall ausflippen.

Mittelschüler tötet Lehrer!

Mittelschüler tötet Mitschüler!

Es klang beides gar nicht so übel … aber auch ein bisschen fad.

Ich dachte darüber nach, was einen dazu bringt, einen Mord begehen zu wollen, was den Killerinstinkt in einem weckt – als ich mich auf einmal an meinen Banknachbarn erinnerte, der »Stirb! Stirb! Stirb!« in sein Heft gekritzelt hatte. Er ist ein armseliger Loser, so wertlos, dass ich ihm am liebsten zugeraunt hätte, er selbst sei es doch, der zu sterben verdiente. Wer war das überhaupt, den er so gern tot gesehen hätte? Vielleicht sollte ich mir mein Opfer von ihm aussuchen lassen.

Das war allerdings nicht der einzige Grund, weshalb ich ihn ansprach. Es fehlte mir noch ein Element in meinem Plan: ein Zeuge. Was nutzte mir ein Mord, wenn es keinen gab, der es mitbekam? Schließlich sah es ja blöd aus, wenn man sich selbst anzeigte. Ich brauchte jemanden, der mich bei der Ausführung meines Plans von Anfang bis Ende begleitete und der Polizei und den Medien dann einen vollständigen Augenzeugenbericht liefern konnte.

Aber nicht jeder kam dafür infrage. Zum Beispiel keiner mit einem hoch entwickelten Moralgefühl. Und auch keiner, der alles ausplaudern würde, während ich ihn gerade erst in meinen Plan einweihte. Selbstverständlich musste es auch jemand sein, der Mord nicht grundsätzlich ablehnend gegenüberstand.

Aber es gab noch mehr zu bedenken. Ich musste jeden meiden, der sich für glücklicher hielt als mich. Manche möchten immer gleich den Therapeuten spielen, wenn sie jemanden sehen, dem es schlechter geht als ihnen. »Wieso willst du denn losziehen und jemanden umbringen? Dich belastet doch sicher etwas. Möchtest du nicht mit mir darüber reden?« Was würde ich tun, wenn mir jemand so käme? Das Ganze ist doch bloß ein Trick, damit sie sich selber besser fühlen.

Zum Glück war es nicht schwer, passende Kandidaten zu finden. Nachdem ich meine Klassenkameraden eine Woche beobachtet hatte, wusste ich sie ganz gut einzuschätzen.

Die Vollidioten konnte ich gleich abhaken, ebenso die Trittbrettfahrer, die sich in fremdem Ruhm sonnen wollten; desgleichen die Schwachmaten, die zugeschaut hatten, wie ich die Verpixelung in ihren Pornovideos entfernte, und dann damit angaben, dass sie es selber könnten. Oder die Möchtegernganoven, die sich als taffe Jungs aufführten, obwohl sie nie was Schlimmeres getan hatten, als sich die Fotos von toten Tieren auf meiner Website reinzuziehen. Ich konnte nicht riskieren, dass der Zeuge sich plötzlich als mein Komplize ausgab.

Der ideale Zeuge war ein Idiot – sie alle waren Idioten –, der irgendeinen tiefen Groll hegte, aber sich nicht traute, ihn herauszulassen. Und Naoki Shitamura passte perfekt in dieses Schema.

Anfang Februar gelang es mir, die Spannung an der Schockbörse zu erhöhen. Die Zeit war reif, meinen Plan umzusetzen.

Ich hatte nie mehr als zwei Worte mit Shitamura geredet, aber kaum klopfte ich ihm auf die Schulter und schmeichelte ihm ein bisschen, fraß er mir schon aus der Hand. Es war kinderleicht. Ich lockte ihn mit den Pornos, und die Sache war geritzt.

Aber prompt tat es mir schon wieder leid, Shitamura als Zeugen gewählt zu haben. Erstens hatte er gar keinen, den er unbedingt töten wollte. Er war bloß allgemein gefrustet, und er kritzelte immer »Stirb! Stirb! Stirb!« vor sich hin, weil sein beschränktes Vokabular ihm keine andere Möglichkeit ließ, seine Gefühle auszudrücken. Ansonsten aber war seine Gesellschaft einfach nur deprimierend. In der Schule war er still, doch bei der kleinsten Ermutigung fing er an, endlos zu labern.

»Probier mal die Karottenkekse. Oh, ich wette, es geht dir wie mir … ich kann Karotten nicht ausstehen. Würde nie welche essen, außer in diesen Keksen. Meine Mutter hat alle möglichen Rezepte ausprobiert, um mir die Karotten schmackhaft zu machen – eins ekelhafter als das andere. Aber dann hat sie mal diese Kekse gebacken, und die sind gar nicht so übel … jedenfalls kann ich sie irgendwie runterwürgen … ihr zuliebe.«

Ich hatte keine Ahnung, was das Gefasel sollte. Es war

schon irgendwie beknackt, dass eine Mutter ihrem Sohn Kekse mitgab, wenn er sich mit einem Schulfreund traf – immerhin waren wir keine kleinen Kinder mehr; weshalb ich die Kekse auch nicht angerührt hatte. Aber noch beknackter war es, dass dieser Sohn die Kekse tatsächlich mitbrachte und sich kein bisschen dafür genierte. Ich hätte ihn einfach auf der Stelle umbringen sollen, und fertig. Immerhin hatte ich bei der Gelegenheit eine nützliche Eingebung: Menschen haben ein grundlegendes Bedürfnis nach physischem und emotionalem Freiraum, und das Verlangen, ein anderes Leben auszulöschen, kann entstehen, wenn die Grenzen dieses Freiraums verletzt werden.

Doch während ich schon darüber nachdachte, wo ich einen anderen Zeugen auftreiben könnte, erwähnte Shitamura eine Zielperson, auf die ich nie gekommen wäre: Moriguchis kleine Tochter.

Mittelschüler tötet Lehrertochter in der Schule!

Das wäre mal ganz was Neues, und die Medien würden sich wie die Geier drauf stürzen. Die Klassenlehrerin, die den Jungen fertigmachte, als er ihr seine Erfindung zeigte. Dieselbe Lehrerin, die das Bewerbungsformular für den Wissenschaftswettbewerb unterschrieben hatte. Ihre kleine Tochter. Nicht schlecht – für einen Idioten wie Shitamura. Er steuerte sogar noch eine zusätzliche Info bei, die von Nutzen sein könnte: Im Shoppingcenter hatte er gesehen, wie die Kleine ihre Mutter um ein Kuschelhasentäschchen anbettelte, das sie ihr nicht kaufen wollte. Ich beschloss, Shitamura als Zeugen zu behalten.

Er war begeistert von dem Plan, der, wie er glaubte,

nur dazu führen sollte, dass die Kleine einen leichten Stromschlag abkriegte. Er begann von sich aus, noch weitere Details hinzuzufügen – zum Beispiel, dass man den Tatort auskundschaften müsse, bevor man loslegte. Je mehr ich ihn rumlabern ließ, desto begeisterter wurde er.

»Ob sie wohl losheulen wird?«, fragte er mit einem widerlichen Grinsen im Gesicht. »Was meinst du?«

»Ich glaub kaum«, sagte ich. Weil sie dann nämlich tot sein wird. Ich hätte mich schieflachen können, wie er da seine kleinen Pläne ausheckte, ohne einen Schimmer davon zu haben, wie es enden würde. Freu dich nur, solange du noch kannst. Wenn du sie tot vor dir liegen hast, wird dir das Grinsen schon vergehen. Hals über Kopf würde er heimrennen und alles seiner Mutter erzählen. Perfekt. Zumal die sich, wie ich gehört hatte, ständig bei irgendwem über irgendwas beklagte. Anscheinend schrieb sie dem Direktor haufenweise Beschwerdebriefe, weil sie meinte, dass man ihren Jungen ungerecht behandelte. Nun, ich würde dafür sorgen, dass sie wirklich mal Grund zum Klagen bekam.

Alles war perfekt vorbereitet.

An dem fraglichen Nachmittag bekam ich eine SMS von Shitamura, der vermeldete, die Luft sei rein, also ging ich rüber zum Schwimmbad.

Er hörte keine Sekunde auf mit seinem nervtötenden Gelaber, während wir uns in der Umkleide versteckten und auf das Mädchen warteten. Er würde seine Mutter bitten, uns zur Feier des Tages einen Kuchen zu backen, meinte er. Und ich sagte ihm natürlich nicht, dass ich nach vollbrachter Tat nie wieder auch nur ein Wort mit ihm reden würde. Aber je mehr er an mich hinquatschte, desto mehr juckte es mich, ihm richtig eine reinzuwürgen. Nichts einfacher als das, ich brauchte ihm bloß die Wahrheit zu sagen.

Während ich mich schon drauf freute, wie bescheuert er dreinschauen würde, tauchte unser Opfer auf. Sie war damals vier Jahre alt, ein aufgewecktes kleines Ding, das seiner Mutter ziemlich ähnlich sah. Vorsichtig blickte sie sich nach allen Seiten um und lief dann direkt zu dem Gartenzaun, hinter dem der Hund wartete. Dann holte sie ein Stück Brot unter ihrem Pulli hervor und verfütterte es bröckchenweise an den Hund.

Ich hatte sie mir irgendwie bemitleidenswerter vorgestellt, als Tochter einer alleinerziehenden Mutter, aber da hatte ich mich geirrt. Ihr rosa Pulli war mit ihrer Lieblingsfigur bedruckt, dem Kuschelhäschen; ihr Haar war ordentlich in der Mitte gescheitelt und mit bommelgeschmückten Gummis zu lustig abstehenden Zöpfchen gebunden. Ihre Wangen waren weich und flaumig. Als sie den Hund anlächelte, sah es aus, als wäre das Kuschelhäschen lebendig geworden. Sie war offensichtlich ein Kind, das geliebt wurde – zumindest in meinen Augen.

Es ist mir peinlich, es zuzugeben, aber in dem Moment empfand ich Neid gegenüber meinem Opfer. Ein kleines Mädchen, das nichts weiter hätte sein sollen als eine Schachfigur in meinem Plan.

Doch ich schüttelte die Beschämung ab und trat aus der Umkleide, um sie anzusprechen. Shitamura kam hinterher, drängelte sich dann aber plötzlich vor.

»*Hallo*«, sagte er zu ihr. »Du bist Manami, nicht wahr?

Wir gehen in die Klasse von deiner Mutter. Weißt du noch, ich hab dich neulich im Shoppingcenter gesehen.«

Er war vorgeprescht und hatte die Sache ins Rollen gebracht. So viel Initiative hatte ich ihm gar nicht zugetraut, aber sieh da, er hatte sogar schon seinen Text parat. Da sein einziges Talent darin bestand, freundlich rüberzukommen, hätte es eigentlich funktionieren müssen, doch es endete in einem Desaster.

Als er das Mädchen ansprach, klang er genauso aufgesetzt wie der drittklassige DJ, der einmal im Jahr für das Straßenfest in unserem Viertel angeheuert wurde. Es hätte klappen können, wenn er mit seiner normalen Stimme gesprochen hätte, aber stattdessen klang er wie einer, der sich als der nette Junge von nebenan ausgeben wollte. Die Kleine beäugte ihn jetzt misstrauisch, und ich wusste, wenn ich nicht augenblicklich eingriff, würde alles schiefgehen.

Jetzt war ich an der Reihe. Von nun an konnte Shitamura nur noch zuschauen.

Ich fragte sie nach dem Hund, und schon strahlte sie. Menschen sind doch wirklich simple Kreaturen. Dann nutzte ich meine Chance und zog das Täschchen hervor.

»Es ist noch ein bisschen zu früh, aber das ist ein Valentinsgeschenk für dich von deiner Mutter.« Ich hängte es ihr um.

»Von Mama?«, sagte sie, und in ihrem Lächeln konnte man all die Liebe sehen, die ihr ihr ganzes Leben lang geschenkt worden war.

In dem Moment wollte ich sie sterben sehen. Ich wollte dieser Demütigung entgehen, und der Mord, der mir dazu verhelfen würde, erschien mir jetzt noch erstrebenswerter. Mein Plan kam mir jetzt absolut perfekt vor.

»Na los, mach mal auf«, sagte ich zu ihr. »Da ist Schokolade drin.« Ihre Miene drückte völliges Vertrauen aus, während sie nach dem Reißverschluss griff.

Es ertönte ein trockenes Plopp, sie zuckte heftig und fiel um, auf den Rücken. Dann lag sie ganz still, die Augen geschlossen.

Sie war tot! Mein Plan war ein voller Erfolg. Jetzt würde meine Mutter zurückkommen. Sie würde mich in die Arme nehmen und mich um Verzeihung bitten für all den Schmerz, den sie mir zugefügt hatte, und wir würden uns niemals mehr trennen müssen.

Ich bekam nasse Augen, aber Shitamura holte mich wieder in die Gegenwart zurück. Er klammerte sich an mich, am ganzen Leib zitternd – es war ekelhaft.

»So, und jetzt lauf los und erzähl es allen.« Sobald ich ihm das Wichtigste gesagt hatte, schüttelte ich ihn ab und ließ ihn stehen.

Ich habe dir nichts mehr zu sagen, aber jetzt ist es an dir, deine Rolle zu spielen. Das ist der einzige Grund, weshalb ich mich überhaupt mit einem Idioten wie dir eingelassen habe, warum ich dich in mein Labor mitgenommen und es sogar geduldet habe, dass du es mit deinen scheußlichen Keksen vollkrümelst.

Doch dann drehte ich mich um. Shitamura stand immer noch mit belämmerter Miene da.

»Ach, das hätte ich fast vergessen. Du brauchst nicht zu befürchten, dass man denken könnte, du hättest was damit zu tun. Wir sind nie Freunde gewesen. Ich kann so

Typen wie dich eh nicht ab – wehleidige, wertlose Wichser, die immer bloß an sich denken. Gegen ein Genie wie mich bist du doch ein ziemlicher Versager.«

Wow, es war irgendwie erfrischend, endlich die Wahrheit zu sagen. Ich drehte mich wieder um und ging, ohne mich noch mal umzusehen, direkt zurück ins Labor. Alles war nach Plan gelaufen.

Ich verbrachte die Nacht im Labor und wartete darauf, dass das Telefon klingelte oder die Polizei vor der Tür stand, aber am nächsten Morgen war immer noch nichts passiert. Anscheinend hatte Shitamura sich noch nicht bei seiner Mutter ausgeheult – kein Wunder, er war ja in allem so langsam. Aber die Leiche mussten sie inzwischen doch entdeckt haben.

Im Internet fand ich noch keine Nachrichten davon, also beschloss ich, auf dem Weg zur Schule noch kurz zu Hause vorbeizuschauen, um die Morgenzeitung zu lesen. Frühstücken tat ich schon lange nicht mehr, aber Miyuki drängte mir ein Glas Milch auf. Ich kippte es runter und breitete die Zeitung auf dem Esstisch aus. Normalerweise hätte ich mit den Schlagzeilen auf der Titelseite angefangen, aber heute blätterte ich gleich weiter zu den Lokalnachrichten.

Vierjährige ertrinkt bei heimlichem Schwimmbadbesuch, um Hund zu füttern.

Ertrunken? Ich überflog den Artikel, unfähig zu glauben, dass da nicht irgendein Irrtum passiert war.

Gegen 18.30 Uhr des 13. wurde die Leiche von Manami Moriguchi (4), Tochter von Yūko Moriguchi, im Schwimmbad der Mittelschule von S. entdeckt. Die Polizei ermittelt noch zur Todesursache, doch man geht davon aus, dass es sich um einen tragischen Unfall handelt.

Unfall? Schlimmer noch, es stand nichts von einem Stromschlag drin. Sie war ertrunken.

Was sollte das denn jetzt? Während ich noch versuchte dahinterzukommen, japste Miyuki auf.

»Aber das war doch an deiner Schule, oder? Und Yūko Moriguchi … das ist eure Lehrerin! Ihre kleine Tochter ist tot!«

Nun, da ich dies schreibe, sehe ich mich in jenem Moment – und ich weiß noch, wie ich hörte, was Miyuki sagte, ohne dass es zu mir durchdrang. Langsam dämmerte es mir, dass Shitamura irgendeinen Mist gebaut haben musste. Ich beeilte mich, zur Schule zu kommen, um herauszufinden, was wirklich passiert war.

Bis dahin hatte ich immer gedacht, das Wort »Versager« hätte nichts mit mir oder meinem Leben zu tun. Dafür hatte ich gesorgt, vor allem dadurch, dass ich den Umgang mit Idioten mied. Aber dieser Grundsatz war mir leider entfallen, als ich meinen Zeugen wählte.

In der Schule redeten alle nur von dem Tod des Mädchens. Die Leiche war von Hoshino gefunden worden, einem unserer Klassenkameraden, und er schilderte allen, die es hören wollten, ein ums andere Mal, wie er sie im Becken hatte treiben sehen. Das Becken hatte überhaupt nichts damit zu tun, sagte ich mir. Ich war drauf und dran, diesen Idioten zu erzählen, dass sie von Shūya Watanabes preisgekrönter Erfindung getötet worden war… Aber wieso hielt ich den Mund?

Ganz einfach, keiner hielt es überhaupt für Mord. Alle waren überzeugt, dass es sich um einen Unfall handelte. Der Plan war ein totaler Reinfall gewesen. Um nicht als mein Komplize dazustehen, hatte dieser Feigling Shitamura sie ins Schwimmbecken geworfen, damit es so aussah, als ob sie ertrunken wäre.

Ich wusste gar nicht, wohin mit meiner Wut. Erst recht, als er dann noch ganz cool in der Schule auftauchte und so tat, als hätte er gar nichts verbrochen – als hätte er mir nicht meinen schönen Plan zerstört.

Ich zerrte ihn raus auf den Flur und forderte eine Erklärung.

»Lass mich in Ruhe«, zischte er. »Wir sind nie Freunde gewesen, schon vergessen? Aber keine Sorge, ich werde keinem was sagen. Tu du es doch, wenn du willst.«

Da wurde mir klar, dass er die Leiche nicht aus Angst ins Wasser geworfen hatte, sondern einzig und allein, um mir meinen Plan zu vermasseln.

Aber warum? Ganz einfach: um es mir heimzuzahlen. Ich hatte ihn unterschätzt. Eine in die Enge getriebene Ratte beißt die Katze, und in ganz Japan gab es Idioten, die unvorstellbare Dinge taten, nur weil jemand sie bis zur Weißglut gereizt hatte. Es war meine eigene Schuld. Ich hatte mich einen Moment von meinen Gefühlen verleiten lassen und diesen Idioten provoziert.

Letztendlich aber spielte es keine Rolle. Ich hatte

nichts verloren. Nichts hatte sich geändert. Ich konnte weiter Klassenbester sein und in aller Ruhe einen neuen Plan aushecken.

Dabei hätte man es eigentlich belassen können.

Aber nein. Die Mutter des Opfers, Moriguchi, fand die Wahrheit heraus. Etwa einen Monat später rief sie mich in den Chemieraum und zeigte mir das Hasentäschchen, das schmutzig, aber unversehrt war. Meine wunderbare Erfindung, meine Mordwaffe! Ich hatte also doch Erfolg gehabt! Ich hätte schreien können vor Freude!

Ich gestand ihr alles. Dass ich jemanden mit meiner Erfindung hatte töten wollen, um noch mehr Beachtung zu finden als diese Lunacy. Dass Shitamura, mein Tatzeuge, aber Schiss bekommen und die Leiche ins Becken geworfen habe. Und wie leid es mir tue, dass keiner das herausgefunden habe.

Ehrlich gesagt tat ich an jenem Tag alles, was ich nur konnte, um sie aus der Reserve zu locken. Im Grunde wundert es mich, dass sie mich nicht auf der Stelle erschlagen hat. Aber ich hatte ja keine Wahl: Es war meine einzige Chance, die Niederlage doch noch in einen Sieg zu verwandeln. Moriguchi aber hörte sich alles in Ruhe an und sagte dann, sie werde nicht zur Polizei gehen. Sie wolle mir »nicht auch noch die Befriedigung verschaffen, in meiner eigenen Horrorshow aufzutreten«.

Aber warum das Ganze? Warum mussten all diese Idioten mir immer querschießen? Warum wollten die Puzzleteile sich ums Verrecken nicht zusammenfügen lassen?

Warum auch immer, Moriguchi hielt Wort und schwieg.

Doch am letzten Schultag verkündete sie, dass sie als Lehrerin aufhören würde, und als Abschiedsbotschaft erklärte sie uns ganz genau, was mit ihrer Tochter passiert war. Keine Ahnung, warum sie es all diesen Idioten sagte, nachdem sie es der Polizei verschwiegen hatte, aber wenigstens war es auf die Weise kein langweiliger Abschied. An manchen Stellen trug sie ein bisschen dick auf, aber alles in allem war es eine packende Geschichte.

Als sie nahe daran war, die Identität des Mörders ihrer Tochter zu offenbaren, drehten sich die Klassenkameraden nach mir um. Ihre anklagenden Blicke erfüllten mich mit tiefer Befriedigung. Wenn das Gerücht, dass ich ein Mörder sei, in der Schule die Runde machte, war das doch schon mal ein Anfang. Aber dann fragte einer der Idioten sie, warum sie denn nicht zur Polizei gegangen sei – und ob sie sich nicht verantwortlich fühlen würde, falls A noch einmal tötete. Ihre Antwort war ein Schock.

»Aber Sie haben mich gründlich missverstanden, wenn Sie befürchten, A könnte noch mal jemanden töten …« Ich selber kannte ja nun jedes Detail des Geschehens, aber im Moment hatte ich keine Ahnung, worauf sie hinauswollte. »Die Spannung auf dem Reißverschluss des Täschchens hätte nicht mal einen altersschwachen Menschen töten können, und auch kein vierjähriges Kind.«

Mit anderen Worten, meine Erfindung war ein Reinfall, und Shitamura hatte das Mädchen getötet, nicht ich. Ich hatte nur erreicht, dass sie bewusstlos wurde. Gestorben aber war sie, als dieser Idiot sie ins Becken warf, in der fälschlichen Annahme, er müsse meine Tat vertuschen. Und nun richteten sich alle Augen im Raum auf Shitamura.

Was für eine Demütigung. Nichts hätte schlimmer sein können. Am liebsten hätte ich mir die Zunge abgebissen und wäre auf der Stelle verblutet. Apropos – es gab da noch ein interessantes Detail in Moriguchis Geschichte: Sie hatte das Blut eines Aids-Patienten in die Milch gemischt, die Shitamura und ich gerade getrunken hatten. Wäre ich so ein Idiot gewesen wie mein Kumpan, dann wäre ich von meinem Platz aufgesprungen und hätte »Bravo!« gerufen.

Von dem Moment an, da mir bewusst wurde, dass ich für meine Mutter nicht mehr als ein Klotz am Bein war, hatte ich immer wieder über Selbstmord nachgedacht. Aber ich war zu jung gewesen, um auf die richtige Methode zu kommen. Wie oft hatte ich genau darum gebetet: Bitte lass mich krank werden.

Jetzt war mein Wunsch in Erfüllung gegangen – auf die überraschendste Weise. Nicht im Traum wäre mir je so was Erfolgverheißendes eingefallen. Wenn meine Mutter herbeigeeilt wäre, um ihrem des Mordes angeklagten Sohn zu helfen, wie viel eher noch würde sie einem Sohn zu Hilfe eilen, der Aids hatte! Ohne mir etwas anmerken zu lassen, hüpfte ich innerlich vor Freude.

Am liebsten wäre ich gleich zum Arzt gerannt, um bestätigt zu kriegen, dass ich HIV-positiv war, und den Zettel dann gleich zur Uni zu schicken, wo meine Mutter arbeitete. Doch ich wusste, dass es drei Monate dauern konnte, bis das Virus in meinem Blut nachweisbar war, also würde ich mit dem Test noch warten müssen.

Auch wenn es schrecklich frustrierend war – mehr konnte ich nicht tun. Trotzdem hatte ich seit dem Fortgang meiner Mutter wohl nie eine so friedliche Zeit erlebt. Normalerweise hätte mein Vater vermutlich nicht zugelassen, dass ich meine Mutter traf, aber wenn ich krank war, würde ihm nichts anderes übrig bleiben. Vielleicht würde mir sogar erlaubt werden, meine letzten Tage bei ihr zu verbringen.

Die Inkubationszeit bis zum Ausbruch von Aids kann fünf bis zehn Jahre dauern. In der Zeit könnten wir ein gemeinsames Forschungsprojekt an ihrer Uni entwickeln. Was könnten wir nicht alles zusammen auf die Beine stellen! Und wenn ich dann schließlich zu krank wurde, um mit dem Projekt fortzufahren, würde sie mich auf meinem Totenbett pflegen.

Während ich mir dieses Szenario in aller Ruhe ausmalte, gingen die Ferien zu Ende, und das neue Schuljahr begann. Shitamura tauchte nicht mehr auf, und der Rest der Idioten ließ mich aus Angst vor Ansteckung in Frieden, also war eigentlich alles in Ordnung.

Doch allmählich fingen die Idioten mit ihren albernen Schikanen an. Sie stopften mir Milchkartons ins Pult oder in den Schuhschrank, versteckten meine Turnsachen, schrieben mir »Stirb!« in die Hefte. Es war nicht witzig, aber ich muss zugeben, irgendwie imponierten mir ihre Hartnäckigkeit und ihr Einfallsreichtum im Aushecken all dieser Boshaftigkeiten. Einmal, als ein Karton saurer Milch in meinem Pult geplatzt war, hätte ich sie alle kurz mal erschlagen können, aber selbst das konnte ich verzeihen oder zumindest ignorieren, wenn ich daran dachte, dass es nur noch eine Frage der Zeit war, bis ich meine Mutter wiedersah.

Als die drei Monate um waren, fuhr ich in eine Klinik in der Nachbarstadt, um mir Blut abnehmen zu lassen für den Test. Eine Woche später kam es zu einem Zusammenstoß mit den Klassenclowns. Es sind Idioten, aber selbst Idioten können als Gruppe gefährlich werden. Nach der letzten Stunde packten sie mich von hinten und fesselten mich mit Klebstreifen an Händen und Füßen. Sie hatten sich mit Mundschutz und Gummihandschuhen ausstaffiert, um sich vor Ansteckung zu schützen.

Ich dachte, sie wollten mich umbringen, und früher hätte mir das vielleicht nichts ausgemacht. Aber jetzt wollte ich nicht sterben – noch nicht, jedenfalls. Nicht, wo mein Traum kurz davor war, in Erfüllung zu gehen.

Wenn ich anfing, um Verzeihung zu winseln, würden sie mich vielleicht gehen lassen. Wenn ich auf die Knie fiel und sie anbettelte, würde ich vielleicht mit dem Leben davonkommen. Ich war so fest entschlossen, am Leben zu bleiben, dass ich jede Demütigung ertragen hätte. Aber wie sich herausstellte, war ich an jenem Tag gar nicht das auserkorene Opfer. Eigentlich hatten sie es auf die Klassensprecherin abgesehen, die sie verdächtigten, sie bei Terada, dem neuen Klassenlehrer, verpetzt zu haben. Für sie hatten sie sich eine besondere Strafmaßnahme ausgedacht.

Als sie ihre Unschuld beteuerte, sollte sie sie unter Beweis stellen, indem sie mit einem Milchkarton nach mir warf. Er traf mich am Kopf und zerplatzte mit einem gigantischen Schwall – der mich aber an etwas völlig anderes erinnerte. Ich spürte die Hand meiner Mutter, wie sie mir ins Gesicht klatschte. Ich weiß nicht, was ich für eine Miene machte, doch in dem Moment traf mein Blick sich mit dem der Klassensprecherin – Mizuki –, und ich sah sie »Tut mir leid« flüstern. Das war auch den anderen nicht entgangen, die sie kurzerhand schuldig sprachen und die Strafe verhängten: einen Kuss. Offenbar hatten sie mich deswegen auch schon gefesselt.

Den ganzen Heimweg über fragte ich mich, wie es nur so viele Idioten auf der Welt geben konnte, doch all das war wie weggeblasen, als ich den Brief von der Klinik im Kasten sah. Endlich! Aber kaum hatte ich ihn aufgerissen, fiel ich ins Bodenlose. Der Test war negativ. *Ich* war negativ. Ich hatte kein Aids. Ich hatte gewusst, dass so was möglich war; warum war ich dann bloß so sicher gewesen? Vielleicht, weil Moriguchi an jenem Tag so überzeugend gewirkt hatte.

Plötzlich bedauerte ich es, dass die Idioten in der Schule mich nicht umgebracht hatten.

Am selben Abend schickte ich Mizuki eine SMS, um mich mit ihr zu treffen, und zwar nur deswegen, weil ich es nicht fertigbrachte, den nutzlosen Zettel wegzuwerfen, den ich aus dem Briefkasten gefischt hatte. Für mich war er nutzlos, aber für ein Mädchen, das gezwungen worden war, einen vermeintlich Aidskranken zu küssen, bedeutete er den Unterschied zwischen Leben und Tod.

Ehrlich gesagt war mir der Gedanke aber erst nachher gekommen. In Wirklichkeit wollte ich einfach nicht allein sein, und irgendwas an ihr hatte mich immer schon angezogen, bevor das alles passiert war. Es hatte etwas damit zu tun, dass ich sie in der Apotheke gesehen hatte, als sie versuchte, Chemikalien zu kaufen, die man ihr aber verweigert hatte, obwohl sie behauptete, sie für die Schule zu brauchen. Mir war aufgefallen, dass ich aus dem Zeug, das sie kaufen wollte, eine Bombe hätte basteln können, und ich fragte mich, ob sie wohl das Gleiche vorhatte wie ich.

Gab es jemanden, den sie umbringen wollte? Wenn ja, könnten wir uns vielleicht sogar zusammentun. Doch als sie dann zu dem Treffen kam und ich ihr meinen Test zeigte, reagierte sie anders als erwartet.

»Ich wusste es«, sagte sie. Aber wie konnte sie denn noch vor mir von meinem HIV-Status gewusst haben? Vielleicht meinte sie, sie habe sich darüber informiert, wie extrem gering die Wahrscheinlichkeit war, dass Moriguchis kleiner Trick funktionieren könnte? Doch als ich sie ins Labor mitnahm und wir uns dort unterhielten, war ihre Erklärung eine völlig andere.

Anscheinend hatte Moriguchi überhaupt kein Blut in die Kartons getan. Mizuki war damals als Letzte in der Klasse geblieben, und da sie Moriguchis Behauptung misstraute, hatte sie die leeren Milchkartons von mir und Shitamura aus dem Kasten geholt, mit nach Hause genommen und mittels der Chemikalien getestet, die sie sich doch noch irgendwie besorgt hatte. Offenbar hatte ich die ganze Zeit unter Moriguchis Bann gestanden und in einer selbst zusammenfantasierten Traumwelt gelebt.

Aber warum hatte Moriguchi sich die Mühe gemacht, uns so eine komplizierte Lüge aufzutischen? Am Ende hatte sie uns weder angezeigt, noch mit Aids angesteckt.

Was war das dann überhaupt für eine Rache? Vielleicht hatte sie uns nur einer Psychofolter unterziehen wollen. Wenn das der Fall war, konnte man sagen, dass sie bei Shitamura einen Volltreffer gelandet hatte. Ich hatte vergessen zu erwähnen, dass er seine Mutter erstochen und sich dann erst mal in den Wahnsinn verabschiedet hat. Bisher soll er ja immer noch nicht vernehmungsfähig sein. Aber das hatte Moriguchi ja nicht voraussehen können, als sie ihre Show vor der Klasse abzog.

Merkwürdig allerdings, dass so ein Muttersöhnchen wie Shitamura seiner Mama nie etwas davon gesagt hat, dass er mit HIV angesteckt worden war. Ich hätte wetten können, er wäre gleich heimgerannt und hätte sich bei ihr ausgeheult, worauf sie in Erwartung der Testergebnisse täglich zur Klinik gepilgert wären.

Falls Moriguchi vorgehabt hatte, ihn in den Wahnsinn zu treiben, statt ihn umzubringen, so wusste sie jedenfalls, wie sie es anstellen musste. Aber was war mit mir? Gut, es war wohl tatsächlich Shitamura, der ihre Tochter getötet hat, aber wenn ich die Sache nicht geplant hätte, wäre sie immer noch am Leben. Ich kann mir nicht vorstellen, dass sie mich nicht mindestens genauso hasst wie Shitamura. Und sicherlich war sie nicht schlau genug vorherzusehen, wie enttäuscht ich sein würde, dass ich nicht HIV-positiv bin.

Was auch immer sie sich dabei gedacht haben mag, es war jedenfalls ein Fehlschlag. Nichts als langweiliger Mist, wie alles andere. Es ist langweilig, weiterzuleben, aber genauso langweilig, sich umzubringen.

Ganz klar, was ich jetzt brauchte, das war ein bisschen

Spaß, irgendeine Ablenkung. Vielleicht sollte ich mir was einfallen lassen, um es all diesen Idioten in der Schule heimzuzahlen. Aber erst musste ich sichergehen, dass sie immer noch glaubten, ich hätte Aids.

Am nächsten Tag führte ich ein Remake von dem kleinen Drama auf, das sie am Vortag für die Klassensprecherin und mich inszeniert hatten. In fünf Minuten war alles vorbei, und im Grunde war ich Moriguchi sogar dankbar für ihr Abschiedsgeschenk an mich.

Warum also habe ich dann die Bombe gelegt? Tja, die einfachste Erklärung ist nicht immer die beste; soll bloß keiner glauben, es hätte etwas damit zu tun, dass Mizuki meine Freundin wurde oder dass ich meinte, damit die fehlende Liebe meiner Mutter kompensieren zu müssen.

Ich zögere, hier etwas über Mizuki zu schreiben, doch ich will es tun, damit es später nicht zu falschen Schlussfolgerungen kommt.

Sie ist wirklich einigermaßen clever, nicht so albern wie die meisten Mädchen. Sie sieht nicht besonders toll aus, aber es gab auch nichts an ihr auszusetzen. Doch das alles hatte nichts damit zu tun, weshalb ich sie mochte. Was ich an ihr mochte – und sogar bewunderte –, dass war ihr kühler Kopf. Während alle anderen (und peinlicherweise sogar ich selbst) auf Moriguchis Abschiedsshow reinfielen, bewahrte sie ihre skeptische Haltung und versuchte, einen konkreten Beweis für jene wüsten Behauptungen zu finden. Und selbst als sie die Wahrheit herausfand, plauderte sie sie nicht etwa aus, sondern behielt sie für sich. Genau das gefiel mir an ihr.

Sie gefiel mir so gut, dass ich mich zu einer ziemlich platten Taktik herabließ, um sie für mich einzunehmen. »Ich wollte bloß mal von irgendwem beachtet werden«, sagte ich zu ihr. Obwohl es natürlich nicht irgendwer war, den ich mir ersehnte, sondern meine Mutter. Immerhin schien die Taktik bei Mizuki zu funktionieren.

Bedauerlicherweise stellte sie sich dann aber doch als Idiotin heraus.

In den Sommerferien kam sie jeden Tag ins Labor, und während ich an meiner neuen Erfindung arbeitete, hockte sie an ihrem Laptop und hackte irgendwas in die Tastatur. Als ich sie fragte, was sie da schreibe, wollte sie es mir nicht sagen, und ich fragte auch nicht weiter. Sie war damals wohl schon so was wie meine Freundin, aber mir die Problemchen von jemand anderem anzuhören, das war mir immer noch nicht die Mühe wert. Schließlich gab sie zu, dass sie etwas für einen Literaturwettbewerb verfasste. Das war heute vor einer Woche, an dem Tag, als sie den Text abgeschickt hatte.

Ich erzählte ihr, sie sei mir zum ersten Mal aufgefallen, als sie sich die Chemikalien besorgte. Ich dachte, sie interessiere sich für Naturwissenschaften, und deswegen wollte ich sie näher kennenlernen. Worauf sie mir sofort erklären musste, wofür sie die Substanzen gebraucht hatte, gerade so, als hätte sie die ganze Zeit auf eine Chance gewartet, mir ihr Geheimnis anzuvertrauen.

Sie hatte nicht vorgehabt, eine Bombe zu bauen; es ging auch nicht um ein Projekt für die Schule oder darum, irgendwen umzubringen, und schon gar nicht um Selbstmord.

Sie war einfach nur besessen von dieser Lunacy, die sie für ihr zweites Ich oder so was hielt, was ja schon der Name beweise, wie sie meinte: *Luna* heiße »Mond«, genau wie *Zuki*, der zweite Teil ihres Namens … So quasselte sie vor sich hin, lauter sinnloses Zeug, und als ich nichts dazu sagte, quatschte sie unbeirrt weiter.

Es gebe noch andere Dinge, die bewiesen, dass sie und diese Lunacy ein und dieselbe Person seien. Als sie die Liste der Chemikalien, die das Mädchen gehortet hatte, in einer Wochenzeitschrift sah, habe es sie echt umgehauen. Es seien exakt die gleichen gewesen, die sie, Mizuki, sich besorgt habe.

Allerdings war die Liste schon veröffentlicht worden, als ich Mizuki in der Apotheke sah. Schwer zu sagen, ob sie log oder nicht, aber offenbar hatte sie dann ja die passenden Chemikalien zur Hand gehabt, um die Milchreste in den Kartons auf Blutspuren zu untersuchen.

Und ganz plötzlich, wie aus heiterem Himmel, schlug sie vor, etwas aus ihren Beständen an Terada auszuprobieren.

Sie hatte etwas Düsteres an sich, wie eine Figur aus einer schlechten Vampir-Serie (nicht, dass ich je eine gesehen hätte), doch ich bezweifle, dass sie jemanden hätte ermorden können. Als die Polizei sie zu dem Vorfall zwischen Shitamura und seiner Mutter befragte, hatte sie Terada die Schuld an allem gegeben – und offenbar war ihr Groll auf ihn immer noch nicht verflogen. Mir kam das ziemlich übertrieben vor, der arme Kerl tat mir schon fast leid. Er hatte das Pech gehabt, die Klasse von Moriguchi zu übernehmen und obendrein auch noch in das

Shitamura-Debakel zu schlittern. Als ich dann von ihr wissen wollte, was sie eigentlich gegen Terada habe, war ihre Antwort unverzeihlich.

»Ich hasse ihn wegen dem, was er Naoki angetan hat. Es war der erste Junge, in den ich verliebt gewesen bin … aber jetzt mag ich dich, Shūya.«

Sie stellte mich mit Shitamura auf eine Stufe. Konnte es überhaupt noch etwas Demütigenderes geben?

»Scheiße! Wie kann man nur so blöd sein?« Das war mir so herausgerutscht, und da es nun eh nicht mehr drauf ankam, sagte ich ihr ganz deutlich, was ich von ihrer Fixiertheit auf diese Lunacy hielt. Prompt wurde sie wütend und beschuldigte mich, einen »Mutterkomplex« zu haben.

Ich hatte ihr einiges von dem erzählt, was ich hier niedergeschrieben habe, doch es war falsch von ihr, dieses Wort zu verwenden. Als ich ihr dies vorhielt, beharrte sie auf ihrem Standpunkt.

»Sicher hat deine Mutter dich geliebt, aber sie hat eine schwere Wahl getroffen, um ihren Traum zu verwirklichen, und dich verlassen. Sie hatte bestimmt gute Gründe, aber letztlich läuft es doch nur darauf hinaus: Du bist zurückgelassen worden. Wenn du sie so sehr vermisst, warum gehst du dann nicht einfach zu ihr? Tokyo ist nicht so weit weg, und du weißt doch, wo sie arbeitet. Der einzige Grund dafür, dass du immer noch auf sie wartest, ist schlicht und einfach, dass du ein Feigling bist. Du hast Angst, sie könnte dich wieder wegschicken. Du hast ja schon längst begriffen, dass sie nichts mehr von dir wissen will.«

Das war zu viel. Es war nicht nur ich, den sie angriff, es war meine Mutter. Ehe ich mich versah, hielten meine Hände ihren Hals umklammert. Endlich wollte ich wirklich jemanden umbringen – und für die Wahl der Waffe blieb keine Zeit. Hinter diesem Mord steckte kein höheres Ziel. Mit anderen Worten, es war Mord als Selbstzweck, die Tat trug ihre Belohnung in sich. Mizuki starb zu schnell, als dass ich die Seifenblase hätte platzen hören können.

Shitamuras Beispiel hatte mich gelehrt, dass keiner groß aufmerkte, nur weil ein Halbwüchsiger einen Mord begangen hatte. Ich entschied, dass ihr Tod keinen Nutzen für mich hatte, und versteckte die Leiche im großen Kühlschrank meines Labors. Doch als nach einer Woche immer noch keiner nach ihr suchen kam, tat sie mir plötzlich wieder leid. Eigentlich, sagte ich mir, könnte ich sie ja ruhig mitnehmen, wenn ich morgen die Bombe zündete. Immerhin hatte ich die Bombe mit ihren Chemikalien hergestellt. Sie hatte sie mir ins Labor gebracht, weil sie fand, sie würden »gut hierher passen«. Schließlich aber musste ich das Vorhaben aufgeben, sie zur Schule zu karren. Auch wenn das Leben so zart und zerbrechlich wie eine Seifenblase ist – ihr Körper war schwer wie Blei.

Eins möchte ich dennoch betonen: Mein Vorhaben, eine Bombe zu legen, hat absolut nichts damit zu tun, dass ich die Klassensprecherin getötet habe.

Vor drei Tagen bin ich nach Tokyo zur Keiō-Universität gefahren, um meine Mutter zu treffen.

Immer hatte ich mich nur danach gesehnt, dass sie zu

mir zurückkäme. Aber da sie bei der Scheidung hatte versprechen müssen, keinen Kontakt zu mir aufzunehmen, und nun mal eine sehr gewissenhafte Person war, hatte dieses Versprechen sie all die Jahre von mir ferngehalten. Jetzt hatte ich die Sache selbst in die Hand genommen und dafür gesorgt, dass Mutter und Sohn wieder zueinanderfanden.

Die Fahrt zur Uni dauerte nur vier Stunden – erst mit der Lokalbahn, dann mit dem Shinkansen und am Ende noch mit der U-Bahn. Tokyo war mir immer wie eine andere Welt vorgekommen, ein unerreichbares Paradies, und dabei war die Reise dorthin ganz einfach und bequem. Trotzdem wurde mir immer mulmiger, je näher ich meinem Ziel kam. Das Atmen fiel mir schwer.

Labor 3 im Fachbereich Technische Physik an der Hochschule für Naturwissenschaften und Technologie. Das Labor meiner Mutter. Während ich den riesigen Campus durchquerte, stellte ich mir verschiedene Szenarien der Wiedervereinigung vor.

Ich würde an die Tür des Labors klopfen, und meine Mutter würde öffnen. Was würde sie wohl für ein Gesicht machen, wenn sie mich sah? Was würde sie sagen? Wahrscheinlich gar nichts. Sie würde mich nur in die Arme schließen. Aber was, wenn einer ihrer Assistenten oder Studenten an die Tür kam? Dann würde ich sagen, ich sei hier, um Frau Professor Jun Yasaka zu sprechen. Sollte ich dann meinen Namen nennen? Oder einfach nur auf sie warten?

Ich überlegte immer noch hin und her, als ich den Fachbereich für Technische Physik erreichte und auf jemanden traf, den ich eigentlich hätte erwarten können: Professor Seguchi, den Preisrichter vom Wissenschaftswettbewerb. Seltsamerweise erinnerte er sich an mich und sprach mich an.

»Na, das ist aber eine Überraschung«, sagte er. »Welchem Umstand verdanke ich denn das Vergnügen?«

Irgendwie konnte ich mich nicht dazu durchringen, ihm zu sagen, dass ich meine Mutter besuchen wollte, also platzte ich mit der erstbesten Ausrede heraus, die mir einfiel.

»Ich hatte in der Nähe was zu erledigen und dachte mir, ich schau mal bei Ihnen vorbei.«

»Ja, das freut mich aber. Hast du eine neue Erfindung mitgebracht?«

»Jawohl«, sagte ich. »Sogar mehrere.« Das war keine Lüge. Ich hatte die Schockbörse und die Rückwärtsuhr und meinen Lügendetektor dabei, um sie meiner Mutter zu zeigen. Professor Seguchi lächelte und führte mich zu seinem Labor, das an der Ostseite des Gebäudes im dritten Stock lag – genau unter dem meiner Mutter.

Sobald ich ihm die Erfindungen gezeigt hätte, konnte ich ihm ja sagen, dass ich eigentlich wegen ihr da war.

Und er würde sagen: Du bist Jun Yasakas Sohn? Kein Wunder, dass du so gescheit bist!

All das ging mir durch den Kopf, und schließlich traten wir in einen Raum, der mir wie die Verkörperung meiner Wunschträume erschien – aufwendige Instrumente in allen Ecken, die Regale vollgestopft mit Büchern und Fachjournalen. Er ließ mich auf der Couch Platz nehmen und holte mir etwas Kaltes zu trinken. Als ich mich im Raum umsah, fiel mir auf seinem Schreibtisch ein gerahmtes Foto ins Auge. Das Bild zeigte Professor Seguchi und eine Frau vor einem alten Schloss, vielleicht in Deutschland. Die Frau an der Seite des Professors, die so glücklich lächelte, war offenbar … meine Mutter.

Aber was konnte das bedeuten? War das Foto vielleicht aufgenommen worden, als sie zusammen auf einer Konferenz oder einer Forschungsreise waren? Selbst nachdem Professor Seguchi das Getränk vor mir abgestellt hatte, konnte ich den Blick nicht von dem Bild abwenden.

Er schien es zu merken und lachte verlegen.

»Tja, ich muss gestehen, es ist ein Bild von unserer Hochzeitsreise.«

Eine Seifenblase zerplatzte.

»Hochzeitsreise?«

»Ich weiß, du denkst sicher, ich sei zu alt für so etwas. Aber wir haben letzten Herbst geheiratet, und nun, mit fünfzig, werde ich zum ersten Mal Vater. Merkwürdig, nicht wahr?«

»Vater?«

»Das Baby soll Anfang Dezember kommen. Meine Frau scheint das aber nicht zu kümmern – sie ist heute auf einer Konferenz in Fukuoka. So sind die Frauen heutzutage …

Mehr und mehr Seifenblasen platzten, eine nach der anderen.

»Ihre Frau ist Professor Jun Yasaka, nicht wahr?«

»Ja … Kennst du sie?«

»Sie ist … jemand, den ich sehr verehre.« Ich hatte zu zittern begonnen, und das war alles, was ich herausbrachte. Die letzte Seifenblase war geplatzt. Seguchi beäugte mich misstrauisch.

»Du bist doch nicht etwa ihr …« Ich wartete das Ende des Satzes nicht ab. Wie ein Blitz schoss ich aus dem Zimmer. Obwohl ich mich nicht umsah, war ich mir ziemlich sicher, dass der Professor keine Anstalten machte, mir zu folgen.

Ich hatte gedacht, sie hätte jeden Gedanken an ein Familienleben aufgegeben zugunsten der Chance, ihren Traum zu leben, und wolle sich nur noch ihrer Begabung widmen. Um eine große Erfinderin zu werden, war sie doch gezwungen gewesen, ihr geliebtes Kind im Stich zu lassen.

Ihr »Ein und Alles« – waren das nicht ihre Worte? Aber sie war nie zurückgekommen, um ihr »Ein und Alles« wiederzusehen. Stattdessen hatte sie sich vorteilhaft verheiratet, hatte einen besseren Partner gefunden, bekam noch ein Kind und lebte glücklich und sorgenfrei bis an ihr seliges Ende.

Vier Jahre war es her, seit sie mich verlassen hatte, doch jetzt hatte ich endlich die Wahrheit erkannt. Es war nicht »ein Kind« an und für sich, das sie zurückgehalten hatte. *Ich* war es, Shūya, ein Junge mit einem Namen, und von dem Tag an, als sie aus dem Haus ging, gehörte ich schon der Vergangenheit an, verblasste ich schon in ihrer Erinnerung. Sicher hatte Seguchi begriffen, wer ich war, und die Tatsache, dass sie nach meinem Besuch nichts von sich hören ließ, sah ich nur als weitere Bestätigung.

Der Massenmord, den ich demnächst begehen werde, kann also als Rache an meiner Mutter aufgefasst werden – und dieses Testament als die einzige Möglichkeit, die mir bleibt, ihr mitzuteilen, was ich getan habe.

Wie bei Moriguchis Tochter brauche ich auch diesmal einen Zeugen. Und so habe ich euch dazu erkoren, die Besucher meiner Website. Ich hoffe, ihr schaut zu, wenn ich eine Katastrophe auslöse, die in die Annalen der Jugendkriminalität eingehen wird, und ich hoffe, ihr erzählt meiner Mutter, dass es meine Art war, ihr meinen Schmerz zu zeigen.

Lebt wohl!

Lebt wohl!

Ich klopfte auf das Rednerpult, als ich »Leben« – meinen dämlichen Aufsatz – zu Ende gelesen hatte, und griff dann in die Tasche nach meinem Handy. Die Nummer war schon eingetippt. Langsam drückte ich die Anruftaste – den Zünder für die Bombe.

Eine Sekunde verging, zwei, drei, vier, fünf…

…nichts. Irgendwas war schiefgegangen. War die Bombe ein Blindgänger? Nein, ich hatte ja nicht mal das Vibrieren von dem anderen Handy gehört, das ich als Auslöser zwischengeschaltet hatte. Das konnte einfach nicht sein! Ich bückte mich und spähte unters Podium.

Die Bombe war weg…

Jemand war wohl auf die Website gestoßen und hatte die Bombe entfernt. Aber wer? So eine Bombenentschärfung war eine kitzlige Sache. Und warum hatten sie nicht die Polizei gerufen? War es am Ende etwa … meine Mutter?

In dem Moment fing das Handy in meiner Hand an zu klingeln. Rufnummer unterdrückt.

Mit zitterndem Finger drückte ich die Anruftaste.

6

Der Evangelist

Shūya? Hier ist Mama …

Das hätten Sie wohl gern, was? Tut mir leid, aber da muss ich Sie enttäuschen. Hier ist nicht Mama. Sondern Moriguchi. Ich habe lange nichts von mir hören lassen, nicht wahr?

Sicher fragen Sie sich, warum die Bombe nicht hochgegangen ist. Nun, ganz einfach: Ich habe sie heute Morgen entschärft.

Ich muss schon sagen, ich war einigermaßen beeindruckt von dem Mechanismus. Schlau von Ihnen, den Auslöser so anzubringen, dass er unterhalb einer bestimmten Temperatur deaktiviert wird. Auf die Weise konnten Sie die Bombe in Ihrem kleinen Labor einfrieren und sie in einer Kühltasche zur Schule mitbringen. Ganz gleich, wie sehr sie unterwegs durchgeschüttelt wurde, solange sie kalt war, konnte nichts passieren. Ihre Chemiekenntnisse sind fast so beeindruckend wie Ihre technischen Fertigkeiten.

Hätten Sie diese sinnvoll zu nutzen verstanden, dann wären Sie bestimmt ein hervorragender Wissenschaftler geworden. Aber Sie haben sich dafür entschieden, Ihre

Talente für das Böse einzusetzen und Waffen zu entwickeln, um ihre kindischen Pläne in die Tat umzusetzen.

Ich habe den Liebesbrief an Ihre Mutter gelesen, den Sie ins Netz gestellt haben. Wer so etwas auf seiner Website postet, ohne vor Scham zu sterben, der sieht sich wohl als tragischer Held.

Es ist eine schöne, traurige Geschichte. Die brillante Mutter und ihr einziger Sohn, der ihre geniale Begabung geerbt hat. Schweren Herzens lässt sie ihn in dem öden Provinznest zurück, um ihre Träume zu verwirklichen. Aber nicht, ohne ihm zu versprechen, dass sie zu ihm zurückkäme, wenn er sie brauchen sollte. Der Junge glaubt ihr. Der Vater heiratet wieder, setzt mit seiner neuen Frau noch ein Kind in die Welt und lässt den Jungen vereinsamen. Der will seine Mutter wiedersehen, also nimmt er mit einer eigenen Erfindung an einem Wettbewerb teil. Aber seine Mutter lässt nichts von sich hören. Also beschließt er, jemanden zu töten. Bestimmt wird sie zurückkommen, wenn er in echten Schwierigkeiten steckt, wenn er zum Mörder wird. Leider wird der Plan von einem dummen Klassenkameraden vereitelt. Zum Glück rächt sich das Opfer, und er ist froh, als er hört, dass er mit einem tödlichen Virus angesteckt wurde. Bestimmt wird sie zurückkommen, wenn sie hört, dass er krank ist.

Doch wie sich herausstellt, ist er gar nicht krank. Also benutzt er eine Klassenkameradin dazu, seinen Kummer zu vergessen. Doch als sie ihm vorwirft, einen Mutterkomplex zu haben, bringt er sie um. Schließlich fasst er den Entschluss, seine Mutter zu besuchen. Aber noch ehe er sie treffen kann, läuft er ihrem neuen Ehemann über den Weg und erfährt, dass sie schwanger ist. Plötzlich geht ihm auf, dass er wirklich ganz und gar verlassen ist, also beschließt er, sich an seiner Mutter zu rächen.

Ich weiß, ich habe ein paar Einzelheiten ausgelassen, aber ich glaube, so ist es in etwa gelaufen. Und für das große Finale haben Sie die Bombe gelegt.

Sind Sie wirklich so ein kompletter Idiot? Mit dem Wort betiteln Sie alle und jeden in Ihrem Liebesbrief, aber was, glauben Sie wohl, sagt das über Sie aus? Was haben Sie denn jemals wirklich geschaffen? Was haben Sie jemals für irgendeinen von denen getan, auf die Sie herabsehen? Irgendeinen von Ihren sogenannten Idioten?

Sie sagten, Ihr eigener Vater habe es nicht verdient zu leben, aber wer, glauben Sie, hat Ihnen denn das Leben geschenkt? Doch das scheinen Sie nicht begreifen zu können, stattdessen meinen Sie, nur weil Sie gute Noten schreiben, müssten Sie ein höheres Wesen sein. Aber Sie irren sich. Sie sind der Verblendetste von allen, der größte Idiot, den ich je gesehen habe.

Das ist er also, dieser Junge, der meine Manami getötet, der mir meine geliebte Tochter genommen hat. Nun, ich habe Ihre kleinen Einträge gelesen und beschlossen, mich zu rächen, aber ich muss zugeben, ich bin ein bisschen vage gewesen. Ich sollte nun wohl erklären, wie ich vorgegangen bin, angefangen mit meiner Abschiedsrede am letzten Schultag.

Es ist wahr, dass ich meinem Mann Sakuranomi am Morgen Blut abgenommen habe, als er noch schlief, und es in die Schule mitgebracht habe. Die Milch wurde um neun Uhr geliefert und in den Kühlschrank am Sekretariat gestellt. Ich verließ unbemerkt die Morgenversammlung und benutzte eine Spritze, um etwas von dem Blut in die Milchkartons zu injizieren, die für Sie und Shitamura bestimmt waren. Ich fand sogar eine Stelle am Falz, wo man das kleine Loch nicht bemerken würde. Als Sie dann die Milch getrunken hatten, hielt ich meine Ansprache. Ich wusste, wie grausam Ihre Klassenkameraden sein konnten, und ich wollte Sie sozusagen den Wölfen zum Fraß vorwerfen. Denn Erwachsene sind an Gesetze gebunden und verpflichtet, Sie zu schützen, ganz gleich, was Sie Böses getan haben.

Ich habe mich nie der Illusion hingegeben, Sie mit Aids anstecken zu können. Wie Sie es dann ja selber erfahren haben, ist die Ansteckungsrate in solchen Fällen äußerst gering. Doch da die Chancen immerhin nicht bei null liegen, hatte ich das Gefühl, für eine angemessene Strafe gesorgt zu haben.

Und damit war das Ganze erst mal für mich erledigt. Nicht, dass meine Gefühle sich geändert hatten. Ich wusste, Sie würden eine Weile mit der Angst vor Aids leben, und Ihre Klassenkameraden würden Ihnen das Leben schwermachen, aber das verschaffte mir keine Genugtuung. Keinerlei Rache hätte meinen Hass mindern können. Hätte ich Sie und Shitamura mit einem Messer zerfetzt, dann hätte ich Sie in zerfetzter Form immer noch genauso gehasst. Ich begriff, dass Rache niemals auslöschen würde, was geschehen war, mich niemals davon abhalten würde, Sie abgrundtief, mit meinem ganzen Sein zu hassen.

Und doch glaubte ich, ich könnte dem Ganzen ein

Ende machen. Ich würde Manami niemals vergessen, aber ich hatte nicht vor, mich für den Rest meines Lebens mit Leuten wie Ihnen abzuplagen. Meine Zeit mit Sakuranomi neigte sich dem Ende zu, und sobald er von mir gegangen wäre, wollte ich ein neues Leben beginnen. Ich hatte nie sehr viel darüber nachgedacht, was ich tun könnte, um anderen zu helfen, aber ich hatte fest vor, dies zu meiner neuen Aufgabe zu machen.

Einen Monat später, im April, den Tod schon vor Augen, gestand mein Mann mir etwas Schockierendes. Er sagte, es tue ihm leid, dass er mich nie habe glücklich machen können, doch er habe zumindest dafür sorgen wollen, dass ich nach seinem Ableben keinen Ärger mit dem Gesetz bekam. Also hatte er mir meinen Racheplan vereitelt. Er hatte an jenem Morgen gespürt, dass ich ihm Blut abgenommen hatte, und begriffen, dass ich etwas im Schilde führte. Er war mir zur Schule gefolgt und hatte gesehen, wie ich das Blut in die Milchkartons gab. Entsetzt wartete er ab, bis ich weg war, und ersetzte die Kartons durch neue. Er sei sich bewusst, sagte er, dass ich ihm vielleicht nie verzeihen würde, doch es sei falsch, Böses mit Bösem zu vergelten, und durch Rache würde ich niemals Trost finden. Und wichtiger noch, er war überzeugt, ihr Jungs könntet geläutert werden, seelisch gesunden, und er wollte gern, dass ich es auch glaubte. Er sagte, ich müsse es glauben, um selbst wieder seelisch gesunden zu können.

Das waren seine letzten Worte. Dass wir nicht nach Rache streben sollten, selbst wenn jemand unser Kind ermordet hat. Dass die Jugendlichen, die Manami getötet hatten, geläutert werden könnten. Nun, ich nehme an, wenn es je einer verdient hat, als Heiliger zu gelten, dann er.

Was Ihrer Logik nach wohl darauf schließen lässt, dass seine Mutter ihm von klein auf immer Gutenachtgeschichten vorgelesen hat. Dem war aber nicht so. Wahrscheinlich haben Sie sich nie die Mühe gemacht, den Artikel über ihn zu lesen, der hinten im Klassenzimmer aufgehängt war, doch seine Mutter starb kurz nach seiner Geburt. Als sein Vater wieder heiratete, ging er in die fünfte Klasse – genau wie Sie, als Ihr Vater erneut geheiratet hat. Im Gegensatz zu Ihnen war er kein Musterschüler und kam auch nicht gut mit seiner Stiefmutter aus, weshalb er ständig von zu Hause weglief. Von da an geriet sein Leben auf die schiefe Bahn, und er hätte sicher auf Ihrer Liste von Idioten gestanden, wenn Sie ihm damals begegnet wären. Und dennoch wollte so ein Mann Ihr Leben retten.

Vielleicht haben Sie recht, wenn Sie meinen, dass unser Gefühl dafür, was richtig und falsch ist, uns als Kinder in der Schule beigebracht wird. Sakuranomi lernte nicht viele dieser simplen Lektionen, bis er praktisch schon erwachsen war und merkte, dass er etwas nachzuholen hatte, um ein vollwertiger Mensch zu werden. Darin ähneln Sie ihm auch – irgendwie haben sie es versäumt, ein grundsätzliches Gefühl für Gut und Böse zu entwickeln, und das ist Ihnen auch bewusst. Doch anstatt eine Lösung für dieses Problem anzustreben, tun Sie so, als sei es irgendwie cool, ein schlechter Mensch zu sein, oder Sie geben Ihrer Mutter die Schuld daran. Oder vielleicht dachten Sie, wenn Sie Ihr

Verhalten änderten, würden Sie die Verbindung zu Ihrer abwesenden Mutter kappen – jener bösen Frau, der Sie so gern gleichen wollten –, darum kam es für Sie gar nicht infrage, sich zu ändern. Aber das spielt jetzt sowieso keine Rolle mehr.

Ich habe mich nie damit abfinden können, was Sakuranomi getan hat. Ich konnte es ihm nie verzeihen, dass er angeblich nur mein Glück im Sinn hatte, in Wirklichkeit aber immer als Lehrer gehandelt hat, nicht als Vater, und zwar bis zum Schluss. Und natürlich werde ich euch Jungs nie verzeihen können, auch wenn er euch stets in Schutz nahm. Aber Rache ist etwas Subtiles, und so schnell ist mir kein neuer Plan eingefallen. Also habe ich erst einmal abgewartet, wie die Dinge sich entwickeln würden.

Werther-sensei, Yoshiteru Terada, hat mich über alles auf dem Laufenden gehalten, was seit meinem Weggang von der Schule passiert ist. Er ist ein Schüler von Sakuranomi gewesen, und da wir uns in der Ausbildung um ein Jahr überschnitten, kann ich mich noch gut an ihn erinnern. Er war keiner von den Problemfällen in Sakuranomis Umkreis, aber er schien seinen Lehrer über alle Maßen zu verehren. Als er zum Beispiel hörte, dass sein Held früher mal geraucht hatte, fing er sofort selbst an zu rauchen – obwohl er eigentlich bloß hustete –, und als es hieß, Sakuranomi habe als Schüler mal Graffiti auf das Auto eines besonders strengen Lehrers geschmiert, musste Werther das unbedingt auch versuchen. Dieser Nachahmungsdrang brachte ihm oft Ärger ein. Aber für mich bedeutete es, dass er ungewöhnlich beeinflussbar war, und daher bestens geeignet für meine Zwecke.

Als Sakuranomi starb, konnte ich die Medien davon überzeugen, dass es besser sei, Zeit und Ort seiner Beisetzung nicht bekannt zu geben. Anscheinend kauften sie mir das Argument ab, ein so sehr bewunderter Lehrer müsse »für immer in den Herzen seiner Schüler weiterleben«. Aber Terada kriegte es raus und kam zum Begräbnis. Er sagte, er wolle Abbitte leisten für all die Schwierigkeiten, die er seinem alten Lehrer bereitet hatte, und obwohl ich all diese Plattitüden so satthatte, konnte ich ihn ja schlecht abweisen. Nach der Beerdigung kniete er vor der Grabplakette nieder und fing an, sich für seine früheren Verfehlungen zu entschuldigen. Ich vermute, sogar Sakuranomi hätte eine solche Zurschaustellung peinlich gefunden, aber ich erfuhr etwas Nützliches aus seiner Beichte. Er sagte, er betrachte es als seine heilige Pflicht, Sakuranomis Arbeit fortzusetzen, und habe daher im April, zu Beginn des neuen Schuljahrs, an der Mittelschule von S. zu unterrichten begonnen.

Ich erzählte ihm, dass ich bis März an derselben Schule unterrichtet hatte, und erkundigte mich, wie es ihm denn dort erging. So erfuhr ich, dass er Klassenlehrer in der Klasse B war. Manche Dinge sind wohl einfach Fügung. Er schien nicht zu wissen, dass ich vor ihm dort die Klassenlehrerin gewesen war, und ich setzte ihn auch nicht davon in Kenntnis, als ich ihn nach der Klasse fragte. Er mache sich Sorgen um einen Schüler, meinte er, der nicht mehr zur Schule komme. Ein Junge namens Shitamura. Aus Teradas Worten entnahm ich, dass Shitamura glaubte, er habe Aids, und es seiner Mutter verschwiegen hatte. Das kam mir merkwürdig vor, doch ich wusste, dass es zwischen Müttern und Kindern manchmal eine verborgene Mauer gibt. Jedenfalls überlegte ich gleich, wie ich die Situation für meine Zwecke nutzen könnte.

Mit anderen Worten, ich beschloss, Shitamura noch mehr in die Enge zu treiben. Ich bot Terada meinen Rat an, wobei ich betonte, dass es das sei, was Sakuranomi an seiner Stelle getan hätte. Sakuranomi hätte den Jungen zu Hause aufgesucht, und zwar in Begleitung eines Klassenkameraden. Hin und wieder schien Werther ein wenig skeptisch, aber ich wusste, er würde sich schließlich rumkriegen lassen, und wenn es erst soweit war, würde er überaus beharrlich sein Ziel verfolgen. Er würde jede Woche dorthin gehen, und wenn man ihn nicht ins Haus ließ, würde er seine Botschaft von der Straße aus zum Fenster hinaufschreien. Ich konnte das alles voraussehen.

Ich sagte, ich würde ihn jederzeit gern beraten, wenn er es für nötig hielt, und alles, was er mir anvertraute, für mich behalten. Offenbar hatte er das Gefühl, all das nicht mit seinen Kollegen an der Schule besprechen zu können, da er mich dauernd per Mail nach meiner Meinung fragte. Keiner kann ihm Gedankenlosigkeit in seinem Umgang mit Shitamura vorwerfen, da er sich regelmäßig mit der vorigen Klassenlehrerin über das Thema austauschte.

Er fragte sogar bei mir an, was im Fall von Mobbing zu tun sei. Er wolle das unterbinden, sagte er, doch ich riet ihm, sich nicht einzumischen, sondern es zur Konfrontation zwischen den Schülern kommen zu lassen. So könne die Klasse das Problem als Gruppe angehen. Ich hatte gehofft, dass die Attacken auf Sie noch zunehmen würden, doch am Ende kippte das Ganze unerwartet ins Gegenteil, wie es bei Terada so oft passiert, und die arme Kitahara-san wurde zur Zielscheibe ihrer grausamen Mitschüler. Das bedaure ich wirklich zutiefst.

Ich nehme an, wenn sie da nicht mit hineingezogen worden wäre, hätten Sie sie nie umgebracht, und es tut mir entsetzlich leid. Doch immer wenn ich mich schuldig fühle, muss ich sofort daran denken, dass ihr Jungs letztlich die wahren Schuldigen seid. Nichts von alldem ist meine Schuld. Sie haben Kitahara-san getötet. Sie hatte mit dem Wort »Mutterkomplex« zu sehr ins Schwarze getroffen, und Sie haben sie aus blinder Wut ermordet. Wie haben Sie das genannt? Mord als Selbstzweck? Was soll das überhaupt heißen? Das ist die Wortwahl eines Idioten.

Während ich mich heraushielt und euch zwei aus der Ferne beobachtete, brachte Shitamura seine Mutter um. Ich habe keine Ahnung, was zwischen den beiden passiert ist, und ich würde auch nie vorgeben, es zu verstehen. Aber eins weiß ich mit Sicherheit: Shitamura hätte seine Mutter nie getötet, wenn er vorher nicht schon Manami getötet hätte. Darum hatte ich keinerlei Mitleid mit dem Jungen oder seiner Mutter. Was sie betrifft, so war es der Lohn dafür, wie sie ihn verzogen hat. Trotz Sakuranomis Einmischung war meine Rache an Shitamura, wie ich fand, voll und ganz gelungen.

Also blieben noch Sie. Wie Sie schon selbst sagten, war es zwar Shitamura, der Manami tötete, doch gestorben ist sie nur wegen Ihres dummen Plans. Ich wollte

Sie beide leiden und sterben sehen, aber wenn ich entscheiden müsste, wen von beiden ich mehr hasste, dann wären es Sie.

Ich wäre froh gewesen, wenn Ihre Mitschüler Sie bei ihren brutalen Schikanen getötet hätten, aber meine Hoffnung wurde zunichte, als Terada mir berichtete, er habe das Mobbing-Problem jetzt im Griff. Er war sehr zufrieden mit sich und bedankte sich bei mir für die Beratung. Es hatte ihn überrascht, dass die Ansteckungsdrohung sich als wirksam erwiesen hatte, um die Schüler im Zaum zu halten – obwohl er sich das doch eigentlich hätte denken können.

Wie auch immer, ich sah ein, dass ich die Dinge jetzt selbst in die Hand nehmen musste – obwohl ich sicher war, dass es Ihnen niemals leidtun würde, was Sie mit Manami gemacht haben, auch wenn man Sie ganz langsam erwürgen würde. Wozu sich also die Mühe machen? Nein, ich musste Ihre schwache Stelle finden. Deshalb sah ich mir jeden Tag Ihre Website an, wo sich nach der Präsentation Ihrer diebstahlsicheren Börse aber kein neuer Eintrag mehr fand. Doch der Mangel an Neuigkeiten sprach für sich: Da Sie, wie ich weiß, alles Nutzlose hassen, musste es einen Grund dafür geben, dass Sie Ihre Website nicht gelöscht hatten. Die Hoffnung auf eine schnelle Rache hatte ich ohnehin aufgegeben, also fasste ich mich in Geduld und wartete. Egal, wie lange es dauerte, irgendwann würde ich etwas entdecken, was Ihnen am Herzen lag, und es zerstören. Und kaum hatte ich diesen Vorsatz gefasst, wurden Sie wieder auf Ihrer Website aktiv.

Dank Ihrem Liebesbrief an Ihre Mama habe ich einiges über Ihre unglückliche Kindheit erfahren. Ich überlegte mir sogar, dass die ganze Sache vielleicht einen anderen Verlauf genommen hätte, wenn ich verständnisvoller reagiert hätte, als Sie mir Ihre Börse vorführten. Fast tat es mir leid, was ich damals zu Ihnen gesagt hatte. Fast. Zum Glück aber besann ich mich wieder und erinnerte mich, dass Sie selbst zugegeben hatten, die Börse sei als Falle gedacht. Sie wollten jemandem einen Stromschlag verpassen, nur darum hatten Sie das Ding konstruiert. Wieso hätte ich dafür Verständnis aufbringen sollen? Dass es Ihnen um Beachtung und Anerkennung ging, wie Sie meinen, ist nichts als kindische Selbsttäuschung. Sie wollten sich einfach nur wichtigmachen. Sie verwarfen die Chance, etwas Sinnvolles zu schaffen, und erfanden lieber ein nutzloses Spielzeug, um die Leute zu verblüffen. Was sollte daran lobenswert sein? Sie hätten sich damit begnügen sollen, Ihre alberne Börse für sich zu behalten.

Sie sehen keinen Wert in anderen Menschen, mit Ausnahme Ihrer Mutter, und Sie werden für immer mit der Person leben müssen, die Sie zu dem gemacht hat, was Sie sind. Für Ihre Verbrechen können Sie niemand anderem die Schuld geben; Sie sind ganz allein dafür verantwortlich. Aber würde man die Schuld noch anderswo suchen, dann bei Ihrer Mutter – einer Frau, die ihre Hand gegen ein Kind erhob, nur weil es ihren Erwartungen nicht entsprach, die diesem Kind einen Platz in ihrem Herzen verwehrte und fortging, um sich ihre Träume zu erfüllen, ungeachtet des einsamen Jungen, der mit seiner unerwiderten Liebe zurückblieb. In Ihrem unsäglichen Egoismus sind Sie und Ihre Mutter sich wirklich ähnlich.

Also legten Sie die Bombe, um sich an Ihrer Mutter zu rächen. Sie wollten es ihr heimzahlen, indem Sie unzählige unschuldige Menschen umbrachten. Es war das Gleiche wie mit Manami. Sie haben keine Gefühle für irgendwen, außer Ihre Mutter, und tun allen weh, außer ihr.

Wenn es in Ihrer kleinen Welt keinen anderen gibt außer Ihnen und Ihrer Mutter, dann bin ich dafür, dass Sie sie umbringen und uns anderen in Ruhe lassen. Aber nein, dazu sind Sie zu feige. Weshalb ich es nicht länger dulden kann, dass Sie sich weiter an unschuldigen Menschen vergreifen.

Bald wird die Polizei in der Schule sein, und es wird nicht lange dauern, bis sie Kitaharas Leiche finden. Sobald Sie in Haft sind und man die Verbindung zwischen Ihnen und Shitamura aufdeckt, wird die Wahrheit über Manamis Tod ans Licht kommen. Doch ich befürchte, dass die Strafe, die Sie erhalten werden, nicht ausreicht. Sicher würde ein schlaues Kerlchen wie Sie bald alle davon überzeugen, dass Sie sich gebessert hätten, und schon wären Sie wieder in unserer Mitte, von Ihrer Vergangenheit reingewaschen, bereit für eine glänzende Zukunft.

Aber vorher habe ich Ihnen noch etwas zu sagen.

Nachdem ich Ihren Liebesbrief gelesen und Ihre Bombe entschärft hatte, fuhr ich jemanden besuchen. Vielleicht taten Sie mir irgendwie leid, vielleicht wollte ich noch mal darüber nachdenken, was Sakuranomi gesagt hatte. Außerdem war mir bewusst, dass ein Teil der Verantwortung für Manamis Tod auch mir zukam.

Jedenfalls suchte ich die Person auf, nach der Sie sich all die Jahre so sehr gesehnt haben – und es war ganz einfach, sie zu finden. Als Erstes zeigte ich ihr Ihre Website, Ihren rührenden Liebesbrief. Dann erzählte ich ihr von Shitamura und von dem, was Sie beide Manami angetan hatten.

Wollen Sie wissen, was sie gesagt hat?

Moment, ich versteh Sie nicht. Es ist so laut hier. Hören Sie die Sirenen und das Geschrei?

Tja, ich habe die Bombe nämlich nicht nur entschärft. Ich habe sie woanders angebracht. Dann habe ich gebetet, dass Sie nicht auf den Auslöser drücken. Aber natürlich haben Sie es getan. Es war kein Blindgänger, wissen Sie. Und ich kann Ihnen verraten, dass die Explosion tatsächlich eindrucksvoll war – sie hat den größten Teil eines Stahlbetonbaus zerstört. Zum Glück hatte ich Vertrauen in Ihre Fähigkeiten und hielt mich in sicherer Entfernung auf. Sonst wäre ich jetzt nicht hier, um Sie anzurufen.

Die Bombe explodierte im Labor 3 des Fachbereichs für Technische Physik der Keiō-Universität. Ihre Bombe, gezündet von Ihrer Hand.

Komisch – ich glaube, mein Rachedurst ist endlich gestillt. Und mit etwas Glück habe ich Sie zu guter Letzt doch noch auf den Weg der Besserung gebracht.

**Sieben Freunde. Rücksichtsloser Ehrgeiz.
Ein geheimnisvoller Todesfall.**

Oliver Marks bekommt immer nur die Nebenrollen. Trotzdem ist er glücklich am renommierten Dellecher College, wo er mit sechs anderen jungen Schauspielern die Tragödien Shakespeares einübt. Die Typen, die sie auf der Bühne verkörpern, legen sie auch privat nicht ab.

Der charismatische Richard gibt die unberechenbaren Tyrannen. Als er sich eines Tages zur Überraschung aller mit einer kleineren Rolle begnügen muss, gerät das Kräfteverhältnis zwischen den Freunden gefährlich ins Schwanken – bis schließlich einer von ihnen tot im Collegesee treibt. Die anderen stehen vor einer schwierigen Wahl: Sollen sie der Wahrheit ins Auge sehen oder weiter gegen sie anspielen?

PENGUIN VERLAG